STARS 星际代理人

〔美〕约翰·斯卡尔齐 著

姚向辉 译

化学工业出版社

·北京·

AGENT TO THE STARS By JOHN SCALZI
Copyright: © 2005 BY JOHN SCALZI
This edition arranged with THE ETHAN ELLENBERG LITERARY AGENCY
Through BIG APPLE AGENCY, INC., LABUAN, MALAYSIA.
Simplified Chinese edition copyright:
2025 ERC Media (Beijing) Inc.
All rights reserved.

本书中文简体字版由约翰·斯卡尔齐授权化学工业出版社独家出版发行。本书仅限在中国内地（大陆）销售，不得销往中国香港、澳门和台湾地区。未经许可，不得以任何方式复制或抄袭本书的任何部分，违者必究。

北京市版权局著作权合同登记号：01-2024-5370

图书在版编目（CIP）数据

星际代理人 /（美）约翰·斯卡尔齐（John Scalzi）著；姚向辉译. -- 北京：化学工业出版社，2025.3.
ISBN 978-7-122-47084-3

Ⅰ. I712.45

中国国家版本馆 CIP 数据核字第 202543N4A0 号

责任编辑：李　壬　　　　　　　　　内文排版：蚂蚁王国
责任校对：张茜越

出版发行：化学工业出版社（北京市东城区青年湖南街 13 号　邮政编码 100011）
印　　装：三河市双峰印刷装订有限公司
880mm×1230 mm　1/32　印张 10　字数 280 千字　2025 年 7 月北京第 1 版第 1 次印刷

购书咨询：010-64518888　　　　　　　售后服务：010-64518899
网　　址：http://www.cip.com.cn
凡购买本书，如有缺损质量问题，本社销售中心负责调换。

定　价：58.00 元　　　　　　　　　　　　　　　版权所有　违者必究

致谢

这本小说原本题献给娜塔莎·科尔多斯和斯蒂芬·贝内特,我过去和现在的好朋友。

这个版本题献给比尔·谢弗,我的朋友,这本书以前的出版人。

也献给艾琳·加洛,她(在约翰·哈里森、雪莉·埃什卡、唐纳托·吉安科拉和帕斯卡尔·布兰切特的帮助下)让我在 Tor 公司出版的所有书籍都显得那么漂亮。

前 言

我有好几部小说在出版时都经历了奇异的旅程,但《星际代理人》的旅程或许是最奇异的。1997年,这本书作为我的"练笔之作"诞生,也就是说,我写这本书是为了看我有没有写小说的本事(答案:似乎有)。我从来没有考虑过要不要卖掉它,事实上就是把它扔在那儿不管了。不过,到了1999年,我还是把它当作"共享软件"发在了个人网站上,告诉读者,要是喜欢就打赏我1美元。接下来的五年里,在我恳请大家别再转钱给我之前,我一共收到了近4000美元。对于让我有比萨饼吃来说自然是好事,但我并没指望能有更多的收获。

2005年,地底人出版社(Subterranean Press)的比尔·谢弗(Bill Schafer)偶然浏览到我的网站,看见《星际代理人》就读了起来,随后发电子邮件问我能不能出版这部小说的限量精装版。好的,我觉得终于能见到它印在纸上倒是也挺酷,于是就答应了。地底人出版社印刷了1500本,全都卖掉了,如今在易贝(eBay)上每本书的叫价高达几百美元(而且能卖掉)。我觉得这太傻了,希望我能多搞几本来卖一卖。但同样地,这一阵过后,我还是没指望能有更多的收获。

然后就到了2008年，这本书又面世了，这次还是非常令人喜爱的平装本，印数不止1500。看来我是真的低估了这本书，因为显而易见，它就是不知道什么叫适可而止。这一连串的事件让我喜出望外，希望你，我亲爱的读者，也能喜爱这部不肯回家休息的小说。

现在你手里的这本书与我十一年前写的基本上是同一本书，不过由于故事发生在现当代，因此这个版本做过修订，更新了一些文化方面的引用，让它与21世纪10年代后半叶的世界保持一致。例如有一个角色曾经在派拉蒙联合电视网拥有自己的电视节目，现在改成了喜剧中心，因为前者已经不复存在。有几个角色的年龄也做了修正，以让故事在今天依然说得通。接下来，这本书就只能靠自己了，因为除非它能被拍成电影或电视剧（因为它就是不肯退休），这是我计划中对这本书做的最后一次修订了。传言说我还有其他稿子要赶——反正我的按揭贷款是这么说的。

这本书要感谢的人很多，咱们从Tor公司的朋友们开始吧：首先是我的编辑帕特里克·尼尔森·海登（Patrick Nielsen Hayden）和艺术总监艾琳·加洛（Irene Gallo，这本书也献给她），此外还有莉兹·戈林斯基（Liz Gorinsky）和多特·林（Dot Lin），当然不能忘记汤姆·多尔蒂本人。非常感谢画家帕斯卡尔·布兰切特（Pascal Blanchet）为本书绘制的精美封面，还有亚瑟·赫拉瓦蒂（Arthur Hlavaty）杰出的校对工作。审校是一个吃力不讨好的活儿，尤其稿子还出自我这么一个马虎的家伙之手。呃/啊，不一而足。你明白的。

在Tor公司之外，我还要感谢对这本书上几辈子贡献卓著的各位：比尔·谢弗、蒂姆·霍尔特（Tim Holt）、迈克·克拉胡里克（Mike Krahulik）、杰里·霍尔金斯（Jerry Holkins）、罗伯特·邱（Robert

Khoo)、斯蒂芬·贝内特（Stephen Bennett）和瑞根·艾弗里（Regan Avery）。感谢你们每个人的工作和 / 或鼓励和 / 或帮助。

我还要特别感谢我的妻子克里斯汀，在我写《星际代理人》的过程中，她一直过得提心吊胆，因为她知道等我写完，她必须第一个读，就算她不喜欢，也还要和我一起生活。因此，当她读完最后一页，转过来对我说"感谢上帝，写得很好"时，这一刻我觉得我和她都非常高兴。她是我的第一个也是最重要的读者，我深深地爱她，很高兴能够得到她的垂青。

最后：谢谢你。不，我说真的。有人愿意读我写的东西，这总是让我感到惊讶。我真的很高兴。谢谢。

目 录

第一章	1	第十二章	149
第二章	7	第十三章	162
第三章	17	第十四章	182
第四章	24	第十五章	193
第五章	39	第十六章	212
第六章	49	第十七章	224
第七章	64	第十八章	239
第八章	73	第十九章	259
第九章	93	第二十章	277
第十章	101	第二十一章	290
第十一章	131	第二十二章	307

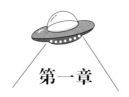

第一章

"一千四百万加百分之十五票房分红?给米歇尔·贝克?汤姆,你真是疯了。"

无线耳麦是个伟大的发明,能让你一边打电话一边空出两只手忙真正重要的事情。我的双手此刻在玩一个蓝色橡皮壁球,我轻轻地拿它在办公室的窗户上弹着玩。壁球每次悄无声息的碰撞都在玻璃上留下一小团印痕,看着就像一群狮子狗悬空六英尺,把鼻子贴在窗户上蹭了又蹭——反正迟早会有人去擦干净的。

"布莱德,我今天吃过药了。"我说,"相信我,从我客户的角度来看,一千四百万外加百分之十五是个非常合理的数字。"

"她哪儿值得了这么多?"布莱德说,"一年前她才拿三十七万五,没别的了。我知道,因为签支票的就是我。"

"那是一年前。当时《夏日布鲁斯》还没上映,布莱德。现在是它狂收两亿两千万之后的价码。你自己那部《谋杀地球》我就不提了——很可能是近代史上最烂的电影,居然收了八千五百万。这还是海外没开画的票房,海外没人会注意到这部电影根本没情节。要我说,便宜占过一次就知足吧,现在你该掏腰包了。"

"《谋杀地球》没那么烂,再说她也不是主演明星。"

"请允许我引用《综艺》杂志。"我用左手抓住壁球,只握了最短的半秒钟就又扔向玻璃窗,"'你会希望《谋杀地球》这种电影永远不要上电视网,否则附近的外星人不小心收到广播信号,会拿它当借口来消灭全体地球人。'这还算是比较留口德的评论了。再说假如她不是主演明星,你为什么要让她占满整张海报,把她的名字放在第二位?"

"你到底要说什么?"布莱德说,"我记得你确实是帮我弄了美工和演员表的。"

"所以你的意思是我怎么说你就怎么做?好极了。一千四百万外加百分之十五票房。天哪,你真是好说话。"

门开了。我从窗口转向写字台。我的行政助理米兰达·埃斯卡隆走进办公室,塞给我一张字条,上面写着:米歇尔刚打过电话,记得让他们为她的发型师和化妆师付工资。

"听我说,汤姆。"布莱德说,"你知道我们想要米歇尔,但你的叫价太高了。艾伦要两千万和百分之二十票房。要是我们答应米歇尔的条件,三千五百万和三分之一票房就没了。你说我们靠什么盈利?"

"一千四百万,她该死的发型自己买单。"我在记事本上写道。米兰达看见,挑起眉毛,转身走出房间。她会把这句话转告米歇尔的可能性微乎其微。她拿薪水不是为了做我吩咐她做的事情,而是为了做我应该吩咐她做的事情。两者有区别。

"有两点我必须跟你讲清楚。"我将注意力放回电话上,"首先,艾伦·格林不是我的客户。假如他是,那么我会对你砸在他身上的这笔钱无比感兴趣,但他不是。因此,你给他什么我都不在乎。我要为我的客户负责,我的任务是为她争取一个好价钱。其次,花两千万请艾伦·格林?你是智障吗?"

"艾伦·格林是一线明星。"

"艾伦·格林曾经是一线明星,"我说,"我上高中那会儿,但过几天我就要回去参加毕业十周年聚会了。他乱七八糟瞎混的时间太久了。但米歇尔不一样,她是一线明星,现在时。她参演的前两部电影加起来卖了三亿票房。一千四百万算你捡到便宜了。"

门开了。米兰达的脑袋探进房间。"还是她。"她比着嘴型说。

"汤姆——"布莱德说。

"稍等片刻,布莱德,那位女士在另一条电话线上。"他还没来得及开口,我就挂起了通话。"什么事?"我问米兰达。

"事儿妈小姐说她必须和你谈一件重要得一秒钟也不能等的事情,就现在。"

"告诉她,我已经在争取发型师的条件了。"

"不,比发型师要重要得多。"米兰达说,"听起来大概是人类历史上最重要的什么事情。比吸脂术的发明还重要。"

"不许嘲笑吸脂术,米兰达。吸脂术延长了许多女演员的职业生涯,她们的经纪人因此受益,所以才能付你薪水。吸脂术是你的朋友。"

"2号线。"米兰达说,"记得告诉我,比吸脂术更重要的究竟是什么。"

我摁下接通2号线的按钮。耳机中响起街市的环境噪声。米歇尔无疑正在圣莫妮卡大街上横冲直撞。

"米歇尔,"我说,"我正在想办法让你变得特别有钱,所以不管你要说什么,都别浪费时间。"

"爱伦·莫罗抢到了《苦难回忆》。"米歇尔说,"我以为我在竞争那个角色,我以为我被选中了。"

"别太难过,米歇尔。"我说,"所有人都在竞争那个角色。既然你没有抢到,那么你就和凯特·布兰切特还有梅丽尔·斯特里普站在一条线上了,身边都是厉害人物。另外,片酬不怎么好。"

我听见急促的刹车声,紧接着是鸣笛和隐约的叫骂声。米歇尔挤到了别人前面去:"汤姆,我需要这样的角色,明白吗?我不想在接下来的十年里只拍《夏日布鲁斯》。这个角色能帮助我拓展戏路,我需要磨炼我的演技。"

听见"演技"二字,我恨不得用手指戳眼睛:"米歇尔,你已经是好莱坞最顶尖的女明星了。咱们先按这个路子再接几部电影,好吗?给自己挣一笔像样的储备金。你的演技反正永远都在的。"

"汤姆,我适合这个角色。"

"这个角色是个四十几岁的犹太女人,在华沙贫民窟和特雷布林卡❶饱受折磨,然后来到美国与种族主义作战。"我说,"你才二十五,而且金发碧眼。"而且还以为特雷布林卡是迈尔罗斯的一家商店——我把最后这个念头封在脑海里。没必要去搞乱她的脑袋。

"凯特·布兰切特也是金发碧眼。"

"凯特·布兰切特还有一尊小金人。"我说,"说到小金人,爱伦也有。主角配角各一尊。而且她既不是二十五岁也不是金发碧眼。米歇尔,放手吧。要是你想磨炼演技,我们可以帮你安排剧场。那才是演技。连屁股都有戏。葛芬剧院在演《玩偶屋》。你会喜欢的。"

"汤姆,我要那个角色。"

"咱们回头再谈这个,米歇尔。我得继续和布莱德谈了。不说了,回头再聊。"

"记得告诉他发型——"我挂断她,切回布莱德,"不好意思,布莱德。"

---

❶ 特雷布林卡灭绝营,第二次世界大战期间纳粹德国在德占波兰所建的一座灭绝营,数十万犹太人在这里被杀害。——以下注释,凡未加说明者,均为编者所加。

"希望她告诉你的是别因为贪得无厌而搞砸这个片约。"布莱德说。

"事实上,她说的是她狂热得忘乎所以的另一个项目。"我说,"《苦难回忆》。"

"哈,少来了。"布莱德说,"她演燕特尔未免太年轻也太金发碧眼了,你说呢?再说爱伦·莫罗刚抢到那个角色。今天刚在《时报》上读到的。"

"《时报》从什么时候开始也有准确的报道了?米歇尔对那个角色来说确实年轻了一点,没错,但化装不就是干这个的吗?她是吸睛机器,能拉好大一批其他的观众来看严肃剧情片。"

布莱德嗤之以鼻。"她演那个可拿不到一千四百万。"他说,"整部电影的预算也就这么多。"

"对,但她能磨炼演技。"我说,我在写字台上弹球玩,"电影学院就吃这一套。拿到个把提名肯定不在话下。就像《女魔头》里的查理兹·塞隆。"有时候我都不敢相信我嘴里能说出什么话。

但起作用了。我能听见布莱德在脑海里权衡他的不同选择。我们在谈的项目是《谋杀地球》续集,片名真是体现出了灿烂夺目的原创性:《地球复活》。制片方有个问题:他们在上一部电影结尾杀死了主角。不过也没什么大不了的,因为扮演主角的马克·格莱文是个废物,他正忙着复制米基·洛克的职业曲线呢。

因此拍续集就只能围绕米歇尔讲故事了,因为她扮演的角色活了下来。剧本已经写好,选角已经完成,前期制作正在全力推进,现在停下来重新选角或重写剧本都不是有可行性的选项。他们现在骑虎难下——他们知道,我也知道。我们此刻在讨论的是这头老虎有多大。

米兰达的脑袋再次探进房间。我瞪着她。她摇摇头。"不是她,"

她比着嘴型说，"是卡尔。"

我放下壁球。"什么时候？"我比着嘴型说。

"三分钟。"她比着嘴型答道。

"布莱德，听我说。"我说，"我得走了——助理说卡尔要见我。他肯定想知道咱们讨论的结果。《苦难回忆》的选角工作就快结束了。我们必须给他们一个确定的答案。我必须给卡尔一个确定的答案。"

我能听见布莱德在脑海里做算术。"好吧。"他最后说，"一千万外加百分之十。"

我低头看了一眼手表："布莱德，很高兴和您谈话。希望我的客户日后有机会还能与您合作。另外，祝您和《谋杀地球》的其他制片人旗开得胜。无法成为这个大家庭的一员，我们深表遗憾。"

"你这个浑蛋。"布莱德说，"一千两百五十万外加百分之十二点五。就这么多了。要不要随你。"

"她的发型师和化妆师你付工资。"

布莱德深深叹息："好吧。有何不可。艾伦带他自己的人马进场。到时候场面会盛大得不得了。咱们可以一起摊煎饼打毛衣。"

"那好，咱们说定了。把合同快递过来，我们马上开始审。记住，咱们还要谈衍生品的条件呢。"

"知道吗，汤姆？"布莱德说，"我很怀念你还是个乖宝宝的时候。"

"我现在也还是个乖宝宝啊，布莱德。"我说，"只是我手上有你需要的客户而已。回头再聊。"我挂断电话，看着手表。

我刚谈成了今年到现在为止最大的一笔单子，为公司和我自己挣了一百二十五万，离卡尔约我开会的时间还有九十秒。足够我去撒个尿了。

一个人走起运来，真是什么都挡不住。

第二章

走出洗手间,我还剩下三十秒,于是轻快地走向会议室。米兰达立刻小跑着跟了上来。

"开会要谈什么?"我问,经过德鲁·罗伯茨的办公室,我朝他点点头。

"他没说。"米兰达答道。

"知道还有谁参加会议吗?"

"他没说。"米兰达答道。

会议室在二楼,紧邻卡尔的办公室,我们事务所在一幢大致呈鸡蛋形的建筑物里,他的办公室位于较小一端的尽头。这幢楼上过《建筑辑要》杂志,被描述为"弗兰克·盖里❶、勒·柯布西耶❷、杰·沃德❸和沙门氏杆菌的四向碰撞"。这么说对沙门氏杆菌实在不太公平。我的办公室,还有其他初级经纪人的办公室都在蛋壳较大一端的一楼。但过了今天,二楼较小一端的一间办公室似乎不再遥不可及。

---

❶ 弗兰克·盖里,美国后现代主义及解构主义建筑师,曾获得普利兹克奖。

❷ 勒·柯布西耶,瑞士-法国建筑师、室内设计师、雕塑家、画家,20世纪最重要的建筑师之一,功能主义建筑的泰斗,被称为"功能主义之父"。

❸ 美国动画电视连续剧的创作者和制作人。

我哼着《杰斐逊一家》的主题曲，带着米兰达走进会议室。

会议室里有卡尔，有一个水族箱，还有许多空椅子。

"汤姆。"卡尔说，"很高兴你能来。"

"谢谢，卡尔。"我说，"很高兴你能召开会议。"我转向会议室，开始考虑每次开会时最重要的决定：应该坐在什么地方。

假如坐得太靠近卡尔，你会被打上"奴才""马屁精"和"势利小人"的标签。虽说算不上什么坏事，但同时也意味着你有可能得罪某位高级经纪人，因为这个位置说不定就属于他。那可是非常、非常坏的事情。前途远大的经纪人在不经意间搞错座位而导致职业生涯彻底脱轨，这种事情并非没有发生过。

但另一方面，假如你坐得太远，那就是你想躲藏的信号，也就等于在说你没有帮客户弄到好角色和大笔钞票，因此你就成了事务所的拖累。经纪人能闻见恐惧，就像鲨鱼能闻见受伤的小海獭。你的客户很快就会被抢走。你会成天无事可做，只能盯着办公室墙壁看个不停，喝防冻剂直到眼睛瞎掉。

我坐在会议桌中间离卡尔稍近一些的地方。去你的，我有这个资格。

"你为什么坐得那么远？"卡尔问我。

我吃了一惊。

"给其他来开会的人留出空位。"我说。他已经听说了米歇尔·贝克的那笔生意吗？他是怎么做到的？他窃听了我的电话？我发疯似的瞪着米兰达，她站在我背后，手里拿着记事簿。她丢给我的眼神在说：别问我，我只是来做速记的。

"你想得非常周到，汤姆，"卡尔说，"但没有其他人要来。说到这个，要是你不介意的话，埃斯卡隆小姐能回避一下就更好了。"

这时候我应该潇洒地打发我的助理出去，然后彬彬有礼地转向卡尔，为我们的高层会谈做好准备。可实际上我只是傻乎乎地望着他。幸亏米兰达是个有眼色的好姑娘。"二位再见。"她说，告退出去，经过我的时候用鞋跟踩了一下我的小脚趾，让我陡然回到了现实中。我站起来，寻找我应该坐的位置。

"不如就坐在那儿吧。"卡尔指着会议桌对面靠着水族箱的椅子说。

"好的，谢谢。"我说，走到会议桌的另一面坐下。我望着卡尔，他望着我，脸上带着一丝笑意。

经纪人的世界里有一些传奇人物。比方说有卢·瓦瑟曼，他那个时代的经纪人之王，后来去了电影工业的另一边，在环球影业大放异彩。再比方说有迈克尔·奥维茨，他也去了另一边，但在迪斯尼屈辱地跌了一大跤。

然后还有卡尔·卢波，我的老板，他去了另一边，接管世纪影业时它只是个低级恐怖片小作坊，不到十年就把它变成了全好莱坞最大的制作公司，然后在事业最顶峰的时候重回经纪人行当。没有人知道原因，但吓得所有人不知所措。

"对不起。"我说。

"什么？"卡尔说，随即放声大笑，"放松，汤姆。我只是想和你随便聊聊。咱们有很长时间没说过话了。"

卡尔和我上次直接交谈是在三年前的一个非会议场合。我刚从邮件收发室荣升到经纪人楼层，和另一个从收发室来的家伙合用一个格子间。我的客户名单上只有两个人，一个曾经是少男偶像，现在已经三十好几，三天两头需要做心理干预治疗；另一个名叫雪莉·贝克维斯，二十二岁，加州大学洛杉矶分校的啦啦队长，可爱，但没有脑子。卡尔下来走访，跟我和我的格子间伙伴握手和说客套话，历时恰好两分三十秒，然后去下一个格子间重复相同的套路。

后来，往日的少男偶像被自己的口水呛死，我的格子间伙伴在压力下崩溃，离开事务所，在大熊湖剃度出家。雪莉·贝克维斯成为米歇尔·贝克，走好运接连打出两个好球，我得到了一间办公室。多么奇怪的世界。

"米歇尔·贝克的合同谈得怎么样了？"卡尔问。

"说起来，已经定下来了。"我说，"一千两百五十万外加百分之十二点五，不算衍生品。"

"很高兴听见你这么说。"卡尔说，"知道吗？戴维斯认为你到八百五十万就会撞墙。我说你至少能比这高出三百五十万。你比最高预估还多了五十万。"

"我永远乐于超出预期，卡尔。"

"嗯，好，再说布莱德从来就不擅长讨价还价。我把艾伦·格林卖到了两千万——他算什么东西？我都想不通这部电影怎么可能盈利了。"

此时我选择了什么都不说。

"哦，算了，反正不是咱们的问题。"卡尔说，"来，汤姆，告诉我，你喜欢科幻吗？"

"科幻？"我说，"当然喜欢。主要是《星球大战》和《星际迷航》，和大家一样。看过几集新版《太空堡垒卡拉狄加》。我十四岁的时候读完了差不多能找到的每一本海因莱因。不过我有段时间没读过科幻小说了。《谋杀地球》我看过一遍，首映式。我觉得这部电影让我有段时间不会想看这个门类了。"

"有邪恶外星人的电影和有善良外星人的电影，你更喜欢哪一种？"

"不知道。"我说，"从来没怎么想过这个问题。"

"不介意的话，现在请想一想吧，"卡尔说，"就当逗我开心。"

就算卡尔说"不介意的话，请配蘑菇嫩煎你的小肠，就当逗我开心"，事务所里的每一个人也都会欣然这么做。马屁精的没下限真是让人恶心。

"非要我二选一的话，我选邪恶外星人。"我说，"他们更适合拍电影。设定一帮坏外星人，你能得到《异形》系列、《独立日》、《铁血战士》、《星际之门》、《星船伞兵》。好外星人有什么？《鬼使神差》？没的比啊。"

"呃，"卡尔说，"还有《E.T. 外星人》和《第三类接触》呢。"

"《E.T. 外星人》可以算。"我说，"但《第三类接触》我不承认。那些外星人确实可爱，但不等于他们不邪恶。等他们离开太阳系，理查德·德莱福斯说不定就会像小牛似的被圈养起来。总而言之，没有人知道那部电影里到底在发生什么。斯皮尔伯格想点子的时候肯定没少嗑仙人掌。"

"《星际迷航》系列里有好外星人。《星球大战》系列也一样。"

"《星际迷航》电影里也有坏外星人，就像克林贡人和脑袋里装电线的那些家伙。"

"博格人。"卡尔说。

"对。"我说，"至于《星球大战》，里面没有地球人，因此严格地说，所有角色都是外星人。"

"有意思。"卡尔说。他把双手的指尖搭成了金字塔。得知《星球大战》里的所有角色都拥有外星护照，他像是沉浸在了某个特别烦人的禅宗公案之中无法自拔。

"卡尔，您不介意我问一句吧？"我说，"咱们为什么要谈这些？公司在为一部科幻电影谈条件吗？我是说，除了《地球复活》以外？"

"不完全是这样。"卡尔说，分开搭成金字塔的指尖，将双手摊平放在会议桌上，"我和一个朋友谈了这个话题，想听听别人的看法。顺便说一句，你的看法很像他的。他倾向于认为人们更喜欢作为敌意'他者'的外星人，而不是一个带着友善意图而来的群体。"

"唔，我不认为大多数人真的仔细考虑过外星人。"我说，"我是说，咱们刚才说的是电影。虽说我也爱看电影，但两者不是一码事。"

"是吗？"指尖搭成的金字塔忽然间又回来了，"这么说，假如真正的外星人从天而降，人们也许会接受他们是带着善意而来的事实？"

我又傻乎乎地瞪着他。我记得我的人生中有过类似的谈话，区别在于上次聊这个话题，我还是大学新鲜人，大麻嗑得忘乎所以，在一个挂满圣诞彩灯和锡箔的房间里躺在豆袋沙发上；而此刻和我交谈的是全地球能让美国总统回电话的寥寥几人之一——十分钟之内；他们两个在耶鲁是室友。与卡尔谈这些让我感觉特别不搭调，就好像听你祖父细数最热门的新型号皮划艇的种种优点。

"也许吧。"我壮着胆子说。疑惑时说话要模棱两可。

"唔——"卡尔说，"好了，汤姆。说说你的客户吧。"

我的脑海深处有个小人，他遇到这种局面往往会惊慌失措。此刻他正在紧张地东张西望。我把他踢回地洞里，按照名录开始一个个介绍情况。

首先也是最重要的显然是米歇尔：美丽动人，炙手可热，不够聪明，没有意识到她在人生这个阶段能做的最蠢的事情莫过于不见好就收。责任在我。

接下来是艾略特·扬，主演 ABC 电视台剧集《环太平洋》的愣头青新星。《环太平洋》在周三晚九点时段的收视率名列第 2，全年综合第 63。感谢前排球选手艾略特肌肉发达的臀部和 ABC 制作方要他每集为了解决罪案至少脱一次短裤的决心，剧集横扫 18~34 岁女性观众群体。ABC 卖了大量广告时间给治疗酵母样真菌感染的药物和带"护翼"的女性用品。所有人都很高兴。艾略特正摩拳擦掌想进军大银幕,但话也说回来了,谁不是呢?

拉什哈德·科瑞克,都市滑稽演员,来自马林县的穷街陋巷,那儿会因为你吃鱼配红酒而开枪崩了你。拉什哈德不像绝大多数喜剧艺人那样神经质,也就是说单凭一己之力他实在不怎么好笑。不过多亏打包销售的技巧高超,我们把他的《强身健体!》的试播集卖给了"喜剧中心"❶。拉什哈德专横的经理人像秃鹫似的盯着他含苞欲放的职业生涯,不幸的是这位经理人凑巧就是他母亲。我和卡尔暂停片刻,打个寒战。

倒霉名字写作"茶读者"、念作蒂亚·雷德❷的前歌手和现演员,她是我那位格子间伙伴的大脑内爆后留给我的遗产。蒂亚有个与职业记录(一张专辑的三首单曲分别在排行榜的第9位、第13位和第24位,在文斯·沃恩的一部电影里扮演女二号,还有曼妥思的一组广告)非常不相称的暴脾气,据我所知,一大半起因是难以解决的天生情绪紧张。她坚持说她刚过三十岁,因此是个主持脱口秀或直销节目的绝佳候选人。蒂亚平均每周打一次电话威胁要更换代理人。我求之不得。

托尼·巴尔兹,性格演员,十年前得过一次奥斯卡的最佳男配角提名,从此就不再考虑男主角之外的任何角色。真是可惜,因为詹姆斯·甘多芬尼差不多独占了四十岁矮胖秃顶男人的主角市场。我们帮他争取到了 Lifetime 电视台的不定期影片。

我其他的客户不是人老珠黄就是寂寂无名,不是星途黯淡就是来日方长,每一个初级经纪人代理名录的下半截永远都是这类货

---

❶ 美国有线及卫星电视的一个电视频道,专播喜剧及幽默节目,开播于 1991 年 4 月 1 日。

❷ 原文为 Tea Reader。——译者注

色。总有人要扮演左手边第二个持矛者,他们的事务也总有人要代理。按照名单向卡尔汇报工作的时候,我不禁意识到,要不是有米歇尔,我的客户名录活该让我当一辈子的初级经纪人。我决定不提起这个话题。

"那么,我总结一下,"等我说完,卡尔开口道,"一个超级巨星,两个中等偏下,两个勉强够格,还有一群凑数的。"

我想为这个评估说几句好话,但转念一想似乎也没什么意义。我耸耸肩:"差不多吧,卡尔。但并不比这儿其他初级经纪人的名单更差。"

"啊,不,我不是在批评你。"卡尔说,"汤姆,你是个好经纪人。你为你代理的演员着想,你能为他们争取角色,能在他们应得的条件之外争取到更多的好处——今天的结果就证明了这一点。你是个聪明的小伙子。你在这个行当里前途远大。"

"谢谢夸奖,卡尔。"我说。

"没什么。"他说。他向后推了推椅子,将双腿架在桌上:"汤姆,你觉得你能承担多少名客户的损失?"

"什么?"

"你能丢掉多少个客户?"卡尔挥挥手,"你明白的,交给其他经纪人,彻底砍掉,随便怎么处理。"

我脑袋里的小人从地洞里逃了出来,身上着火似的疯狂乱跑。"一个都不行!"我说,"我是说,恕我直言,卡尔,我一个都不能放掉。首先对他们不公平,但其次,我也需要他们。米歇尔现在混得不错,但请相信我,她不可能一直红下去。你不能要我自断双腿。"

我将椅子向后稍微推开一点。"天哪,卡尔,"我说,"到底发生什么了?先问我科幻,现在又问我客户——我完全搞不懂你是什么意思。对不起,我有点紧张起来了。要是你有什么坏消息想告诉我，别折磨我了，快说吧。"

卡尔盯着我看了我这辈子最漫长的十五秒，然后收起双腿，将椅子朝我的方向拉了拉。

"你说得对。"他说，"我处理得不太好。我道歉。让我重新再试一次吧。"他闭上眼睛，深吸一口气，睁着眼睛直视我。我觉得我的脊椎都快液化了。

"汤姆，"他说，"我有一名客户。一名非常重要的客户，汤姆，大概是一个事务所有可能接到的最重要的客户。至少我想象不出还有哪个客户能比这个客户更重要。这个客户觉得他有个非常严重的形象问题，我不得不说我也同意。他有个特别的项目想要完成，需要以你能想象到的最微妙的手段进行操作。

"我需要一个人帮我启动这个项目，一个我能够信任的人。不需要我时刻盯着监督，他也能为我处理好这个任务。另外，为了这个项目的成功，他必须能够管住自己。

"汤姆，我想让你成为这个人。假如你拒绝，你在事务所的角色绝对不会受到任何影响——你可以起身出去，我们就当这次会面从来没有发生过。但假如你答应下来，就意味着你要全心全意投入，无论付出什么代价，无论持续多少时间。你愿意帮助我吗？"

我脑袋里的小人在使劲砸我的眼珠背侧。"快拒绝，"小人说，"拒绝，咱们去星期五餐厅❶，喝他一个昏天黑地烂醉如泥。"

"当然愿意。"我说。我脑袋里的小人开始痛哭流涕。

卡尔伸出手，抓鼠标似的按住我的手，使劲摇了几下。"我就知道我能指望你，"他说，"谢谢。我认为你一定会乐在其中的。"

"希望如此。"我说，"我是为了长远未来加入的。那么，这

---

❶ 成立于 1965 年的美国连锁餐厅，以种类繁多的烈酒而闻名。——译者注

位客户是谁？难道是托尼？"安东尼奥·马兰兹被人逮住在最新一部摩洛哥·乔电影的片场爱抚一名十六岁少年。《人民》杂志票选出的"最可口单身汉"在爱抚十六岁少年，而且还是导演的儿子，这就更加雪上加霜了。旁人好不容易才从托尼的喉咙上扳开导演的手指，然后整件事就被禁言了。导演得到一百万美元的加薪。男孩得到导演行会的"实习生"资格，参加《库克上将》的剧组，去格陵兰拍摄六个月。托尼遭到严厉的训斥：与未成年嬉闹会影响他下一个角色的叫价。剧组其他人员也都得到了不如导演丰厚但依然可观的封口费。所有人都被买通，八卦网站没有收到消息。但谁知道呢，这种事情很难不走漏风声。

"不，不是托尼。"卡尔说，"我们的客户就在这儿。"

"在咱们楼里？"

"不，"卡尔拍了拍我和他之间的水族箱，"这儿。"

"我没听懂，卡尔，"我说，"你说的是水族箱？"

"你往水族箱里看。"卡尔说。

自从走进会议室，我第一次仔细打量水族箱。它呈长方形，不特别大也不特别小——就是你在一般人家里看见的普通水族箱尺寸。唯一值得注意的是它里面没有鱼、石块、吐气泡的过滤器和塑料小珠宝箱，而是装满了略显浑浊的透明液体，就好像有一个月没换过水了。我站起来俯视水族箱，端详一番又闻了闻。我从水族箱上方望向卡尔。

"这是什么？金枪鱼鱼冻？"

"完全不是。"卡尔答道，然后对着水族箱说，"约书亚，和汤姆打个招呼吧。"

水族箱里的东西开始震颤。

"嗨，汤姆，"水族箱里的凝胶说，"很高兴认识你。"

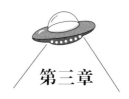

第三章

"你是怎么做到的?"我问卡尔。

"做到什么?"卡尔问我。

"让它说话,"我说,"这一招很有看头哎。"

"汤姆,不是我在让它说话。"卡尔说。

"对,我知道,我看得出这不是口技表演。"我说,"我问的是声音到底是从哪儿发出来的?肉冻好像不是效率最高的声波传播介质。"

"我不确定其中的物理原理,汤姆,"卡尔说,"我是经纪人,不是科学家。"

"这个技术真是太酷了。"我说,摸了摸那团凝胶的表面——黏糊糊的,稍微有点阻力,"我是说,我当然不会冲出去买肉冻扬声器,但真的非常酷。这是什么?科幻电影的道具吗?我们的客户在拍果冻外星人的电影?"

"汤姆,不是拍电影用的。这——"他指着水族箱说,"就是我们的客户。"

我停止拨弄凝胶,望着卡尔说:"我没听懂。"

"汤姆,它是活的。"卡尔说。

那东西在我的手指下轻轻蠕动。我立刻收回手指,动作太大,我觉得上衣的一条接缝被扯破了——在里面，靠近肩膀的地方。这件上衣花了我一千两百块，碰到第一个危急时刻就让我失望了。我聚集起所有的精神能量思考那条接缝，否则我就不得不思考水族箱里的鬼东西了。上衣内侧的接缝，那是我能应付的事情。

过了几分钟，我终于挤出了两个字，我认为它们有效地体现了局势的险恶和我脑袋里的感受。

"见鬼。"我说。

"我没听过这个说法。"水族箱里的凝胶说。

"只是一种表达方式。"卡尔说。

"老天丢个雷劈死我吧。"我说。

"这个也是。"卡尔解释道。

"啊哈，"凝胶说，"呃，介意我从这个盒子里出来吗？我在里面待了一整天。直角真是要憋死我了。"

"请便。"卡尔说。

"谢谢。"凝胶说。凝胶表面聚集起一根触须，弯曲成拱形伸向会议桌，在桌子中央附近落下。触须微微颤动了一秒钟，紧接着很吓人地突然变粗，凝胶通过触须将自己传输出了水族箱。传输结束后，触须重新融入主体，那团凝胶变成球形，停留在会议桌上。

"这下舒服多了。"凝胶说。

"卡尔，"我说，尽量和凝胶保持距离，"能说说这到底是怎么一回事吗？"

卡尔的双腿又回到了桌上，脚底离凝胶所在的位置并不远。我觉得这可不是什么好主意。"想听我从头道来还是简而言之？"他问。

"不介意的话，先简而言之吧。"我说。

"好的。"他说，"汤姆，请坐。我保证约书亚不会扑到你身上吸干你的脑浆。"

"我不会的。"凝胶附和道，它显然名叫约书亚，"我是好外星人，和拍了很多好电影的坏外星人不一样。坐下吧，汤姆，谢谢了。"

我不知道哪一点从本质上说更令我不安，是肉冻和我说话，是它有幽默感，还是它的礼仪比我好。我的身体在椅子上坐下，我脑袋里的小人准备随时夺门而出。

"谢谢。"卡尔说，"简而言之：差不多四个月前，伊赫尔阿克人联系了我，我的朋友约书亚就属于这个种族。伊赫尔阿克人在地球上监控我们有一段时间了，最近决定，经过数年观察，现在该向人类揭示他们的存在了。但他们有一些顾虑。"

"我们看起来像鼻涕，"约书亚说，"闻起来像死鱼。"

卡尔朝约书亚摆摆头："伊赫尔阿克人担心他们的外在形象会引发问题。"

"我们看过《幽浮魔点》[1]，那就是我们。"约书亚拿腔拿调地说。

卡尔又朝它摆摆头："伊赫尔阿克人认为，他们必须先做一些安排，然后才有可能出现在人类面前——找到办法让他们不至于从一开始就显得那么丑恶。"

"我们需要一名经纪人，帮我们塑造善意外星人的角色。"约书亚说。

"以上就是简而言之。"卡尔说。

我呆坐了几秒钟，努力处理这些信息。"能问个问题吗？"我问。

"请便。"约书亚说。

我望着约书亚，有一瞬间不知如何是好。我不知道该朝它的哪

---

[1] *The Blob*，美国科幻电影，里面有果冻状的外星吃人怪物。——译者注

个部位说话。它从上到下似乎都是一个样。最后我的解决方法是望着它的正中央。"先问一个傻问题：你为什么不在白宫的草坪上降落？我是说，电影里基本上都是这么做的。"

"我们考虑过这个想法。"约书亚说，"然后我们看见了总统竞选辩论。你们选的那几位有点吓人——而你们美国人已经算是整个地球上做得比较好的了。再者说，你们的总统只能代表美国人。美国电影却能向全世界发声。谁没看过《绿野仙踪》？或者《大白鲨》？或者《星球大战》？连我们都看过，而我们甚至不是从这颗星球来的。"约书亚伸出一根触须，敲了敲桌子："假如你想向这颗星球介绍自己，那就该从这里开始。"

"好的。"我说，我望向卡尔，"那个……艾尔杰克——"

"伊赫尔阿克人，"卡尔拼出这个词的读音：伊—赫尔—阿—克。

"其实不是我们的真名。"约书亚说，"但你们不可能发出正确的读音。"

"为什么不行？"我问。

"呃，首先，那是一种气味。"约书亚说，"想闻一闻吗？"

我望向卡尔，他耸耸肩。"当然。"我说。

会议室顿时充满了一股恶臭，大致像是腐烂的球鞋和维菲塔奶酪的杂交后代。我不由作呕。

"天哪，太难闻了。"我说，话才出口就后悔了。"非常对不起，"我说，"这大概是人类有史以来第一次侮辱地外生物吧？请接受我的道歉。"

"没什么。"约书亚淡然道，"你该来参加一次伊赫尔阿克人的集会。那就像臭屁开大会。"

"刚才你好像要问什么，对吧？"卡尔说。

"哦，对。"我说，扭头看着卡尔，"有多少人知道伊赫尔阿克人的存在？"

"包括你和我？"卡尔说。

"对。"我说。

"两个。"卡尔说，"哦，还有环地轨道上的几千个伊赫尔阿克人。但人类只有你和我。"

"哇。"我说。

"没那么难以置信吧，"约书亚说，"要是你跑出去说你刚见到一个外星人，它看起来像果冻，闻起来像烤焦的猫皮，请问谁会相信你呢？所有真实可信的外星人都有脊椎。"

我没有理会它："卡尔，为什么选我？"

卡尔侧着头看我，仿佛我是他钟爱的孩子——或许真是这样也未可知。"什么意思？"他问。

"我是说，你能选我帮你做……"我朝周围挥了挥双手，"我们将在这儿做的无论什么事情，我感到受宠若惊。但我不明白你为什么选我。"

"唔，如我所说，"卡尔说，"我需要一个精明能干而且我信得过的人。"

"谢谢夸奖。"我说，"但是啊，卡尔，你并不怎么了解我。我在公司干了五年，每次我们交谈都是在开会，讨论客户和怎么包装他们。而且频率还不怎么高。"

"你觉得被冷落了？"卡尔问，"我肯定不会为此责怪你。"

"不，不是这个原因。"我说，"我从不烦恼这个。我想说的不是这个。我的意思是，我不明白你为什么觉得你能信任我——还有你为什么觉得我精明能干。你确实可以信任我，我也确实精明能干，但我不认为选我是这么理所当然的事情。你能想到我，我都已经很吃惊了。"

卡尔笑出了声,转过脸去,像是在和某个隐形人交流,过了一秒钟,他又扭头看着我:"汤姆,你对我有点信心好不好?我对我雇的人还是很了解的。"

我稍微坐直了一点:"我不是想冒犯你的,卡尔。"

"你也没有冒犯我。"他说,"我想说的重点是我清楚你这个人和你对公司做出的贡献。你的工作挺能说明你的为人,至于其他的……"他耸耸肩,"有时候你也不得不冒险。"

"谢谢。"我说。

"另外,说句不好听的,"卡尔继续道,"你只是一名初级经纪人。你不在大家的视线内。要是某个高级经纪人突然抛开客户,开始偷偷摸摸做事,立刻就会被注意到的。很快就会流言四起,说公司内讧什么的。《综艺》和《时报》都会有报道。但要是你做同样的事情,大家不会注意到,注意到了也不会在乎。"

现在轮到我笑了:"唔,我母亲会担心的。"

"她为《时报》供稿吗?"卡尔说。

"应该不供。"我说,"她住在亚利桑那。"

"那就好。"卡尔说,"我看没问题。"

"但我还是不太明白你为什么需要我。"我说,"你显然不需要我帮你组织事情。"

"但我确实需要,"卡尔说,"因为我自己不能做。"

"汤姆啊,"约书亚说,"既然一名高级经纪人扔掉手上的活儿,开始忙一个秘密项目,这家公司就会陷入混乱,要是卡尔做出这种事,岂不是会更加可疑吗?"

"就连我去度个假,公司里都会有人企图闹政变。"卡尔说,"我不可能停止管理公司,开始忙这个项目。绝对不可能,因此必须换人处理这件事。恭喜,这个人就是你。"

"卡尔,我都不知道这个活儿是要干什么。"我说。

"让我变得美丽,"约书亚说,"德米勒先生,我准备好上镜头了[1]。"

"你的任务,"卡尔用声音把任务的"任"字变大变粗,"就是找到办法,让这颗星球为伊赫尔阿克人的露面做好准备。他们已经准备好在全人类眼前现身了,汤姆,你必须让人类做好准备。"

这句话在半空中悬浮了一分钟,与伊赫尔阿克人交谈的气味不无相似之处——看不见摸不着,但很难置之不理。

"允许我瞎猜一下,汤姆,"约书亚说,"我认为现在你该再说一遍'见鬼'了。"

---

[1] 美国经典电影《日落大道》中的台词。——译者注

第四章

我回到办公室,看见本·弗莱克——另一名初级经纪人——霸占了米兰达整个人。我走过他们的时候,米兰达恶狠狠地瞪了我一眼。这一眼有双重含义。首先,刚才在会议室发生了什么?其次,救命!本是个一等一的浑球,过去十八个月一直在琢磨怎么泡到米兰达;按理说早该投诉他性骚扰了,只可惜他在泡妞方面实在太没前途。

"米兰达,"我说,"请来一趟我的办公室。"

"喂,"本说,"我正在和米兰达讨论一名客户呢。"

"那位客户在你的裤子里,本,"我说,"他永远也得不到想要的角色。米兰达?"我拉开门等着她,她拿起记事簿从我身边走进办公室。

"谢谢。"她说,我随手关上门,"不过你没必要对本那么凶的。他其实挺可爱,只是容易冲动,还有点缺心眼。"

"胡说八道。"我说,"不许我得到的东西,他也别想得到。"

"可是,汤姆,"米兰达说,"你既不容易冲动也不缺心眼。"

"谢谢,米兰达。"我说,靠在我的办公桌上,"我会把这句话刻在墓碑上。'托马斯·斯坦因在这里安息。他既不容易冲动也不缺心眼。'"

"闲扯到此为止,"米兰达说,"你没丢工作吧?还是说你只是在你忠实的员工面前强颜欢笑？"

"米兰达，去开会的路上，有人注意到我们在往哪儿走吗？"

米兰达坐进我办公桌前的椅子，思考片刻："我不记得有。经过德鲁·罗伯茨办公室的时候，你朝他点了点头，但我不认为他看见了。你是初级经纪人，没资格让他点头还礼。"

"很好。"我说，"有人问过我去哪儿了吗？"

"办公室里？没有。米歇尔又打过一次电话。"提到米歇尔的名字，米兰达做了个对眼，用她微妙的方式表达她认为米歇尔的智力还比不上单细胞动物，"我回答说你在开会。除此之外，本霸占了我的全部注意力，他憎恨你，就算问一声你在哪儿就能升职，他都不会问这一声。怎么了？"

"要是有人问起，就说我出去买甜甜圈了，没问题吧？"

"你要急死我了，"米兰达说，"我一般不会威胁我的上司，但你要是不告诉我刚才在会议室都发生了什么，我说不定会揍你。"

"我不能告诉你，米兰达。要是我能告诉任何人，就一定会告诉你，你知道的。"我对她露出我最诚恳的"我也无能为力"的表情，"但我真的不能说。总之请你相信我，忘记曾经有过那么一次会议。"

米兰达盯着我看了一分钟，最后说："好的，汤姆。但既然我们不打算谈从没发生过的那场会议，你为什么要叫我进来呢？"

"我需要你帮我找出我代理的所有人的档案，再给我一份刚从收发室升上来的经纪人的名单，要是可以的话，还有他们的客户名单。"

米兰达在记事簿上写写画画。"没问题，"她说，"那些新晋经纪人，有什么我需要特别留意的吗？"

"我要找一个特别新的新人，闭着眼睛都能做完整套邮件分发流程。一个还什么都不知道的新人。也就是三年前的我。"

"年轻，一张白纸。汤姆，我明白了。说起来，我凑巧知道有这么一个人。"

"好极了。先让我看一小时档案，然后叫他们来见我。"

"好。还有什么吗？"

"有。我要一个饮水桶和一辆小推车。"

米兰达从记事簿上抬起头："一个……饮水桶？"

"对，就是箭头牌饮用水的大桶，五加仑容量那种。"

"和一辆小推车。"

"要是能找到的话。收发室里应该有。你可以让新人去取。"

我看得出米兰达的内心在挣扎，考虑要不要问饮水桶的用途。最后她决定还是不问了。多么有职业精神的好姑娘。"饮水桶要空的还是满的？"

"无所谓。"我说。

"对我来说有所谓，"她说，"因为我要把那鬼东西弄进你的办公室。"

"那就空的吧，谢谢。"

她停止记录。"好的，"她说，"文件我马上就拿给你。"她站起身，朝我的方向走了两步。我从办公桌边直起腰。"汤姆，"她说，"你可以信任我，我绝对不会在其他人面前提起那次会议。但无论会议上发生了什么，都让我说句'恭喜你'。"她伸出手揉乱我的头发。我的助理比我还小一岁，却对我做出这么老派和充满母性光辉的动作。我不禁笑得像个傻瓜。

米兰达把文件放在我的办公桌上。现在该玩所有人都最喜欢的小游戏了：抛弃客户。

"这个任务将占用你的全部时间。"我决定入伙之后，卡尔的

第一句话就是提醒我，"你必须制订并执行一整套计划。另外，你还要担任约书亚的助手。哦，我忘了说：他需要住进你家。"

"什么？"我说。家具上涂满黏液的景象不由自主地跳进我的脑海。

"汤姆。"约书亚说，"这儿和飞船之间通勤可不怎么轻松愉快。"

"细节可以回头再谈。"卡尔说回正题，"不过现在你要做的是过一遍客户名单，尽可能悄无声息地卸掉尽可能多的负担。你现在的全职工作是约书亚。"

我盯着档案，脑袋里有一种古怪的刺痒感。从一方面说，这是每一个经纪人的美梦：清理最烦人的客户！甩掉负担！扔掉压舱物！任何一个经纪人，只要他不是事务所老板，就肯定有一批宁可不要的鸡肋客户——而现在我得到的命令是抛弃他们。但从另一方面说，身为一名经纪人，你的价值就在于你的客户名单，客户再糟糕也胜过没客户。我从逻辑上能理解我这位新"客户"是一个千载难逢的机会——呃，仔细一想，说是前所未有的机会似乎更恰当。然而从情感上说，我的经纪人职业生涯就好比一架正在上升的波音747，而我却开着它撞向太平洋，乘客——也就是我的客户——在座位上鬼哭狼嚎，小小的塑料呼吸面具在湍流中东摇西摆。

够了，别胡思乱想了，我对自己说，拿起第一份档案。

托尼·巴尔兹。走吧。他本来就在走下坡路，因为他太骄傲，不肯接当初让他成名的那种角色。

拉什哈德·科瑞克。留下。我可以通过他母亲遥控，反正在他们的搭档关系中，脏活累活基本上全都是他母亲一手操办的。拉什哈德那令人不安的俄狄浦斯情结平时总是让我不太舒服，现在却成了我可以利用的优势。

艾略特·扬。留下。谢天谢地谢谢他，艾略特不是最聪明的家伙。我可以和他坐下来谈一个下午，说服他安心拍完一整季那部电视剧集，从长远的角度讲，能帮助他转投大银幕时接到更挣钱的片约。谁知道呢？说不定真是这样。

蒂亚·雷德。走吧。感谢万能的上帝。

米歇尔·贝克。留下。当然留下。米歇尔·贝克是我的幌子：假如一名客户拍一部电影就能收一千两百万，经纪人想把更多的时间放在这位客户身上也就无可厚非了。再说了，无论现在有没有注意我，谈成今天这个合同后丢掉米歇尔肯定会引起别人的怀疑。米歇尔和我这辈子都绑在一起了，除非她哪天气得七窍生烟，心血来潮换个新的代理人。要是我没了她，按照我父亲的说法，那我就是走在厚厚的稀屎地毯上了。我对这个事实产生的矛盾感情深刻得令人惊骇。

其他不入流的货色统统扔掉。他们由谁代理反正都不重要。

筛选工作就快结束的时候，米兰达接通我的内线电话。"斯坦因先生，"她说，她叫我"斯坦因先生"的次数屈指可数，连大拇指和食指都不需要使用，"阿曼达·休森要见你。"

"请带她进来，埃斯卡隆小姐，谢谢。"我叫米兰达"埃斯卡隆小姐"的次数比她叫我"斯坦因先生"的次数还要少。

米兰达走进房间，后面是个腼腆的金发女郎，看起来都还没到无人陪同就能看 R 级电影的年纪。阿曼达·休森一个月前刚从收发室毕业。她有两名客户，一个是前墨西哥肥皂剧明星，想在好莱坞大放异彩，却不愿意学习英语；另一个是一位男演员，她参加洛杉矶马拉松跑到第四英里时昏倒，负责急救的就是这位男演员。她代理他显然主要是出于感激之情。

她完全符合要求。

"阿曼达，"我指了指办公桌前的椅子，"请坐。"她过来坐下。

我打量着她,就像今天早些时候卡尔打量我的样子。这个类比很合理;无论是距离还是职业生涯的位置都不无相似之处。

阿曼达环顾四周。"办公室不错。"她说。

我的办公室是个垃圾堆。

"不错,对吧?"我说,"阿曼达,知道我为什么叫你来吗?"

"不太清楚。"阿曼达承认道,"埃斯卡隆小姐——"米兰达在她看不见的地方做了个对眼,她似乎很不喜欢这种一本正经的气氛,"说事情很重要,但没有说是什么事情。"

我又打量了她一会儿。阿曼达被我看得如坐针毡。她扭头看了一眼背后,想知道我是不是在注视她背后的什么东西,然后转回来,紧张一笑。她的双手放在大腿上,正在微微地颤抖。

我望向米兰达。"所以你认为就是她了?"我问。

现在轮到米兰达打量阿曼达了。我不得不承认,她的视线更加吓人。阿曼达看着都快尿裤子了。"我看是,"米兰达说,"至少比其他几种可能性强得多。"

我完全不知道米兰达在说什么,话说回来,她大概也不知道我在说什么。我们在临场发挥表演小品。

"那么,阿曼达,"我说,"你在哪儿念的大学?"

"加州大学洛杉矶分校。"她说,"在韦斯特伍德。"她又说。她说完这个,我能看见她脑袋里掠过的念头:白痴!我们就在洛杉矶!他知道学校在哪儿!天哪!我是智障!惊恐这东西要是用得好,有时候还真的蛮可爱呢。

"是吗?"我说,"我本人就是一只小熊❶。经纪人的高速生活最近过得还好吗?"

---

❶ 小熊(bruin)是加州大学洛杉矶分校的吉祥物。——译者注

"呃，非常好。"她带着显而易见的狂热说，"我是说，我才刚刚起步，所以还很辛苦。我认为再过几个月我就能站稳脚跟了。"她露出灿烂的笑容。她可真是年轻，还不明白袒露弱点是经纪人不可饶恕的大罪。天晓得她是怎么通过筛选流程的。我能感觉到米兰达也在发射怜悯电波。现在我明白她为什么会推荐阿曼达了——米兰达想尽量保住这个不通人情世故的姑娘，免得她被更凶恶的竞争者踢下场。

"好吧，阿曼达，我希望你已经站稳脚跟了。"我说，"这家企业的高层——"我总是觉得这个短语听起来很带劲，我的感觉当然没错，"命令我启动一个实验性的指导项目，大致上就是拉一把最新加入公司的经纪人，让他们更快上手。我必须强调一句，这是一个高度实验性的新计划。事实上，这是一个秘密——"

阿曼达顿时瞪大了眼睛。假如我的老油条指数能少个百分之十，我恐怕会当场坠入爱河。

"——因此，你也必须保守秘密。这是一个正式的非正式项目。听明白了？"

"当然，斯坦因先生。"

"叫我汤姆吧。"我说，"阿曼达，你觉得蒂亚·雷德怎么样？"

她的眼睛又瞪大了一点。好吧，老油条指数少个百分之五就行。

两小时和一小时一杯星巴克拿铁之后，正式的非正式导师项目已经启动。在我的"监督"之下，阿曼达将接管蒂亚·雷德、托尼·巴尔兹和其他不入流客户，满足他们的日常代理需求。第一个月内，阿曼达每周要提交"我们的"客户的详细情况报告，我审阅后会批注评点。第二个月将减少到两周一次，然后再减少到每月一次。在此期间，代理客户的所得将平分给导师和学徒。六个月后，在得到导师认可的前提下，阿曼达可全职代理这批客户中的六名，佣金和收费从此彻底归她所有。要我说，六个月后连她都不想留下的客户，我无论如何都会放手了。

阿曼达很高兴，因为哪怕是佣金减半，她在接下来六个月内能挣到的钱也远远多于她靠自己的客户能挣到的，而且她的客户名单在期满后还将自动扩充。另外，当然了，她还能得到我价值连城的指导服务。我很高兴，因为我甩掉了我的客户。唯一不怎么高兴的只有米兰达，因为她知道应该由我审阅和评点的报告实际上将由她审阅和评点，不过她没有吭声。我必须尽快给她涨工资了。

阿曼达离开时陶醉在幸福的气氛中，信誓旦旦说她"这就去工作"。她就像个米老鼠小子，而今天是"咱们去代理个什么人"的好日子。我都能看见她在格子间里欢腾跳跃了。希望她第一次见到蒂亚·雷德不会精神受创。

"这一招真是太下作了。"米兰达对我说。

"什么意思？"我说，"你看看她。她凭自己有可能搞到像样的客户名单吗？"

"不是对她。"米兰达说，"而是我。现在我必须给我的工作列表里加上一项当保姆了。"

"她能熬出头的。"我说，"再说了，我以为你喜欢她来着。"

"我确实喜欢她。"米兰达说，"她也确实能熬出头的，但那是以后了。"她凑近我，"但就近期而言，我要手把手教她做那么多的事情，简直像个领小孩过街的治安员。唉，我还是去给你找饮水桶吧。"她走出我的办公室。

我必须以最快速度给她涨工资。

我敲了敲会议室的门。会议室里没有人。我用小推车载着饮水桶走进办公室，关门锁好。

"你不是跟我开玩笑吧？"约书亚说。

约书亚已经钻回了水族箱里，我们开完会之后，水族箱就一直留在会议室里。我的任务是找个避人耳目的方法，将他从会议室带回我家。卡尔不肯说他是怎么不为人知地把约书亚带进办公楼的，也不肯告诉我该怎么弄出去。就当这是你面临的第一个挑战吧，他说。换了我把人类所知的第一个地外生物交给下属处理，我一定会更加用心一点的。

"我们给你三个小时想办法，结果这就是你能想到的最好的办法了。"约书亚说，"我这会儿还不害怕，但离惊慌失措已经没多远了。"

"我很抱歉，"我说，"我只能就地取材。"我把饮水桶推过去，拿起来摆在水族箱旁。之前我觉得五加仑饮水桶肯定足够容纳约书亚，但现在我没那么确定了。

他也一样。他试探性地从水族箱里伸出一条触须放进饮水桶，在里面转了几圈，像是在确定容积。"去你家要多长时间？"他问。

"大概一个钟头，有可能再久一些。"我说，"我住在拉卡尼亚达。405号公路肯定会堵车，但只要上了210号公路就很畅通了。有什么问题吗？"

"完全不成问题。"约书亚说，"谁不喜欢被塞进五加仑塑料桶里憋一个钟头呢？"

"等咱们上了车，你就不需要待在水桶里了。"我说，"车一开出去，你就可以随便舒展身体了。"计划中的这个小转折无论对他还是对我都很新鲜。我一直想当然地认为他从头到尾都会待在水桶里。为了争取星际和平，我的轿车座椅只是个微不足道的代价。不过我要记住去买一瓶松林空气清新剂。

"谢谢，但还是算了。"约书亚说，"我看咱们都不希望见到你向高速公路巡警解释乘客座上为什么有四十磅果冻。"

我哈哈大笑。"对不起，"我说，"你居然知道高速公路巡警是什么，我有点吃惊。"

"为什么？"约书亚说，"你们向外太空广播《巡警高速路》❶已经有几十年了。"他再次晃动触须，然后叹了口气。他这么做肯定只是因为喜欢发出这种声音，因为他没有可以用来吐气的肺部。"好吧，我进去了。"他说，开始把自己塞进饮水桶。

他险些就塞满了整个饮水桶。在最后几秒钟里，一个念头跳进我的脑海：我得再去拿一个饮水桶来。我没想到要质疑这个念头背后的逻辑。他是一团凝胶，他应该能被切成两半。最后他总算只高出了桶口大约三毫米，这个问题也就成了纯粹的学术讨论。

"舒服吗？"我问。

"记得让我把你塞进一个中等尺寸的手提箱，然后问你同样的问题。"约书亚说。他的音量小了许多，听起来尖声细气的，无疑是因为他能够震动的外表面少得可怜。

"对不起。"我说，"呃，需要敞着桶口吗？我觉得把盖子拧上去似乎比较好看。"

"你疯了吗？"约书亚说，"当然要敞着。"

"好的，好的。"我说，"我昏头了。看来你是需要呼吸的。"

"不是为了呼吸。"约书亚说，"我有幽闭恐惧症。"

"真的？"

"喂，"约书亚说，"我来自一个高度发达的外星种族不等于我不可能严重神经质。咱们可以走了吗？我已经有点想尖叫了。"

---

❶ *CHiPs*，美国剧集（1977—1983），讲述两名高速公路巡警的故事，主角名叫庞驰和约翰。——译者注

我抬起小推车让轮子着地，推着饮水桶到门口，打开门锁，走进走廊。时间还早，办公楼里依然忙忙碌碌。我担心有人会问我为什么推着一个五加仑的饮水桶走来走去，直到我想起我这是在二楼的高级经纪人领地。高级经纪人会自然而然地认为我的工作就是推着饮水桶走来走去。在到大堂之前，我应该都是安全的。

事实上，我就是在大堂被人盯上的。我经过接待台走向停车场，接待台前的一个男人忽然转过身。"汤姆·斯坦因？"他问。

"往前走别停下"的指令比"回头看一眼"反射晚十分之一秒离开大脑。它生效的时候为时已晚，我已经停下脚步，转身答道："什么事？"

那男人几步跑过来，向我伸出手。"很高兴我正好碰见你，"我们握手，他说，"你的助理说你已经下班了。"

"是的。"我说，"我要去个地方取点东西。"

"我看得出。"他低头看了一眼饮水桶，"我还以为你已经过了送办公用品的阶段呢。"

"你是谁？"我问。

"啊，对不起。"他说，"吉姆·范多兰，为《行业内参》写稿。"

《行业内参》这份杂志永远用虚伪而心照不宣的语气写稿，字里行间暗示拼凑《行业内参》的写手刚和影业公司巨头吃过饭，老板们迫不及待地想把最新八卦塞给他们。无论是我还是我的熟人都不知道有谁真的和这份杂志的记者谈过，谁也不知道那些稿子是怎么写出来的，谁也不知道什么人会花钱读这些东西。网络博客早该让它关门大吉了，但它就是还在苟延残喘。

范多兰和我差不多年纪，金发，正在走向秃顶，身材有点矮胖。他看着像个南加州大学的毕业生，三个月前才刚刚意识到大学生活已经一去不复返了。

"范多兰。"我说,"应该不是查尔斯的亲戚吧?"

"《机智问答》的那位老兄?我也希望啊。"范多兰说,"知道吗?他老爸得过普利策奖。我可不介意给我自己也搞一个奖杯。"

"那你应该换一家杂志工作,不会把整整六页浪费在讲述互联网假色情照片的配图文章上的那种杂志。"我说,"你没忘记吧?就是用Photoshop把大明星的脑袋接在女人与狗和玻璃瓶上的那批照片,让全市所有电影制作公司都起诉你们的那篇文章。"

"我和那个报道毫无关系。"他说。

"很好。"我说,"米歇尔·贝克是我的客户。她看见照片里她跟乔治·克鲁尼和林赛·罗韩混在一起,实在不怎么开心。作为她的经纪人,我有必要为了她打断你的鼻梁。当然了,怨气里也有我的百分之十。"我走向大堂的正门。

范多兰毫无眼色地跟了上来:"说起来,汤姆,我知道你是米歇尔·贝克的经纪人。我来这儿正是为了找你。听说你为她在《地球复活》里争取到了十二点五。很不赖嘛。"

我用一只手推开门,用我的脚顶住,想方设法将推车弄出办公楼。"事务所还没有向媒体公布这件事,更不用说《行业内参》杂志了。"我说,"你是从哪儿听说的?"

范多兰抓住门,替我拉开。"布莱德·托诺的办公室,"他说,"他们向媒体传真了新闻稿,我打电话跟进,办公室前台告诉了我具体数字。"

我在脑子里记下一笔:叫布莱德开除他的前台。"我不能讨论我的客户的事情。"我说,"假如你想挖新闻,从我这儿是什么都问不到的。"

"我来这儿不是为了写米歇尔·贝克。"范多兰说,"我想写一篇你的报道。"

"我?"我说,"说真的,范多兰,我还没那么有意思。再说互联网上也没有我和任何人性交的照片。"

"听我说,我们知道那篇文章害得我们失去了许多亲善关系。"范多兰说。这个陈述句的水平和泰坦尼克号船长说"我们好像有点进水"差不多。"我们在努力摆脱那种类型的东西。做一些真正的新闻工作。比方说我正在做的这个报道,名叫《好莱坞最炙手可热的十位新经纪人》。"

"居然有十个经纪人肯和你说话?"我推着小推车走向我的本田序曲轿车。

"现在已经有六个了。"他说,"包括你们这儿的一位,本·弗莱克。你认识他吗?"

"认识。"我说,"不过我恐怕不会说他是好莱坞最炙手可热的十位新经纪人之一。"

范多兰做个鬼脸。"是啊,我知道。"他说,"实话实说,像样的好经纪人都不肯开口,所以我才特别想写你。我是说,一千两百五十万啊!我不得不说,这让你成了好莱坞此时此刻最炙手可热的经纪人,句号。你是财神爷,无论从哪个角度说都是。这是封面故事的材料,汤姆。要我帮你把那东西装进后车厢吗?"

我只想要这家伙赶紧滚蛋。

"不了,谢谢。"我说,"这东西放前面。"

"好的,没问题。"他说,绕过我走向小推车,"我帮你扶着,你去开车门。"

我还能怎么办?我把小推车交给他,走过去打开乘客座的车门。刚打开车门,我就意识到我站在了车身错误的一侧;现在只能让范多兰把饮水桶放进车里了。我感觉到了中等强度的惊恐发作。

范多兰也意识到了这一点。"放着我来。"他说,绕到正面放平小推车，"你好像忘了拧桶盖，要是颠簸一下，水会洒得车里到处都是。"

"不会的。"我说。

范多兰耸耸肩："反正是你的车。"他弯腰抱起饮水桶，稍微晃了一下，给我中等强度的惊恐加了一波恐惧侵袭。他转过身，将饮水桶放在乘客座上，然后直起腰，累得面红耳赤。"身体有点弱，"他说，"汤姆，我没有别的意思，但这水闻起来好像不太对劲。你应该不会喝它，对吧？"

"当然不会，"我说，"是我们一位经纪人刚从硫磺矿泉取回来的。加热后泡澡对皮肤很好，但闻起来臭烘烘的。"

"确实如此。"范多兰说，他靠在门上，有效地封杀了我关上车门的企图，"那么，汤姆，怎么样？我觉得把你写成文章一定很精彩。说真的，要是一切顺利，我可以说服编辑砍掉报道里的另外九个新经纪人。汤姆，封面故事啊。"

换了我生命中其他一个平常的日子，我想上《行业内参》封面的欲望大概和我想用舌头舔奶酪烤架差不多。今天，我的乘客座上有个外星人，我在事务所的未来变成一团混沌，我就更加不想上《行业内参》的封面了。

"谢谢，但我就算了。"我说，"我不适合站到聚光灯的底下。这种机会还是留给我的客户吧。"

"你听见你在说什么吗？"范多兰说，"你随便一开口就是名言警句啊。求你了。"

我决定撒谎。"我要和我父母共进晚餐，我快迟到了。"我朝车门点点头。

他不情不愿地让开："而且关心家人。汤姆，你不当名人就没天理了。"

我微微一笑，正要说点什么，但转念一想还是算了。"我不这么认为，范多兰，你还是让本当名人吧。"我关上车门，走向司机的一侧。

"考虑一下吧，汤姆。"范多兰说，我坐进车里，"你要是想聊一聊，我就在你旁边。"

这是个承诺还是威胁？我不禁心想。我挥挥手，启动轿车，落荒而逃。

加利福尼亚高速公路巡警给我开了一张罚单，因为我在210公路上超速行驶。

"那个警察完全和我想象中不一样。"约书亚说，"庞驰和约翰都没有乳房。看来我不得不更正一下我的期望了。"

开什么玩笑。

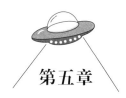

第五章

"好了,"我说,"问答时间。"

"狗贼,"约书亚说,"随便你怎么折磨我,但我绝对不会告诉你反叛军基地的坐标。"

约书亚和我坐在餐室的饭桌前。更准确地说,我坐在饭桌前,约书亚在饭桌上。我和他之间是必胜客纸盒和大号辣香肠比萨饼的残骸。约书亚吃了四块,它们横七竖八地悬浮在他的身体中央附近。我能看见比萨饼慢慢分解成带渗透梯度的云雾状,这个景象隐约有点让人不安。

"最后一块,你要吃吗?"约书亚说。

"不吃了。"我说,将纸盒转向他,"请便。"

"太好了。"约书亚说,伸出一条荚状伪足,裹住比萨饼的硬皮边缘,然后收进身体内。那片饼被他的身体包围,与它的兄弟姐妹做伴去了。"谢谢。我一整天什么都没吃。卡尔觉得你看见食物在很像干胶水的一坨东西中央腐烂会吓得心惊肉跳。"

"他说得对。"我说。

"所以他是老板嘛。"约书亚说,"好了。问答阶段有几条规矩:你提一个问题,我也提一个。"

"你有问题要问?"我问。

"我当然有问题了。"约书亚说,"从我的角度看,你是外星人。"

"有道理。"

"不许撒谎,不许回避。"约书亚说,"我觉得咱俩都能放心地彼此托付秘密,因为说真的,咱们能告诉谁呢?有道理吧?"

"有道理。"我说。

"很好。"约书亚说,"你先来。"

"你是什么?"最重要的问题放在最前面。

"问得好。我是一个高度发达和自组织的单细胞有机体群落,这些有机体在宏细胞的层次上协同工作。"

"什么意思?"我问。

"等再轮到你吧。"约书亚说,"你是怎么搞到这个地方的?相当不赖哎。"

他说得对。我这儿相当不赖。比我凭薪水(目前的薪水)能住得起的地方要强得多:牧场式平房,四间卧室,占地四分之三英亩(约3035平方米),俯瞰河谷,背对安吉利斯国家森林。有时候我半夜醒来从后门出去,会发现院子里有野鹿或郊狼正在翻垃圾。在洛杉矶,这已经算是大自然了。更不用说我的住处比雾霾层高了。这些都是爹妈有钱的好处。我父亲去世后,我母亲把屋子留给我,自己去了斯科茨代尔,想住得离她母亲所在的养老院近一些。

它唯一称得上缺点的短处是它位于错误的那条山谷里,圣加布里埃尔谷是"真正"人类居住的地方(言下之意:不是电影业人员居住的那条山谷)。其他经纪人隔三差五就要拿这个取笑我一次,而我总是笑眯眯地问他们在凡奈斯的单卧室公寓要多少租金。

"我从小到大一直住在这儿。"我说,"我母亲搬走后把它留给了我。'高度发达和自组织的单细胞有机体群落'是什么意思?"

"意思是我体内的每一个细胞都是自给自足、无特异性的有机体。"约书亚说，"你是怎么决定成为一名经纪人的？"

"我父亲是经纪人——文学经纪人。"我说，"我小时候他时常带客户来吃饭。都是很好玩的怪人。我老爸认识这么有意思的人，我觉得很酷，于是决定也要当经纪人。那时候我大概只有五岁，还不知道经纪人究竟是干什么的。既然你实际上是一群更小的生物，你怎么让它们按照你的意愿行动呢？"

"不知道。"约书亚说，"你知道你怎么让心脏跳动吗？"

"当然。"我说，"我的大脑向心脏发送命令，保持心脏的跳动。"

"对，"约书亚说，"但你并不清楚具体的过程。"

"是的。"我说。

"我也一样。"约书亚说，"你有游戏机吗？"

"什么？没有。"我说，"我小时候有一台任天堂，但那是很久以前了。你有器官吗？就像我们的心脏或大脑。"

"没有。"约书亚说，"我的那些细胞按需要轮流完成不同的功能。比方说，此时此刻我的体表细胞在采集感知信息。其他无事可做的细胞在完成认知功能。比萨饼周围的细胞在消化食物。如我所说，我做这些事情的时候并不需要思考，只是自然而然就完成了。有线电视呢？"

"基本套餐，外加 HBO 和花花公子。"

"小伙子很顽皮嘛。"

"我想要 Showtime 的，是他们搞错了，我一直没空去改回来。"

"我相信你。"约书亚说，"真的相信。"

"你是雄性还是雌性？"我问。

"两者都不是。"约书亚说，"我的细胞是无性生殖。辣妹频道对我来说毫无意义。你有能上网的电脑吗？"

"我有一台苹果电脑和家用宽带。"我说，"你为什么要问这些问题?"

"不知道你有没有注意到,但我是一个胶质方块。"约书亚说,"我恐怕很难出门逛街。邻居见到了会传闲话的。因此我想确定一下我能有办法消磨时间。养宠物吗?"

"我有过一只猫,但它两年前跑掉了。说是说'跑掉了',但我觉得更有可能被车撞了或者被郊狼吃了。隔壁的埃斯科贝多一家有条寻回犬,叫拉尔夫,偶尔会从院子里跑过来玩。我觉得你不需要担心拉尔夫。它十五岁了,顶多只能用牙龈啃一啃你,再说它也从来不进屋。那么,既然你们种族是无性繁殖的,那么你就是另外某个伊赫尔阿克人的克隆体了,对吗?"

"嗳——……"听约书亚发出的声音,不禁让人怀疑他企图回避这个问题。"也不尽然吧,"他最后说,"我们的细胞是无性生殖的,但我们通过某种方式创造新的……'灵魂',这大概是最适合的字眼了。我很难向你解释清楚。"

"为什么?"

"轮到我了。"

"你在回避问题。"

"唉。好吧,这件事呢,就这么说吧,它算是某种社会禁忌。要我谈论它就好像我请你栩栩如生地描述导致你父母怀上你的性交过程。"

"在他们去坎昆度蜜月的期间。"我说。

"他们用的是什么体位?持续了多久?"

我涨红了脸:"我想我明白你的意思了。"

"我看也是。"约书亚说,"说到这个——你有兄弟姐妹吗?"

"没有。"我说,"我母亲在怀孕期间有并发症,险些死掉。他们有段时间考虑要不要领养孩子,最后决定还是算了。你会死吗?"

"当然。"约书亚说,"而且比你的死法还要多。这个集群中的个体细胞每时每刻都在死亡,就像你身体里的细胞。整个集群也会死亡——虽说我们不像你们种族那样容易横死,但意外也会发生。哪怕集群活下来,灵魂同样有可能会死。你在谈恋爱吗?"

"不。有段时间我在事务所交了个女朋友,但六个月前她接受了纽约的一份工作。再说那段关系也不是很认真——更像是释放压力。你能活多久?"

"七十年,和你差不多,"约书亚说,"多多少少吧。这实际上是个非常复杂的问题。你喜欢你的工作吗?"

"大多数时候很喜欢。"我说,"谁知道呢。我觉得我挺擅长的。要是不干这一行,我也不知道我会去做什么。你的飞船是什么样子?"

"拥挤。难闻。光线昏暗。你不工作的时候都做些什么?"

"我差不多总是在工作。不工作的时候我大量读书。毕竟我父亲是一名文学经纪人。我母亲搬走之后,我把我以前的房间改造成了图书室。除此之外就没什么爱好了。有点可悲对吧?你怎么这么了解我们?"

"什么意思?"约书亚问。

"你的英语和我一样好。你知道电子游戏和有线电视的存在。你引用二十世纪五十年代恐怖片的台词。你对我们的了解似乎超过大多数人类对自身的了解。"

"恕我直言,但想比大多数人类聪明似乎并不是很难。"约书亚说,"你们星球在过去大半个世纪间向太空广播了海量内容。我们一直在保持关注。情景喜剧看个几千遍,学会英语当然不在话下。"

"我不知道该说什么好了。"我说。

"存在一定的误解。"约书亚承认道,"在我真的下来之前,我们还以为'摇得很（groovy）'正流行呢。其实都是因为《脱线家族》❶的重播。傻乎乎的尼克夜间频道❷。有很长一段时间我们根本没想到它们其实不是直播，还以为重复表演有某种仪式性的意义呢。就好像它们是宗教文本之类的东西。"

"要我说，布莱迪一家从不变老应该能让你看出点什么吧。"

"别误会我的意思，"约书亚说，"但你们在我们眼中全都一个样。再说我们最后还是想明白了。轮到我了。"

问答继续进行了几个小时，我的问题越来越大和与宇宙有关，约书亚的问题越来越小和与个人有关。我得知伊赫尔阿克宇宙飞船是一颗掏空的小行星，以亚光速飞行，从母星花了几十年飞到地球。约书亚得知我最喜欢的颜色是绿色。我得知伊赫尔阿克人之间主要通过复杂的信息素"象形文字"完成交流，这些所谓的文字被射入空中或经过接触传递："说话者"的身份由一个识别分子确定，那是他的个人气味。约书亚得知我喜爱欧洲舞曲胜过美式吉他摇滚。

到了最后，我比地球上的任何人都了解伊赫尔阿克人，而约书亚比地球上的任何人都了解我。我总觉得约书亚似乎占了便宜，毕竟地球上认识约书亚的除了我只有一个人，而知道我的人要多得多。

只剩下最后一个问题了：约书亚的名字是从哪儿来的？他不肯告诉我。

"不公平。"我说，"你说过不许撒谎，不许回避。"

"这是为了证明规则存在而允许的例外。"约书亚说，"另外，

---

❶ *Brady Bunch*，美国情景喜剧（1969—1974），主角是布莱迪一家。——译者注

❷ Nick at Nite，尼克国际儿童频道下属的有线和卫星子频道，利用主频道的夜间空闲时间播出节目。——译者注

要说也不是我说。你去问卡尔这个名字是从哪儿来的吧。现在,"他做了个动作,很像是久坐之后的伸懒腰,"你的电脑在哪儿?我需要登录邮箱。我想看看我收到了多少垃圾邮件。"

我领着他来到家里的办公室,电脑就放在这儿。他蠕动着爬上座椅,黏糊糊地盖住键盘,伸出触手抓住鼠标。我有点担心他的身体会粘在键盘上。不过,他从饭桌来办公室的这一路上并没有留下亮晶晶的黏液痕迹。这下不需要担心我的家具了。我猜键盘也不会有问题的。我留下他在网上闲逛,自己走上后门廊。

我的后院在斜向上的山坡上,另一头是茂密的森林,地势比邻居的后院略高一点——我十三岁的时候对此深感庆幸,因为隔壁家的翠什·埃斯科贝多时常躺在游泳池旁晒太阳。我坐进我通常坐的椅子,它面对埃斯科贝多家的后院——翠什早已结婚,十二年前就不住在这儿了,但积习难改就是这个意思。出来的路上我开冰箱拿了瓶啤酒,我拧掉瓶盖,仰起头眺望星空。

我在想约书亚和伊赫尔阿克人。约书亚是个摆在眼前的难题:非常聪明,非常好玩,非常灵活,而且——我已经开始感觉到了——非常容易感到无聊。我估计他在我家闷上一个星期肯定会发疯。我必须想出一个办法,让他能够经常出门转转。我不知道穷极无聊的伊赫尔阿克人是什么样子,也没有兴趣搞清楚。优先级第一的任务:为约书亚安排旅行考察。

伊赫尔阿克人是个不那么紧迫但无疑更加复杂的难题:这些胶冻外星人想和人类交朋友,而实话实说,人类恐怕更愿意和有内骨骼的生物交朋友。更糟糕的情形大概只有一种,那就是伊赫尔阿克人形如巨虫:本来就害怕蜘蛛和蟑螂的一半人类会变成吓得语无伦次的疯狂暴民。也许我就该用这个当宣传口号:"伊赫尔阿克人——至少他们不是昆虫。"我又抬头望着星空,漫无目的地琢磨其中之一会不会是他们从小行星改造而来的飞船。

我听见边门上传来抓挠声。我过去打开边门,拉尔夫,全世界最老的寻回犬,它站在另一侧的院子里轻轻喘气。它无力地摇着尾巴,抬头看着我的脸上露出疲累的犬类笑容,像是在说"你看我又逃出来喽"。老家伙,不赖嘛。

我很喜欢拉尔夫。埃斯科贝多家最小的孩子里奇两年前大学毕业搬走了,我估计从此之后就没人特别关照拉尔夫了。埃斯特万拥有一家电脑主机软件公司,他没有时间,而玛丽一看就不是喜欢狗的那种人。拉尔夫有人喂但没人管。

里奇以前时常带着拉尔夫来做客。他只比我小几岁,有段时间也想当经纪人,但后来对前途不太放心,去上了法律预科学校。里奇搬走后,拉尔夫继续来做客。我猜我让它想起了还有人关心照顾它的过去时光。没关系,我不介意。拉尔夫要的只是陪在其他人周围而已。这方面它很像绝大多数老人。迟早埃斯特万或玛丽会发觉它跑掉了,然后过来领它。拉尔夫会哀伤地看着我,跟着夫妻中的一个回家。一周后它觉得无聊了,这个循环就会再重复一次。

我转身走回后院。拉尔夫慢吞吞地跟着我,我坐进椅子,它在我旁边坐下。我用指节轻轻爱抚它的脑袋,思绪又回到伊赫尔阿克人的困境上。

不知为何,儿时的一段记忆跳进脑海:我父亲丹尼尔·斯坦因坐在餐桌前,对面坐的是克日什托夫·科尔多斯,这位波兰诗人是天主教徒,在二战期间试图偷运犹太人逃出波兰,被抓住后进了集中营。战后他移居美国,希望能用英语出版他的诗集。

我念大学的时候终于读了那些诗。它们既恐怖又美丽:恐怖是因为主题都是关于大屠杀和死亡,美丽是因为它们在可怖毁灭的阴影中找到了希望的瞬间。我记得读完后我有多么渴望外面的阳光,我因为第一次明白了当时究竟发生了什么而哭泣。

我有一些亲戚死在大屠杀中：我母亲那边的曾叔公曾姑妈。战争结束时，我的曾祖母也在集中营里。我小时候她从来不向我提起那些事情，后来又被中风夺去了语言能力。直到读了克日什托夫的诗，我才真正理解了那段历史。

那天晚上，克日什托夫和我父亲坐在餐桌前，克日什托夫又收到了一封退稿信。他对我父亲大发雷霆，因为我父亲无法卖掉他的书，他对出版社大发雷霆，因为他们不肯买他的书。

"你必须明白，"我父亲对克日什托夫说，"现在几乎没有人买诗集了。"

"我明白个屁。"克日什托夫拍着桌子说，"写诗就是我的天赋。这些诗不比你在书店里能看见的任何诗差，甚至更好。丹尼尔，你必须说服某个出版社买下来。这是你的工作。"

"克日什托夫，"我父亲说，"重点是现在没有人肯出版这些诗。假如你是埃利·威塞尔[1]，那肯定能卖掉。但你在美国是无名小卒，没有人知道你。任何出版社都不会砸钱出版谁也不会读的诗集。"

这句话惹得克日什托夫又怒斥了十分钟我父亲、出版界和美国大众的愚蠢，就算把天才摆在他们眼前，他们也认不出来。老爸冷静地坐在那儿，等待克日什托夫换气。

克日什托夫刚停下来，老爸就开口了。"你没有仔细听我说，克日什托夫，"他说，"我知道这些诗是杰作。这一点毫无疑问。但问题不在于它们，而在于你。在美国没有人知道你是谁。"

"谁在乎我是谁？"克日什托夫说，"这些诗能为自己代言。"

---

[1] 埃利·威塞尔（1928—2016），1986年诺贝尔和平奖得主，美籍犹太人作家和政治活动家，犹太人大屠杀的幸存者。

"你是个了不起的人，克日什托夫，"我父亲说，"但你对美国公众一无所知。"然后我父亲向克日什托夫讲述了日后将被称为"特洛伊木马"的计划。

计划非常简单。为了卖掉克日什托夫的诗，必须先让大众知道克日什托夫是谁。经过大量争论和语言羞辱之后，老爸说服克日什托夫拿出几十年前为了哄女儿而写的摇篮曲，作为童书出版。这本名叫《梦想者与安眠者》的童书卖掉了几百万册，克日什托夫惊骇莫名，我父亲欣喜不已。

在巡回宣传这本书的过程中，克日什托夫的集中营经历出现在全国所有大型和中型日报的专题版面上，我父亲甚至想办法说服了TNT电视台，将克日什托夫的故事拍成电视电影，在播出当月成为收视率最高的电视节目。克日什托夫觉得很难堪（扮演他的是汤姆·塞立克），但现在他既有名又有钱了。

"你看，"我父亲说，"现在咱们可以卖你的诗集了。"他说到做到。

我需要我的特洛伊木马。肯定有什么瞒天过海的办法能把伊赫尔阿克人塞给大众，就像我父亲操作克日什托夫那样。但我想不出我该怎么做。卖诗集是一码事，向整个星球介绍他们期待和恐惧了一个世纪的东西是另一码事。

门铃响了。拉尔夫哀伤地看着我。它的主人来找它了。我轻轻地拍了拍它的肚皮，然后一起去开门。

第六章

我隔着我的办公室窗户向里面张望。"告诉我,"我说,"我看见的不是蒂亚·雷德。"

"好的。"米兰达说,"你看见的不是蒂亚·雷德。"

"谢谢你迁就我眼中的现实。"我说。

"哪儿的话,"米兰达说,"这是我的荣幸和特权。"

我抓住门把手,深呼吸,推门进去。

不说别的,蒂亚·雷德美得摄人心魄:夏威夷和匈牙利血统各半,身高5英尺10英寸,天生拥有绝大多数女性坚称只有1英尺高的塑料娃娃才拥有的身体比例。她的唱片公司宣传员有一次喝醉了酒向我坦白,公司估计蒂亚的唱片销量中有至少百分之四十五卖给了十三到十五岁的少男,他们买CD完全因为封面内页照是蒂亚从太平洋的海水里站起身,只穿着紧身薄T恤和比基尼丁字裤,而两者都是特别透的肉色。

我喝醉了酒向他坦白,我从以前的格子间伙伴手上继承到她的时候,怀着那么一星半点的希望:她说不定是偶尔会和经纪人睡觉的那种女演员。然后我开始和她打交道。我得出结论,还好她不是。

"哈喽,蒂亚。"我说。

"哈喽,汤姆,可耻的蠢货。"蒂亚说。

"我也很高兴见到你,蒂亚。"我走到办公桌后坐下,"那么,"我说,"有什么能为您效劳的?"

"你能向我解释一下我的经纪人忽然变成了这位歇斯底里小姑娘。"蒂亚指了指角落里的一把椅子,阿曼达·休森坐在那儿哭得梨花带雨。看见蒂亚指到自己,阿曼达发出清晰的抽泣声,抬起双脚,企图以坐姿蜷缩成胎儿体态,只可惜椅子有点碍事。

"阿曼达是这家公司的一名全职经纪人。"我说,"而且很有能力。"

"狗屁。"蒂亚说。阿曼达又抽泣一声。蒂亚夸张地翻个白眼,扭头对阿曼达吼道:"你能不能安静点?我想和我真正的经纪人谈一谈,你不哭出一条河就已经够困难的了。"

阿曼达从座位上跳了起来,像是灌木丛里的一群大鸟受惊飞起,她企图逃出我的办公桌。她抓住门把手,使劲一拉,半边脸撞在了门上。我倒吸一口凉气:肯定会留下印子的。阿曼达哭着跑向她的格子间。蒂亚欣赏完这一幕,扭头看看我,她的表情就像一只猫吃掉了金丝雀,然后呕吐在主人最喜欢的鞋子里。

"我们说到哪儿了?"她说。

"你这么做实在不太好。"我心平气和地说。

"让我告诉你什么叫不太好吧,"蒂亚说,"从火奴鲁鲁探望家人回来就收到曼迪的留言,说她有多么高兴能和我共事,这个才叫不太好。"蒂亚从险恶的舒展坐姿忽然挺直腰杆,动作敏捷得不可思议,惟妙惟肖地模仿阿曼达的女童子军语气:"我买了你的专辑!我运动的时候最喜欢听它了!"蒂亚又懒洋洋地躺下去:"好得很,妹子,加入看着我封面照片臆想的一半人群吧。"

"其实只有百分之四十五。"我说。

蒂亚眯起眼睛:"什么?"

"臆想的只有百分之四十五。"我说,"你的唱片公司自己估计的。蒂亚,阿曼达为我工作。她是我的助理。"

"我怎么记得外面的小姐才是你的助理?"蒂亚说,用大拇指指了指米兰达的办公桌,"今天她几乎不肯让我进你的办公桌。我都准备要扇她了。"

在回归正轨和念大学之前,米兰达的少年时光有很大一部分花在东洛城的帮派生活之中。某天晚上在一场公司派对后,米兰达向我展示了她的伤疤,那是许多次女孩搏斗中剃刀留下的勋章。和我对打那姑娘的下场惨得多,她说。不知道蒂亚有没有意识到今天上午她离死神有多近。

"米兰达是我的行政助理。"我说,"阿曼达帮我处理一些客户的事情。"

"哼哼,我反正不想和她共事。"蒂亚说。

"为什么?"

"哈喽?汤姆?你没看见曼迪小姐刚才是什么样子吗?整一个爱哭鬼嘛。"

"蒂亚,她是怎么变成那样的?"我问。

"问得好。"蒂亚说,"我们就坐在这儿等你,我就跟她说走遍地球也找不到办法能让她当我的经纪人。"

"我来之前你们在这儿待了多久?"

蒂亚耸耸肩:"半小时,三刻钟。"

"我明白了。"我说,"而你不认为被羞辱三刻钟会气得人精神崩溃。"

"喂,"蒂亚又坐起来,伸出手指指着我,"是你害她得到这个下场。你不能因为我拿她稍微撒了点气就对我发火。"

"三刻钟可不是一点点啊,蒂亚。"我说。

"这话什么意思？现在倒霉的是我哎。"她阴沉着脸又躺了回去。

我的脑袋开始疼了。"蒂亚，你到底要我怎么做？"我问。

"我要你做你的工作。"蒂亚说，"我给你百分之十佣金不是为了让你把我塞给曼迪，一个毛都没长齐的经纪人。我能想到起码十个经纪人愿意为了代理我而伏地恳求。汤姆，我不需要你的施舍。"

"真的？"我说，"十个经纪人？"

"至少。"

"好，"我说，"说一个我听听。"

"什么？"

"说一个给我听听，"我说，"这些经纪人里随便说一个名字给我听听。"

"没门。"蒂亚说，"我为什么要告诉你你的竞争者是谁？我要你提心吊胆。"

"提心吊胆？蒂亚，我想打电话给他们。"我说，"既然他们这么想要你，我愿意放手。我不想看见你不高兴。所以咱们就别磨蹭了，一次性地解决问题。除非你刚才是信口乱喷。"

这句话惹毛了她。"ACR 的艾伦·芬利。"她说。

我用内线电话呼叫米兰达。米兰达走到门口："什么事，汤姆？"

"米兰达，帮我打个电话给联合客户代表公司的艾伦·芬利，接通后放在免提上。"

"没问题，汤姆。"

"多谢，"我说，"哦，还有一件事。等你找到艾伦，能帮个忙把蒂亚的档案拿给我吗？"

"完全没问题。"米兰达说，"整套档案都要吗？"

"简报就可以了，米兰达，谢谢你。"

米兰达微微一笑，扫了一眼蒂亚。"我应该的，汤姆。蒂亚。"

她说着关上门，蒂亚几乎对着她咆哮起来。

"这个讨厌的女人！"蒂亚说，"你看见她看我的表情了吗？"

"肯定是我走神了。"我说。

免提电话里响起米兰达的声音："汤姆，ACR的艾伦·芬利，"她说，把通话接给我。

电话里响起一个男人的声音："汤姆？你找我？"

"好啊，艾伦，"我说，"ACR最近过得怎么样？"

"简直是奶与蜜的国度，汤姆，我们派对抽奖送的是宾利。要来一辆吗？"

两周前，ACR的一份内部备忘录不知怎的落到了《综艺》杂志手上；ACR的首席执行官诺姆·杰克逊在备忘录中承诺，接下来的三个月内，任何能从其他经纪公司抢来A级客户的经纪人都能得到一辆劳斯莱斯轿车。杰克逊先宣布备忘录是伪造的，然后企图声称那是公司内部的玩笑。没有人上当。长期客户受到冒犯，觉得备忘录的言下之意是他们算不上A级演员，纷纷弃船而去。ACR正在接触的客户不再回电话。《综艺》杂志推测公司的二号人物将得到诺姆·杰克逊的工作。

"暂时就算了，艾伦，但到了圣诞假期记得提醒我一声。"我说，"对了，艾伦，请教你一个问题。"

"放马过来。"

"我有个客户最近……怎么说呢？……对她在这儿得到的代表服务的质量不太满意，正在考虑投奔你们。"

"哎呀，汤姆，你可真是乐善好施的真朋友。"艾伦说，"是米歇尔·贝克吗？随时欢迎你送她来找我。说不定那辆劳斯莱斯就是我的了。"

我哈哈大笑。他哈哈大笑。蒂亚恶狠狠地瞪着免提电话。

"对不起,艾伦,这位客户是蒂亚·雷德。你认识她的。"

"当然。我买了她的CD。主要是为了那张内页照片。"

蒂亚的表情像是想说什么,但我用手指碰了碰我的嘴唇。"对,"我说,"你感兴趣吗?要不要收了她?"

"天哪,汤姆,你是认真的?"

"当然,艾伦,比心脏病发作还认真。"

"她现在不会凑巧就在电话旁边吧?"

"当然不会。"我答道,这么说至少能让蒂亚安静几分钟,"只有你和我。你就说要不要吧?"

"当然不要,汤姆,"艾伦说,"我听说她就是个煞星。"

蒂亚的表情像是挨了一巴掌。

"我听说她逼疯了她的上一个经纪人。你认识他,对吧?"

"认识,"我说,"我们坐同一个格子间。"

"那就对了。据说像地震中的北岭似的崩溃了。去入了山达基还是别的什么教。"

"其实是信佛了。"

"好吧。"艾伦说,"没别的意思,汤姆,逼得想让我出家的客户已经够多了,我猜肯定有个什么地狱是专门为他们准备的。我可以盯着蒂亚看几个钟头,但不想和她待在同一个房间里,当然更没兴趣代理她。说起来,你到底是怎么做到的?"

"大概因为我是圣人吧。"我说,"好吧,听我说,艾伦,你认识你们公司里有什么人也许愿意代理她吗?"

"一时间想不起来。你愿意代理她多久就代理她多久,朋友,请收下我们所有人的祝福。我会记住替你祈祷的,希望这能让你感觉好一些。"

"肯定能,肯定能。"我说。"谢了,艾伦。"

"小事情，汤姆。要是米歇尔看够了你的嘴脸，记得先通知我一声。她嘛，我一万个愿意。"他挂断电话。

"唔，"我说，"这个电话是不是很有教育意义？"

"滚蛋。"蒂亚说，扭头盯着侧面的窗户。米兰达走进房间，把一份档案扔在办公桌上，然后转身出去。

"那是什么？"蒂亚问。

"你的剪报档案。"我说，"公司的剪报人员在行业期刊、报纸杂志和网络博客上搜寻与客户有关的资料，定期交给我们，确保我们了解大众如何看待我们代理的明星。"

我将剪报分成两堆。一堆非常小，另一堆非常不小。我指着比较小的一堆问："知道这些是什么吗？"

蒂亚看了一眼，耸耸肩："不知道。"

"这些是你的正面报道。"我说，"主要关于你酷似芭比娃娃的外形，不过有一条说你是你出演的那部文斯·沃恩电影里最像样的角色，但再往下看会发现那是名褒实贬这个修辞方式的教科书级范例。"

我用大拇指翻着另一堆剪报，这一堆要厚得多。"这个，"我说，"是你的负面报道。说起来，公司里有人开了个赌局，我们在竞猜这一堆到年底能到多厚。目前还只有三英寸。不过时间还早，而 TMZ❶网站很爱你。"

蒂亚满脸厌烦："你想说明什么？"

我放弃了："蒂亚，我一直在想办法用更得体的办法告诉你。现在让我直话直说吧：这座城市没有人喜欢你，一个都没有。你难

---

❶ 美国娱乐新闻网站和电视节目，成立于 2005 年，专注于名人新闻、八卦和娱乐行业的最新动态，以其快速报道和独家新闻而闻名。

以相处得恐怖。大家不喜欢和你共事，不喜欢和你一起被别人看见，甚至不喜欢和你待在同一个房间里。连拿你当幻想对象的十三岁少年对你的了解都足以让他们不喜欢你。在好莱坞的'传奇'万神殿里，你和莎依·多赫提还有肖恩·杨站在同一排。"

"我一点都不像她们，"蒂亚说，"我还有职业生涯。"

"对，你确实有。"我说，"你必须为此感谢我。换了其他的经纪人，早就让你滚蛋了。你确实很好看，但美貌在这座城市可并不稀奇。我每次帮你找工作都像打仗似的。每次我帮你找到了工作，得到的反馈永远是全体剧组都宁可嚼玻璃也不肯和你再共事了。全体剧组。甚至有备餐人员不肯给有你在的场景送餐。我最乐观的估计是你还能混十八个月，然后就再也找不到人愿意和你共事了。在此之后你只能去找个好心肠的八十岁石油大亨，嫁给他等他睡成植物人。"

蒂亚哑口无言——不可能持续太久，也没有持续太久："天哪，汤姆。谢谢你的信任票。"

"这一票不是投给你的，蒂亚。我给你两个选择：第一个，闭上嘴好好坐着，我怎么说你就怎么做，我们也许还有一丝微乎其微的希望能拯救你的职业生涯；第二个，别闭嘴好好坐着，别我怎么说你就怎么做。总而言之，我都不管你了，你可以一转身就滚出我的办公室。我根本不在乎你怎么选。实话实说，我在说谎。我更愿意看见你出去。但我把选择权交给你。你说你怎么选吧？"

蒂亚坐在那儿，视线里透出毫无杂质的纯粹憎恨。令人惊恐的是这个表情实在太撩人了。我没有理会，继续说了下去。

"那好。首先，请你向阿曼达道歉。"

"没门。"蒂亚说。

"有窗户。"我说，"否则就没得谈了。你羞辱她的时候肯定没注意到,但整个大洛杉矶地区多半只有阿曼达一个人是真心诚意喜欢你的。洛杉矶盆地居住着一千七百万人口,蒂亚,你需要她。"

"需要个屁。"蒂亚说。

"蒂亚,"我说,"四个字:'睡老爷爷。'"

"见鬼,"蒂亚说,"好吧。"

"谢谢。"我说,"你要做的第二件事情就是相信我。阿曼达现在确实还很不起眼,但她愿意把大部分脑子献给你而不是她自己。和她共事吧。尽量对她好一点。回到舒舒服服的家里,你可以找个真人大小的玩偶打扮成她,然后操起匕首使劲捅,我无所谓。但请你花点心思和她一起做事。明白了吗?"

"行。"蒂亚说。她恨死了这个念头。

"很好。"我说,"你可以去了。"

"什么?你要我现在去道歉?"她的震惊发自肺腑。

"时不我待啊,蒂亚。她在这幢楼里,你也在这幢楼里。现在去道歉对大家都方便。"

蒂亚站起身,最后瞪了我一眼,转身走出我的办公室,狠狠地摔上门。我呆坐了足足十五秒,扯着嗓子欢呼一声,开始使劲转屁股底下的办公椅。

米兰达走进办公室,手里拿着什么东西:"蒂亚走的时候像是要内爆了,汤姆,你到底对她摆了多狠的狠话?"

"哎呀我的老天。"我停止旋转,觉得又开心又头晕,"我想这么做已经有好几年了。我做梦都没想到感觉会这么爽。"

"我猜也是。"米兰达说,"你没关免提电话。"

她向我伸出手,手里拿着一个数码录音机。

"这是什么?"我问。

"你刚才蒂亚特别节目的纪念品。"米兰达说,"对不起,实在没忍住。"

米歇尔从色拉里挑出一长条鸡肉。"我在考虑染头发。"她说，把鸡肉塞进嘴里。

"米歇尔，蓝色的头发只有在玛琦·辛普森头上才好看。"我说。

她朝我摆摆手："哈，哈，真风趣。不，我要染成棕色。你知道的，为那个角色。"

"我能问一句吗？咱们这是在说哪个角色？"我问。

"《苦难回忆》。"米歇尔说。

现在我明白我为什么坐在塔扎纳的蒙度鸡肉店里了。几年前米歇尔和我就是在这儿认识的，当时她还叫雪莉，是个正在找经纪人的女招待，而我初出茅庐，是个想找姑娘睡觉的经纪人。结果她是我们两人中更有决心的那一个；我没捞到机会和米歇尔上床，而她说服了我代理她。她认为这是个好兆头（从她找到经纪人的角度说，不是她没有和我上床的角度）；从此以后，每次米歇尔要纪念什么特殊时刻或向我发表什么声明，就会叫我来蒙度鸡肉店见面。

到目前为止，这些场合包括决定加入六部电影、她双亲死于车祸后的葬礼、三次订婚（以及后续的分手）、两次宗教顿悟和一次宠物安乐死。我和她之间有许多记忆，全都塞在圣费尔南多谷的这家高价餐厅里。米歇尔决定在这儿宣布她想参演《苦难回忆》就是个非常不妙的兆头，意思是她已经下定决心，我能让她改变主意的可能性微乎其微。

但我是不会束手待毙的。"《苦难回忆》已经选定演员了，米歇尔，"我说，"制片方签了爱伦·莫罗。"

"还没有。"她说，"我打过电话。他们只有口头协议。我认为我能说服他们改变主意。"

"通过染发?"

"染发只是个开始。"米歇尔说,"我是说,这至少能释放出我很认真的信号。要是我的外形像那个角色,也许他们就能在那个角色中看见我。棕色头发能改变我的整个外形。"她继续用叉子戳她那份色拉。

我放下叉子,揉着鼻梁说:"米歇尔啊,就算你有一头棕色头发,看起来也不像四十几岁的东欧犹太人,只会像个头发染成棕色的二十五岁加州雅利安人。你看看你自己,米歇尔,你满头金发,天生的。你有纽曼的蓝眼睛。你的体型在九十年代以前还没被发明出来呢。"

"我可以长胖。"她说。

"你吃甜点都会惊恐得呕吐。"我说。

"我很久以前就不那样了,你知道的。"米歇尔说,"这一招很下作。"

"你说得对。"我说,"对不起。"

米歇尔放松下来。"今天我会吃一份甜点。"她说,"我记得店里有脱脂酸奶的。"

"你的问题不只是长相,米歇尔。"我说,"你别误会我,但你真是没有为这个角色做好准备。这个角色是写给一个比你老得多的演员的。"

米歇尔用叉子指着我:"《夏日布鲁斯》也是写给一个年纪更大的演员的,忘记了吗?我们刚拿到剧本的时候,它说的是一个三十来岁的女人诱惑一对少年兄弟。我得到那个角色之后,年龄被踢回二十二岁。剧本重写不就是干这个的嘛,你的原话。"

"《夏日布鲁斯》是一部喜剧,说的是两个小伙子失去童贞。"我说,"《苦难回忆》说的是反犹太主义和六百万人被屠杀。两者的主题有一些细微差别，我看你也同意吧？"

"嗯，那当然。"米歇尔说，"但我看不出这和主角有什么关系。"

我叹息道："让我换个角度说吧，你为什么这么想要这个角色？"

米歇尔露出困惑的表情："什么意思？"

"我的意思是说，这个角色有什么特殊之处能让你对它如此狂热？你为什么这么迫不及待地想要这个角色？"

"这是个了不起的角色，汤姆，"她说，"充满了戏剧冲突和情感。我想演类似这样的角色。你知道的，一个拥有精神负担的角色。我觉得现在是好莱坞认真看待我的时候了。"

"好吧。"我说，"来，我问你，你了解大屠杀吗？"

"我当然很了解。"米歇尔说，"你怎么可能不了解大屠杀呢？大屠杀很恐怖，每个人都知道。我看过《辛德勒的名单》。我哭了。"

"很好，《辛德勒的名单》看哭了是个好开始。"我说，"还有什么？"

"我一直在考虑去参观那个有关仇恨的博物馆，"她说，"不过一时间想不起来它叫什么了。西蒙什么来着。诺顿·西蒙博物馆？"

"西蒙·维森塔尔❶。"我说，"诺顿·西蒙是艺术博物馆。"

"我知道是这两个之中的一个。"她说。

"你有没有读过我给你的那本诗集？"

"叫什么克里斯马思的？"

"克日什托夫。"我说。

"我开始看了，但不得不停下。"米歇尔说，"当时我不得不

---

❶ 西蒙·维森塔尔（1908—2005），犹太裔奥地利籍建筑工程师，犹太人大屠杀的幸存者，一生致力追查纳粹党人和搜证，把他们送上法庭。为纪念第二次世界大战中被纳粹杀害的犹太人而成立的西蒙·维森塔尔中心，以他的名字而命名。

给我的狗做安乐死,读那些诗让我心情抑郁。我总是想到我的狗,哭个没完。"

"很好。"我说,"听我说,米歇尔,你想演正剧角色是一件好事。我认为你会演得很出色。我只是不认为这个角色适合你。《苦难回忆》不但需要演技,还需要知识。我知道你认为你了解大屠杀和这个女人的生平,但我不认为你了解。假如你什么都不知道就接下这个角色,你会一辈子都被它拖累的。梅兰妮·格里菲斯拍过一部电影叫《爱在战火蔓延时》,她在媒体招待会上说:'有六百万犹太人在大屠杀中遇害。那是很多很多人!'这种话对她的电影毫无帮助。"

"六百万确实是很多很多人啊,"米歇尔说,"我不明白她这么说为什么会惹得大家那么生气。"

"我知道,米歇尔,"我说,"所以我才认为你不该去碰这个角色。"

米歇尔气呼呼地瞪着我,似乎准备慷慨激昂地大发雷霆,但眼睛突然向上一翻,只留下眼白对着我。她的嘴巴微微张开,叉子落在桌上。我看着这一幕,惊慌失措——我气得她中风了!我正忙着掏手机拨911,她又恢复了正常。

"感觉好多了。"她说。

"我的天哪,米歇尔,"我说,"刚才是怎么回事?"

"我最近在做催眠治疗,"她说,"帮我缓解压力。他在我的潜意识里植入了一个自我暗示,每次我震怒或压力过大的时候,就会飘走几秒钟。对我解决我的问题非常有帮助。"

"希望你在405公路上的时候不要有什么问题。"我说。

"哈,交通堵塞通常能释放我的压力,所以不会有任何问题的。"米歇尔说,"再说反正也动弹不得。听我说,你刚才害得我非常生气。"

"我现在知道了。"我说。

"按理说你是我的经纪人,没忘记吧?"她说,"也就是说你应该帮我拿到我想要的角色。"

"对，但我也是你的朋友。"我说，"也就是说我应该为你着想。另外，作为你的经纪人，我必须考虑到你的职业生涯的寿命。要是《苦难回忆》票房失利，你虽然还是能继续拍电影，但请不请你拍正剧大家就要再三斟酌了。到时候你反而会卡在《夏日布鲁斯》和《谋杀地球》续集里进退两难。短期来说非常挣钱，但不可能拍一辈子。"

"我根本不想接这部《谋杀地球》续集。"米歇尔郁闷地说，"我有可能脱身吗？"

"恐怕没有了。"我说，"我们已经过了口头协议的阶段。再说你能拿到一千两百万片酬外加分红。你现在有钱得难以置信了。好好享受吧。"

米歇尔用叉子戳着食物说："我之所以能接到第一部电影，唯一的原因就是布莱德想搞我。"

"米歇尔，怎么可能只有这一个原因？"我说，这倒是真的，因为当时请她拍戏还很便宜，"但你要这么看问题：现在你愿意怎么搞他都随便你了。可以听着一千两百万的数钱声音搞。"

米歇尔耸耸肩，低头看着盘子："我想说的意思是，我希望能尽快接到一个角色，而得到角色的原因不是某人想跟我上床。"

我想起我是怎么开始代理米歇尔的，不禁觉得自己肮脏得难以置信。

"可以走了吗？"我问。

她抬头看我："什么？"

"咱们走吧。"我说，从钱包里取出两张二十块放在桌上。

"我还没有要甜点呢。"米歇尔说。

"我相信你会吃的。"我说，"现在我要你跟我走。我有个点子。"

走出蒙度鸡肉店，隔着商业街的对面是一家巴诺书店。我们走了进去。

"我们这是在干什么?"米歇尔问。

"买些研究资料。"我说,让她坐在供客人休息的椅子上,自己去选书了。我挑出汉娜·阿伦特❶、普里莫·莱维❷、埃利·威塞尔和西蒙·维森塔尔。我也拿了《希特勒的意愿执行者》《否定大屠杀》《浩劫》和《为什么天空没有变暗?》。我走到图像小说区,在穿紧身衣的超级英雄中间找到《鼠族》。穿过小说区的路上,我看见了《苏菲的选择》,也随手拿起一本。多这一本不嫌多。

我没有抱什么幻想,这些书籍足以难倒一个研究生,更不用说米歇尔了,她脑子最灵活的时候在智性领域内也顶多是个中量级选手。我无法想象她会怎么理解"平庸之恶"的概念。但我们毕竟在蒙度鸡肉店吃了饭,这已经足以说明问题。在这些书籍中艰难跋涉,她会恨不得弄死自己的。不过,谁知道呢?也许真能成功。更奇怪的事情已经发生过了。

二十分钟后,我们站在结账台前,收银员诚惶诚恐地拿起一本本书扫条码。

"你要我读完所有这些?"米歇尔问。

"试试看吧。"我说,"从《鼠族》或《苏菲的选择》开始。读完几本,说服我你是认真的,然后我会尽我所能帮你争取那个角色。合理吧?"

米歇尔叫得像是往日的那个啦啦队长,她熊抱我,在我脸上啄了一口。收银员嫉妒得险些昏厥。

---

❶ 汉娜·阿伦特(1906—1975),德国犹太人,20世纪思想家、政治理论家,《艾希曼在耶路撒冷》是其代表作。

❷ 普里莫·莱维(1919—1987),犹太裔意大利化学家、小说家,被誉为意大利国宝级作家,奥斯维辛集中营幸存者。

第七章

"我说我想出去走走的时候,想到的可不是这个场面。"约书亚说。

约书亚、拉尔夫和我站在大道尔顿峡谷水库的岸边,这是个偏僻的小水塘,位于丘陵地带。今天是上班日,因此白天不太可能有人来。我带着钓鱼竿。我不知道水库里有没有鱼,但今天显然很适合搞清楚到底有没有。

"那你想到的是什么,约书亚?"我问。

"我说不准。"他说,他的一只荚状伪足有一半泡在水里,像是在看水有多凉,"我在想也许是去汽车影院看电影。"

"阿苏萨有个汽车影院。"我说,"不过不知道现在还放不放电影,我记得好像已经改建成跳蚤市场了。"

约书亚整个滑进水里,像一团油污似的浮在水面上:"呃,反正试试看总没坏处。再买一大桶爆米花。人工奶油调味剂吃得你直恶心。"

我把钓线甩进水库:"说得你好像知道人工奶油调味剂是什么似的。"

"喂,"约书亚说,"我欢迎一切体验。我从没呕吐过。说不定很好玩呢。咱们可以走了吗?"

"当然。"我说,"但必须等天黑以后。我不希望你被任何人看见。"

"要是我没理解错,人们去汽车影院并不是为了看电影。"约书亚说,"既然他们连电影都不看,他们看我们的可能性又有多大呢?"

拉尔夫在岸边徘徊,冲着约书亚汪汪叫。约书亚颤抖了一小会儿,然后朝拉尔夫射出水柱,正中拉尔夫的肚皮侧面。拉尔夫原地蹦跶了一圈,又叫了几声,然后跳进水里扑向约书亚。他们互相泼水,戏耍了几分钟。我有好几年没见过拉尔夫这么开心了。

本周早些时候,拉尔夫和约书亚交上了朋友。训斥蒂亚的那一天,我回到家打开前门,发现约书亚和拉尔夫在前走廊用我的一件正装衬衫练拔河。拉尔夫占上风,因为它既有牙齿也有爪子,而约书亚在打蜡的硬木地板上缺少摩擦力的帮助,像一大团什锦果冻似的滑来滑去。拉尔夫险些拽着约书亚跑出去,我连忙关上门。

"你们这是拿我的衬衫干什么?"我说。

"对不起。"约书亚说,"不是你最喜欢的一件吧?我们只是在玩耍。"

"拉尔夫是怎么进来的?"我问。

"我去后院透透气,它忽然冒出来,跟着我进屋了。"约书亚答道,"我们能留下它吗?"

拉尔夫喘着粗气,汪了一声,开心地趴在木地板上。

那天晚上我送拉尔夫回家,但一转身它就跑回来找约书亚了。那场面真是可爱:一条狗和它的凝胶小伙伴。埃斯特万来领拉尔夫,我说我不介意照看它几天。埃斯特万走的时候显然松了一口气。我从此再也没见过他。我隐约觉得我已经接收了这条狗的所有权。

我本以为看见一团会动的胶冻能让拉尔夫的犬类大脑爆炸,但看着它和约书亚在水里嬉闹，显而易见的是它应对得很好，绝大多数人类都不可能有这么好。我向约书亚提起这一点。

"那是因为拉尔夫和我讲同一种语言。"约书亚说，和拉尔夫一起游向岸边。

"什么意思？"我说，"我没听见你汪汪叫啊。"

"我指的是气味。"他说，"拉尔夫擅长处理那种信息，你明白的，它是一条寻回犬。我花了半小时搞清楚它对什么气味敏感。现在我们有了一套相当有效的词汇表。"

"所以你能和拉尔夫对话？"我说。

"当然不能。"约书亚说，"汤姆，它是一条狗。"

"但你刚刚还说你和它有一套有效的词汇表。"

"对，但你和它也有。我听过你对它说话。它能理解其中一些词语，但不等于你能和它聊核原子物理。不过，我比你更容易和它交谈。气味对它来说比字词更容易理解。气味本来就是我的日常语言，因此我和它交谈比和你交谈更容易——拉尔夫，对不对？"

拉尔夫回到岸边，叫了一嗓子。

"你说什么，拉尔夫？小蒂米掉进井里需要救援？"

拉尔夫又叫了一声。

"好孩子！"约书亚说，"汤姆，给它点吃的。"

"遵命，我球状的主子。"我说，在身旁的冷藏盒里翻了一会儿，取出我做的一块三明治，把里面的火腿肉片递给拉尔夫。拉尔夫严肃地接过去，在我身旁卧倒。

约书亚滑过来，伸出一条触须。"哎，快看，"他说，"我抓了一只青蛙。"触须里有一只惊恐万状的两栖类小动物，它在约书亚的胶冻身体内缓缓踢腿。

"天哪，约书亚，"我说，"你要弄死那小家伙了，给它一点空气。"

约书亚造出一个气泡，顺着触须滑向小青蛙，小青蛙蹲在气泡里，跳了几下企图逃跑，然后安静下来，静静地蹲在那里。约书亚把青蛙拿给拉尔夫看，拉尔夫很有礼貌地闻了闻，然后趴下去开始打盹。

"我来的地方也有这种东西。"约书亚说。

"青蛙？"我说。

"呃，显然不是青蛙——不完全是。"约书亚说，"首先，腿比较多，而且大得多，非常多。但概念相同——两栖生物，不是非常聪明，等等。我们利用它们就像人类利用马匹和其他大型动物。驮兽。"

"咿哈，银子❶。"

"我听懂了。"约书亚说。

"我不吃惊。"我说。

"说起来，我刚才包住青蛙不是想杀死它，"约书亚说，"只是想确定一件事情。我想看我能不能像在母星控制我们的青蛙那样控制它。"

"我不明白。"我说，"什么意思？"

"在母星，我们接入它们的大脑，"约书亚说，"我们伸出一条非常细的触须，钻进它们的颅骨，连接神经系统，按照我们的需要驱使它们。"

我想象着约书亚裹住一匹马的脑袋，用身体填满马的双耳。不夸张地说，这个场景令我不安。"太可怕了！"我说。

"为什么？"

---

❶ 美国西部小说作家赞恩·格雷（Zane Grey）的代表作 *The Lone Ranger*（译为《独行侠》《孤胆奇侠》）中主人公的马名叫 Silver（中文意译，银子）。

"就是很吓人。"我说,"侵入其他生物的大脑,驱使它们按照你的意愿行动。"我不由自主地打个寒战:"就好像精神强奸之类的暴行。"

"汤姆啊,它们是大青蛙。"约书亚说,"你们用鞭子抽蠢笨的动物,要它们做你们希望它们做的事情,难道就比我们强了吗?再说我们也不会侵占能思考的生物的大脑。那是——"他暂停片刻,挥舞触须,像是在思考该怎么表达,青蛙在触须里不安地跳了一下,"那是一项罪行。非常严重的罪行。就像你们的杀人和乱伦。"

"我真是松了一口气。"我说,"因为,你知道的,我们人类从来不自相残杀和乱伦。"

"不要因为你们种族的缺点而责怪我。"约书亚说,"来,你看。就在咱们聊天的时候,我进入了这家伙的脑袋。看好了。"他将触须放在地上,然后收回体内。青蛙蹲在地上,几乎一动不动。

"触须去哪儿了?"我说。

"刚才句子里的重点词是'非常细',汤姆,"约书亚说,"你看不见的。来,开始。"

青蛙还是蹲在原处,过了几秒钟,它向前挪了一点点,然后又蹲着不动了。

"看见了?"约书亚说。

"就这样?"我说。

"嘴巴利索得很嘛,你做给我看一看。"约书亚说。

"做什么?"我说,"青蛙动了一下。好了不起哦。青蛙说不定本来就要动的。"

青蛙用两条后腿站了起来,跳了一段桑巴舞,两条前腿跟着摆动。

"好吧。"我说,"这个确实不怎么常见。"

"谢谢。"约书亚说。青蛙笨拙地鞠个躬,紧接着翻倒在地。这种生物的身体不适合双腿站立。它在原处蹲了几分钟,然后转向水库,一跳一跳跑掉了。

"你还在控制它吗?"我问。我想象显微级的触须从约书亚身上伸展而出,就好像我的鱼竿上的钓线。

"不,我放开了它。"约书亚说,"我做得不是很好。地球生物的神经系统与我们母星生物的不一样。就连让它跳一跳也挺麻烦的。要是让我仔细研究一下,我肯定能琢磨清楚。但临时练手就很困难了。"

"你必须教我怎么做到这个。"我说。

"你必须先变成一团胶冻。"约书亚答道。

我拍拍肚子。"给我点时间。"我说,"我有完全不相关的另一件事情要说,希望你没有在等鱼当午饭。它们似乎不肯咬钩。"

"我不认为你能钓到鱼。"约书亚说,"我相当肯定水库里根本没有鱼。"

"我也是。"我说,"但谁能说得准呢?"

"呃,刚才我在青蛙脑袋里的时候,没有感觉到有关鱼的任何记忆。"约书亚说,"要是水库里有鱼,青蛙多半会有见到鱼的记忆。至少我认为我没有感觉到有关鱼的任何记忆。但就像我刚才说的,你们的神经系统不一样。"

我坐在那儿盯着约书亚看了两分钟,然后开始收线。"知道吗?"我说,"我很不喜欢你这么做。"

"怎么做?"

"就像刚才那样,聊到一半突然随便丢个炸弹。"我说,"'哦,你看，青蛙耶！看我让它学丹尼·凯耶❶跳舞！哦，顺便说一句，你知道我还能读懂它的意识吗？'你这样很为难我啊。"

"对不起。"约书亚说，"我没有想隐瞒任何事情。之前我们玩问答游戏的时候，你可以问我的嘛。"

"我不知道该问什么。"我说，"听我说，约书亚，我并不真的生气，但你也要理解我。我需要了解你们的所有情况。在短短五分钟内，你向我展示了你们种族有能力侵入其他人的脑袋，读取他们的思想——"

"其他生物，不是其他人。"约书亚说。

"百分之九十的人类不知道天文学和占星术有什么区别，你觉得他们能搞清楚这两者有什么不同吗？"我说，"这种能力让我感到非常不安，而我完全明白你在说什么。我该怎么让全世界理解这一点呢？"

"假如会让你不安，我不使用它就好了。"约书亚说。

"你没有听懂重点，约书亚。"我说，"你用不用这种能力不重要，关键在于你有这个能力。对人类来说完全陌生，而且非常吓人。这是我们必须想办法处理的难题。这就是我想说的重点。你们对我们的了解超过我们对你们的了解。假如你知道你能做什么人类不能做的事情，你必须先让我知道。不要等我问你才说，也不要在闲谈中忽然随口提起。我们承受不了任何意外信息。我承受不了。"

"你刚才在撒谎。"约书亚说，"你很生气。"

我想表示反对，但想了想又停下，对约书亚苦笑道："对不起，约书亚，你说得对，我确实很生气。这件事我已经思考了一个多星期，

---

❶ 丹尼·凯耶（1911—1987），美国喜剧演员、歌手、舞蹈家，以其独特的肢体喜剧风格和即兴表演能力而著称。

但还是想不出该怎么做。我感到非常烦恼。"

"一个星期并不长。"约书亚说。

"对,并不长。但现在我至少应该有个点子了。"我说,"再糟糕的点子也比没有点子强。但我脑子里一片空白。我觉得我都要发焦虑症了。"

"要是能让你感觉好些的话,我想说明天一早我依然会尊敬你的。"约书亚说。

我的笑容变得灿烂。"这就是问题啊,知道吗?"我说,"我记得我小时候看过一部二十世纪五十年代的科幻电影。一群男人来到金星,发现这里是个女人的王国,统治者是嘉宝三姐妹❶中的一个。人类与外星球生命取得了第一次接触,而外星人都是美艳绝伦的女人。地球来的男人对此当然没有任何问题。你要是长成那样,事情就简单多了。"

"我不知道我愿不愿意长得像嘉宝三姐妹中的一个。"约书亚说,"不过肯定很有意思。'地球上的人类!快投降吧,否则我们就要扇你们警察的耳光了!'"

"也许不是嘉宝三姐妹。"我说,"但也不要是一团胶冻。要是你长得像拉尔夫,"我指着沉睡的老狗说,"那咱们就简单了。所有人都喜欢狗。"

"我们知道有这个问题。"约书亚说,"这是我们来找你们的原因之一。"

"我知道。我只是陈述一下事实。现在我应该想出点子来回避或克服这个问题了,但我实在做不到。我知道我也许不该这么对你说,

---

❶ 玛格达·嘉宝、莎莎·嘉宝和伊娃·嘉宝三姐妹,有犹太血统的匈牙利裔美国老牌影视演员。这里提到的电影应是 1958 年莎莎·嘉宝主演的《外星女王》(*Queen of Outer Space*)。

但事实如此。这会儿我真的被难住了。"

"你能想出来的。"约书亚说,"你慢慢想吧,我可以学习一下犬类行为的课程。就当是备份计划了。还有比当狗更可怕的事情呢。对吧,拉尔夫?"

拉尔夫听见有人叫它,睁开了一只眼睛。

冷藏箱旁边,我的手机响了。我叹着气拿起手机。"米兰达,我正忙着见客户呢。"我说。我有两个手机,知道这个号码的只有米兰达,所以我不需要担心电话那头是其他人。

"汤姆。"米兰达听起来很着急,"你记得吉姆·范多兰吗?"

"记得。"我说。上个星期,范多兰每隔几个小时就打一次我的电话,企图说服我接受专访。我最后让米兰达转告他,无论他想说什么,我都不予置评。"他怎么了?"

"你在哪儿?"米兰达说,"在洛杉矶吗?"

"我在格伦多拉。"我说,"大概三刻钟车程。"

"本周的《行业内参》刚出来,"米兰达说,"你必须回洛杉矶买一份。你上了封面,报道你看了肯定不会喜欢的。"

"为什么?"我问,"说我怎么了?"

"封面上是这么说的,"米兰达念道,"'汤姆·斯坦因是好莱坞最炙手可热的年轻经纪人,但为什么他的行为如此怪异?'"

第八章

鬼鬼祟祟的经纪人
汤姆·斯坦因是好莱坞最炙手可热的年轻经纪人
但为什么他的行为如此怪异?

作者:詹姆斯·范多兰

乍看之下,汤姆·斯坦因似乎不是你心目中典型的好莱坞百万富翁。原因也许是他正拖着一个五加仑的饮水桶走向他的车。按照他的说法,饮水桶里装满了某个偏僻沙漠水疗馆的硫磺温泉水,卢波合伙公司的经纪人只要觉得压力太大就会去那里放松。斯坦因把这种水装上车说明了两个问题:第一,他压力很大;第二,现在他没有时间去感觉他的压力很大。

谁能责怪他呢?上周斯坦因刚签下他的经纪生涯中最大的一笔合约,为客户米歇尔·贝克重返《谋杀地球》系列争取到了高达一千两百五十万的片酬支票。并不是没有女演员拿到过比这个数字更高的片酬,但人数毕竟不多,而且上升得也没有这么快:米歇尔参与的上一部电影是刚刚杀青的《蝎尾针》,她扮演女配角只拿到了区区六十五万——仅是现在这部电影的二十分之一。

换句话说，斯坦因的百分之十分成也比他这位客户的上一份片酬高一倍。

斯坦因的成功是敢拼就会赢的好莱坞资本主义的又一个范例，但问题是他付出了什么代价呢？为米歇尔·贝克大变戏法之后没多久，朋友和同事开始注意到一向和蔼可亲的斯坦因变得越来越自闭和鬼祟，而他的客户发现了这些怪诞行径中最离奇的一个：斯坦因毫无先兆地将他们丢给了一名下属经纪人，此人欠缺经验且（有些人断言）无能之至，会将他们的职业生涯送进电影业的灵薄狱。他们不禁想问，我们做了什么，活该得到这样的对待？又是什么样的秘密在吞噬汤姆·斯坦因？他炽热的职业生涯是不是刚开始就要结束了？

（转本刊65页）

要是报道的主角是别人，读起来肯定非常有意思。范多兰在毫无事实依据的情况下，凭空捏造了一个有关压力和妄想的故事，推测我遭受各种心魔的折磨，从性取向到药物滥用到"迟到的俄狄浦斯矛盾"等不一而足；我的俄狄浦斯对象是我的经纪人父亲，我挣到第一个百万显然是在我选择的领域内"抢夺我父亲的王冠"，这是范多兰不知从哪儿挖出来的心理医生说的。

《行业内参》固然是最下等的杂志，但引用我同事和朋友的发言却少得不寻常，留下名字的引证主要来自高中同学和大学里住在同一层的舍友，他们对我的描述主要是"友善"和"专注"——但没有什么值得大惊小怪的，因为这是真的，而且既平淡又不具体；他们可以用同样的词语描述一条雪地救助犬，得到的结果不会有什么差别。

匿名引言有两条，而且不难猜都是谁说的。前一个所谓的"卢波合伙公司内部人士"显然是本·弗莱克。本抓住机会就对我大放厥词，说我是一条"抹百利发乳的鲨鱼"，为人"鬼祟到了变态的地步，甚至禁止他的助理和其他经纪人交谈"。后一句我觉得很好玩，但前一句完全看不懂，因为我从不在头上抹任何东西，更别说百利发乳了。我怀疑本其实不知道百利发乳是什么。我请米兰达送他一管，附上我的祝福。

第二条来自一名"强硬的客户"，此人说阿曼达是"爱尖叫的处女"，而我是"一大坨的过剩自我"，然后就开骂了。范多兰从蒂亚·雷德那里得到的显然比他想象中更多，因为在这一段的结尾，连他也忍不住说这位客户似乎"与整个宇宙有不共戴天之仇，汤姆·斯坦因凑巧是身边最近的会动的物体"。

尽管如此，范多兰还是抓住蒂亚对阿曼达的不满大做文章，把可怜的姑娘贬得体无完肤。范多兰挖出那个墨西哥肥皂剧明星，她通过翻译抱怨阿曼达如何不帮她在好莱坞大制作里找工作。在马拉松赛道上救助阿曼达的演员描述他们如何相遇，阿曼达的形象大打折扣：她显得弱不禁风，因为她跑着跑着就昏倒了，她还显得很古怪，因为她居然代理了经过的第一个会做人工呼吸的跑步者。

本·弗兰克再次披上卢波合伙公司内部人士的伪装露面，对我把邮件收发人员提升为经纪人的做法表示不屑（本是通过裙带关系得到工作的，他的继父曾是一位高级经纪人，在康特尔熟食店抓着腌牛肉倒地去世），并不怀好意地提到我就是从收发室升上来的。我们这些分发过邮件的家伙会互相照顾，就像圣殿骑士或大学兄弟会的成员。

阿曼达读完报道，冲进我的办公室，把杂志摔在办公桌上，倒在椅子里，愁容满面地说："我想死。"

"阿曼达，没有人读《行业内参》。"我说，"就算有人读，读者也有足够的常识,知道里面说的都是狗屎。"

"我老妈就喜欢读。"阿曼达说。

"呃,好吧,几乎所有人都知道里面通篇鬼扯。"我说,"别担心。等下周他们找到什么名人的裸照就会忘记这些的。别担心。"

"我不担心,我只是很生气。"阿曼达说,她压低声音说出"很生气"这几个字,像是害怕被责罚。我又开始琢磨她到底能不能成为一名经纪人。"我知道那些话是谁告诉《行业内参》的。就是蒂亚那个小人。"说到"小人",她的舌头有点打结,她对我露出苦笑:"知道吗?我给她在威尔·法瑞尔的新片里搞到了一个角色。一个很好的角色。看来也无所谓了。"

"对不起,阿曼达。"我说,"我不该不管不问就放手把蒂亚交给你。我该告诉你她有多么难搞。都是我的错。"

"不,没关系。"阿曼达说,"没事。因为我知道一件蒂亚不知道的事情。"

"什么事情?"

"她得到了威尔·法瑞尔电影里的一个角色。"

"阿曼达,"我吃了一惊,"算你厉害。我刚才还真的开始担心你了呢。"

阿曼达笑得像个五岁女孩,第一次尝到淘气的滋味,意识到她很喜欢这种感觉。非常喜欢。

到头来阿曼达是最大的赢家,她最痛苦的难题已经随着蒂亚一去不返了。我和客户的问题才刚刚开始。接下来一个星期,我坠入了经纪人的地狱。

"当心灯。"芭芭拉·科瑞克说。

她指的灯是一盏巨大的溢光灯,放在她儿子的情景喜剧《强身健体！》的布景里。灯罩伤痕累累，破碎的镜片洒在地面上，像是边缘参差不齐的宝石，它们紧靠构成健康俱乐部场景的杠铃和健身器械。

"我猜那盏灯不该出现在布景里的。"我说。

"当然不该。"芭芭拉说，然后提高嗓门让所有人都能听见，"它之所以在布景里，是因为**工会派来的**某个白痴灯光师不知道怎么做**他该死的工作！**要不是**该死的工会**保护了他**该死的职位**，他根本不可能**找到任何工作！**"芭芭拉的嗓门在平时聊天时已经是颐指气使的隆隆雷声了，此刻回荡在布景里更是犹如一场恐怖大地震后的余震。剧组成员在角落里和架子上恶狠狠地瞪她。看起来这可不是什么全场打成一片的好舞台。

"应该找人来收拾那些东西吧？"我问。

"见鬼，不要。"芭芭拉说，"就放在那儿等工会主席来。我要让他看见他的**白痴工会打工仔**干的都是什么活儿——"芭芭拉再次将声浪投向观众，"在他来之前，这儿谁都别给我做事。"

这话倒是真的。舞台上有四十个人，大部分是后勤人员，都在漫无目的地消磨时间。演员似乎不在，除了查克·怀特，他在剧中扮演拉什哈德·科瑞克的好朋友。查克正在布景中的一套器械上练肌肉。

"你们等了多久了？"我问。

"漫长而毫无成果的六个小时。"芭芭拉说，"我要继续等下去，这儿的每个人都要继续等下去，直到工会主席来了再说。他来之前离开的人，**无论是不是工会成员**，都会被我炒鱿鱼。"

芭芭拉背后的一名摄影师对她亮出中指。

"但我叫你来不是为了谈灯具，汤姆。"芭芭拉说，慢吞吞地走向观众席，"我想和你谈一谈拉什哈德的代理问题。"

我跟着芭芭拉走过去。"有什么不对的地方吗,芭芭拉?"我问。

芭芭拉在看台上坐下。"没什么,汤姆——来,坐下聊一会儿。"她拍了拍身旁的座位,"但我不得不告诉你,我听说了一些非常令人不安的消息。"

我坐下。"不会和《行业内参》上的那篇文章有关系吧?"我说。

"也许。"芭芭拉说,"告诉你,那个叫范多兰的记者打电话给拉什哈德和我,问我们有没有注意到你最近的举止很奇怪,然后说你砍掉了很多客户。你肯定可以想象,我们觉得非常不安——我觉得非常不安。"

"芭芭拉,"我说,"你没有任何需要担心的。对,我转手了一批不那么重要的客户,但绝对不可能这么对待拉什哈德。他的星途正在上升,我打算一直让他朝这个方向走。"

"汤姆。"芭芭拉说,"你是不是在嗑药?"

"你说什么?"

"你是不是在嗑药?"她重复道,"那个记者说什么健康水疗馆和硫磺温泉,怎么听怎么像戒毒机构。你知道我对禁药的看法,我绝对不会允许它们出现在我儿子附近。我命令剧组的所有人都去做尿检,否则就不能在这儿工作。他们体内要是检出一丝不对劲的成分,那就滚蛋吧。"

《强身健体!》成功获订后,拉什哈德在贝弗利山的四季酒店开了个小派对,参与者有三十来个当时离他最近的朋友。拉什哈德的一个"哥们儿"带来的可卡因比《疤面煞星》最后一幕里的还要多。不过话也说回来,要对着纸杯撒尿的又不是拉什哈德。

"我不嗑药,芭芭拉。"我说,"上次我吸非法的东西还是大学一年级。你不需要担心这个。"

"那到底出了什么事情,汤姆?我——"她停了下来,因为有人走向我们：剧集的助理制片人。"杰，有何指教？"她问。

"芭芭拉，我们必须开拍了。再过四十五分钟就必须付超时费了。这一集我们连一半都没拍完。要是不立刻开始，今天一个晚上都会耗在这儿。"

"那就耗一个晚上呗。"她说，"只要该死的懒鬼工会头目不从伯班克过来，这儿就什么都不会发生。"

"芭芭拉，我们必须制作剧集啊，进度表已经落后两天了。"

"我才不在乎什么进度表呢，"芭芭拉越说越气急败坏，"我在乎的是**连灯泡都不会拧的白痴**绑架了我儿子的剧集。要是这些孙子以为还有加班费可拿，杰，那他们可就大错特错了。我们不得不停工，这都是他们的错。要付钱的话也是他们给我。"

助理制片人杰举手投降："芭芭拉，你说了算。"

"那是**当然**。"芭芭拉环顾四周，"**我说了算**。你们都给我**记清楚**到底是谁给你们**发薪水**。你下去吧，杰，我谈正经事呢。"

杰落荒而逃。芭芭拉扭头对我说："你看见我在这儿要忍受什么了吧？现在我知道罗斯安妮为什么对她的剧组那么苛刻了。不凶不行啊。这些家伙就是一群天生懒惰的贱骨头。知道吗？那盏灯险些砸死我。再偏两英尺就落在我脑袋上了。"

"太可怕了。"我说。

"好了，不说这个了。"她说，"你到底有什么问题，汤姆？你肯定出了什么事，让我们很担心。要是你整个人都精神崩溃了，又怎么给我儿子当经纪人？"

"我没有精神崩溃，芭芭拉。"我说，"《行业内参》的文章全是胡说八道。一切都很好。真的。"

"真的？"芭芭拉说，"我很怀疑。我一直在想我儿子目前的处境，他的职业生涯走到这个节骨眼上，我不认为这是他应该待的位置。"

"天哪,芭芭拉。"我说,"他在一家全国电视台有了自己的剧集。对于一个二十三岁的年轻人,我不得不说已经够好的了。"

"艾迪·墨菲二十三岁已经拍了《48小时》《颠倒乾坤》和《贝弗利山警探》。"芭芭拉说,"他的节目上了最知名的电视台。"

"不是每个人都能拥有艾迪·墨菲那样的职业生涯。"我说。

"你看,我担心的就是这个。"芭芭拉说,"我认为拉什哈德能拥有艾迪·墨菲那样的职业生涯,而你认为不可能。"

"我没有这么说。"我说,"但既然你提到这个,我并不希望拉什哈德拥有艾迪·墨菲那样的职业生涯,因为你知道,那里也有《哈林夜总会》和《星际冒险王》。"

"但这些都只是空对空,你说呢?"芭芭拉说,"因为事实上,拉什哈德根本没演过电影。他只有一个小电视台的小剧集。"

我正想反驳,却听见有人敲了敲栏杆。我们转身看见拉什哈德,他身穿帽衫,带着一帮随从。肯定有人忘了告诉拉什哈德,自从声名狼藉先生[1]在洛杉矶被做掉,这种匪帮打扮就已经过时了。

"嘿,哟,老妈,"拉什哈德说,"弟兄们和我去吃东西了。要不要,呃,我们带点什么或者啥给你?"

拉什哈德以第五名从私立寄宿学校毕业,SAT口试成绩达到650分。他在加州大学伯克利分校主修英语文学,念到第二年退学成为脱口秀艺人。当时他还叫保罗。

"拉什哈德我亲爱的,你的礼貌都上哪儿去了?"芭芭拉说,"跟汤姆打个招呼。"

"嘿,哟,汤姆。"拉什哈德说,"说个什么词?"

---

[1] The Notorious B.I.G.,美国匪帮说唱歌手,1997年被枪杀。——译者注

"说说'abrogate'。"这是我和他的个人笑话,提醒他我记得他的 GPA 分数。他让我随便说个什么词,我说出当时我能想到的最晦涩的单词,而他立刻用街头俚语解释给我听。

但这次他显得有点吃惊,望向母亲。芭芭拉微不可察地对他摇摇头。他又转向我:"很高兴见到你,汤姆。咱们回头聊。"他和一帮马仔悄悄溜走,被困在现场的剧组嫉妒地目送他们离开。我望着他,直到他走出片场。

"那么,芭芭拉,"我说,"你打算找谁替代我?"

"什么?"芭芭拉说。

"既然你已经决定了打算让我滚蛋,"我说,"肯定已经想到了什么能让你儿子的职业生涯一飞冲天的人选。我无法想象你会没找到接替者就解雇我。"

"我没说我要解雇你,汤姆。"芭芭拉说。

"Abrogate——废止,撤销。"我说。"你儿子当然知道这个词的意思,所以听见我说他才那么吃惊。其实还挺好玩的,因为我说的时候没有任何意思——我只是随口说出我想到的第一个词。但他的反应说明你打电话叫我来不是为了表达你对儿子职业生涯的担忧,而是为了解雇我。对吧?"

"我只是在为我儿子的利益着想。"芭芭拉说,"我不知道你最近正在经历什么,汤姆,但你显然有一些需要解决的难题,而我儿子不可能一直等着你。"

"是吗?"我说,"你有没有问过拉什哈德他想不想开掉我?还是说你一个人做出了决定然后告诉他?说到这个,你有没有问过拉什哈德他是想等工会老大来,还是说他更想叫人拿把扫帚来收拾一下?这毕竟是他的节目。"

芭芭拉顿时急眼了:"我是制片人。我也是他的经理人。打理剧集和照看他，这些是我的工作。我不会为此道歉，汤姆，无论是对你还是对任何人。"

"总有一天，芭芭拉，你会不得不向他道歉的。但我敢打赌，你不会从这个角度去看待问题。"

芭芭拉瞪着我，但没有再说什么。

"那么，"我说，"你找了谁接替我？"

"ACR 的戴维·诺兰。"

"他还不赖。"我说。

"汤姆，我知道。"芭芭拉说，起身走向布景，还没走下观众席就开始朝助理制片人嚷嚷。

我在观众席又坐了一会儿，望着她走远。一名剧组人员走过来。

"嗨，"他说，"你们刚才聊的不是我们什么时候能走，对吧？"

"是的，对不起。"我说，"我刚被她解雇了。"

"哇，"他说，"有些人运气就是比较好。"他转身走开。

"喂，"我说，他转过身，"下次砸准一点。"

他咧嘴坏笑，向我行礼，走向后台。

第二天我去《环太平洋》的拍摄现场，路上接到一个电话。打给我的是约书亚。

"拉尔夫和我要出去走走。"他说，"拉尔夫在你屋后闻到了一些有趣的气味，它单独去我不放心。它已经很老了。"

"约书亚，"我说，"你想清楚你在说什么。要是拉尔夫发了中风，你恐怕不能跑到最近的马路上去拦过路的摩托车。你们为什么不能等我回来呢？咱们可以一起去。"

"因为我很无聊，拉尔夫也是，再说你也越来越没意思了。"约书亚说，"自从那篇文章登出来，和我住在一起的那个有趣的家伙就不见了，取而代之的是个剪纸人形。记得从前的愉快时光吗？咱们玩得很开心的那几天？只是短短三天之前啊。兄弟，那可真是好时光。请相信我。"

"真对不起，约书亚。"我说，"但我需要这些客户。"

"汤姆，我非常尊重并钦佩你，但我觉得你的优先顺序似乎有点弄错了。"约书亚说，"你正在代理一整个外星文明，似乎不该跑来跑去讨好偶然出镜的电视演员。"

我拐进片场，朝保安挥挥手，保安放我过关。"谢谢你的提醒，约书亚，但来都来了，我还是去看一眼吧。"

"行啊，随便你。"约书亚说，"我们尽量在你到家前回来。"

"约书亚，别去。几个小时而已。求你了。"

"啦啦啦啦啦，"约书亚说，"我没听见。拜拜。"

"至少带上电话，"我喊道，但他已经挂了。其实也无所谓，我反正想不出约书亚能怎么带手机。电池在他体内大概会漏液的。我停车下车，走向片场。

按照剧情，《环太平洋》的故事发生在威尼斯海滩，实际上大部分镜头是在卡尔弗市拍摄的。制作人员和演员每周去一次威尼斯海滩拍摄外景镜头。今天就是这样的一个日子。布景很有意思，光是绝大多数群众演员都身穿比基尼脚蹬旱冰鞋这一点就很有看头了。布景的一头是一段封死的威尼斯木板步道，一名助理导演正在和两个身材火爆的旱冰鞋女郎排戏——溜旱冰显然没有看起来那么容易。布景的另一头，艾略特·扬拿着剧本正在和导演唐·博林交换意见。我走近两人，渐渐听清了他们在谈什么。

"我不明白我在这儿干什么。"艾略特指着一页剧本说，"来，你看，我跟着那个姑娘跑，大喊：'海伦！海伦！'对吧？但海伦已经死了。她在第五页的水族馆一场里被杀死了。这难道不是一个连贯性问题吗？"

"艾略特，"唐说，"我知道海伦在第五页被杀死了。你之所以跟着这个女人跑，大喊'海伦'，是因为你认为她是海伦。而事实上那确实不是海伦，而是她的孪生姐妹。要是你肯屈尊在开拍前看一眼剧本的话，就该知道这件事情。"

"但你不觉得这很让人困惑吗？"艾略特说，"你知道的，孪生姐妹什么的。"

唐长叹道："对，我知道。但这就是重点啊，艾略特。这个叫剧情转折。"

"唉，随你怎么说。"艾略特说，"这是剧情转折，但现在我根本搞不明白剧情了。我希望观众能看懂我都在剧里演了些什么。"

"好的，艾略特。"唐说，"你有什么建议呢？"

"不是明摆着的吗？"艾略特说，"他去追的那个女人就不该长得像海伦。这样能够澄清误解。"

"要是这么拍，"唐说，"你追着她喊'海伦'就完全说不通了，因为她是另一个女人啊。"

"她们仍旧可以是姐妹。"艾略特说。

唐的脸色像是挨了一拳。"什么？"他说。

"姐妹。她们仍旧可以是姐妹。姐妹可以很像，因为她们有血缘关系。她们依然可以是孪生姐妹，但不是长得一模一样的孪生姐妹。这种孪生姐妹叫什么来着？"

"异卵孪生。"我说。两人一起扭头看我，我假惺惺地挥挥手。

"对，异卵孪生。"艾略特转回去对唐说，"个人而言，我觉得这样更符合逻辑。"

"汤姆。"唐说，"救命。"

"我都不知道你们在谈什么。"我说，"只知道事情和姐妹有关。"

"在这一集里,艾略特约会的海洋生物学家海伦目击了一起黑帮凶案,结果也被杀死了。"唐说。

"她被扔进了电鳗池。"艾略特说。

"……对。"唐说,"艾略特陷入沮丧,但过了几天,他看见一个和海伦长得一模一样的女人。他当然就很困惑了——"唐把"困惑"二字摔向艾略特,艾略特却浑然不觉,"因为他知道海伦已经死了。后来发现那是她的孪生姐妹。"

"黑帮杀手当然也看见了她,因此艾略特就必须要保护她,在这个过程中又和她也坠入了爱河。"我说。

"怎么样,艾略特?"唐对他的明星主演说,"你的经纪人听懂了剧情,他可连剧本都没看过啊。"

"你不觉得这个很让人困惑吗?"艾略特问我。

"确实让人困惑。"我承认道,"但这是好的那种困惑,是观众喜闻乐见的那种困惑,尤其是我猜它会在后续发展中得到解释。唐,我没说错吧?"

"其实离你在剧本里读到的地方并不远,艾略特。"唐说。

"嗯,这就对了。"我说,"所有人都满意了吧。"

布景另一头传来一声惊叫和一阵稀里哗啦。一个身材火爆的旱冰女郎失去控制,从侧面撞上斯坦尼康的操作员,结果不知怎么扯掉了她的比基尼上衣。旱冰女郎一时间不知道是应该遮胸部还是该捂住额头上迅速变大的肿包——她的脑袋刚才和摄影师的脑袋撞在了一起。她的右手在两者之间徘徊,两件事做得都不怎么好。在疼痛和尴尬的折磨下,她似乎忘了自己还有另一条胳膊可以动用。

斯坦尼康的操作员躺在地上不省人事。剧组人员以男性为主,没有任何一个人分给他哪怕一丁点关注。

"哎呀,快看,"唐说,"一场真正的法律危机。"他转向艾略特:"等我回来,咱们最好能开始拍这一幕。希望到时候你已经解决了所有的哲学问题。"他慢吞吞地走向事故现场,目标是那个姑娘,而不是地上的摄影师。

"多么激动人心的一天。"我对艾略特说。

他咬着大拇指苦读剧本:"你确定这么拍不会有问题吗?我反正有点搞糊涂了。"

"没问题的,艾略特。别担心了。还有,别咬指甲了。你的指甲师会生气的。对了,你说你要和我聊聊。我来了。"

"嗯,好的。"艾略特说。我们走向他的拖车,他似乎有点心不在焉。

我们走进他的拖车,真人尺寸的展板迎面而来,艾略特身穿"沙滩排球"服装,戴着墨镜,笑得露出满嘴白牙,手持一瓶古龙水。我有一瞬间想起了早些时候和约书亚的对话。"这个英俊小伙是谁?"我说。

"哦,那个啊。"艾略特说,弯腰从冰箱里取出一瓶水,"制作公司认为我们该向其他市场扩展,因此我们正在开发一款'环太平洋'古龙水。"

"嗯,既然《护滩使者》能行,你们也能行。"我说。

"我们这款和'护滩使者'古龙水不一样,成分里有真正的人类信息素。"

"开玩笑吧?"我说。

"不,哥们儿,真的。"艾略特从头顶上的柜子里取出一个小样尺寸的古龙水瓶子递给我,"实际上就是我的信息素。"

我拧开瓶盖闻了一下——像是我想象中约书亚在太阳底下曝晒太久的气味。"很有劲,"我说,"介意我问一声吗?他们是怎么采集你的信息素的?"

"他们让我上跑步机,然后采集我的汗水。"艾略特说。

"听起来真是让人心旷神怡。"我说。

艾略特耸耸肩:"其实也没什么,他们让我边跑边看电影。听着,我认为我们应该见一见其他人了。"

"什么?"我说。

"我认为我们应该见一见其他人了。"艾略特说。

"艾略特,我们还没有稳定下来。"我说着拧好古龙水的盖子,放在身边的桌子上,"见鬼,我们根本没有约会过。"

"你明白我的意思。"他说,"我最近一直在考虑我的未来,我有点想探索一下我的其他选择。看还有没有别的路可走。汤姆,你知道最近外面有很多有关你的风言风语。"

"好极了。"我说,一屁股坐进一把椅子,"这个星期我上了《行业内参》的封面,结果这个星期所有人都在看这份杂志。"

"《行业内参》?"艾略特说。

"对,艾略特,"我说,"你没忘记吧,就是你读到那些风言风语的地方。"

"不是我读到的,"艾略特说,"大多数都是听本说的。"

我坐了起来:"谁?"

"本。"艾略特说。

"本·弗莱克?"我问。

"对,"艾略特说,"你认识他?"

"真是难以置信,"我说,"我被本·弗莱克摘了桃子。"

"他说你最近精神崩溃了。"艾略特说,"说你由于压力过大,把所有客户都转给了其他经纪人。于是我就想啊,既然你要这么做,至少我可以留在同一家事务所,毕竟大家都认识我嘛。"

"艾略特,"我说,"我没有崩溃,我好得很。我想继续当你的经纪人。艾略特，你看看你现在的成就。你混得很不错，也就是说我帮你打理得很不错。你不能因为本跑来说我崩溃就甩掉我。艾略特，你甚至都不认识本。他是个无能的经纪人。这一点请你相信我。"

"好的。"艾略特又耸耸肩，"但他说他能帮我上大银幕，说我已经可以接大片里的角色了。"

"他当然会这么说了，艾略特，他知道你想要什么。因为那是所有人都想要的啊。"

"嗯，你怎么看？你认为我可以接电影角色了吗？"

"当然，有一些很适合你。"我说，暂时忘记了在我原先的计划里，接下来的一季他要继续坚守电视阵地，"但你还是需要扎稳根基。你记得我跟你说过的大卫·卡鲁索吧？他跳出电视圈的步子迈得太快，结果接连两部电影失利，在《犯罪现场调查：迈阿密》之前苦苦煎熬了十年。"

"嗯哼。"艾略特说，"你看，汤姆，我知道你不认为我是火箭科学家，但我也不是傻瓜。我已经三十二岁了，每集还只挣五万块。我的合约上还有四季要拍。你说那会给我带来什么？"

"五百万美元？"我说。

"我拍一部电影就能挣那么多，哥们儿，"艾略特说，"三十二岁是电影业的黄金年龄。现在我必须出击了。本准备支持我这么做，我想我也应该接受他的支持。你说得对，这就是我想要的。汤姆，对不起。"

有人敲门。"我们准备好了，艾略特，"唐在门外说，"放下你的门萨试卷上布景吧。"

"艾略特，"我说，"你再考虑一下好吗？暂时先别做决定。"

"我得走了。"艾略特说，"别往心里去，汤姆，只是生意而已。"

现在轮到我耸肩了。我已经看见了这次谈话的结果："好的，艾略特，没问题。"

"那就好，"他说，打开门，"对了，那瓶古龙水就送你了。"

"谢谢。"我说。他笑了笑，随手关上门。我拿起那瓶古龙水看了足有一分钟，然后恶狠狠地摔在对面的墙上。瓶子碎得赏心悦目。

本的行政助理莫妮卡看见我走近，对我露出灿烂而美丽的笑容。

"嗨，莫妮卡，"我说，"本不会凑巧在办公室里吧？"

"他在，但还有一个正在争取的客户。"

"是吗？"我说，"我认识吗？"

"你在现实生活中认识《花花公子》的月历女郎吗？"莫妮卡问。

"可惜不认识。"我说。

"那你就不认识她了。"莫妮卡说。

"我会习惯接受失望的。"我说。

"这就对了。"莫妮卡说，"要我告诉他你来过吗？"

"没关系。"我说，"一分钟就好。"我从她的办公桌前走过，推开了本的办公室房门。

本坐在办公桌后面，那位月历女郎坐在访客座位上。他满脸堆笑地对我说："汤姆，真是惊喜啊。你认识莉雅吗？她是一位月历女郎。"

"还不算是。"莉雅用尖细的声音说，"要到十一月才是。"

"咱弟兄们可就翘首以盼了。"本说。

"哈喽，莉雅。"我和她握手，"很高兴认识你。抱歉，稍等我一秒钟，谢谢。"我转过身，隔着办公桌一拳打在本的鼻子上。我又转过身面对莉雅，她震惊地坐在那儿，望着本在办公桌后面疼得大呼小叫，用手捂住流血的鼻子。我坐在本的办公桌边缘上，露出胜利者的笑容。

"那么,"我说,"确定经纪人了吗?"

莉雅尖叫着跑出房间。我转身面对本。他将手指插进鼻孔,堵住流血。

"该死的,"他说,"你打破了我的鼻子!"

"你摘了艾略特·扬的桃子,本,我非常不喜欢这种事。我也很不喜欢你在《行业内参》上说我的坏话。那些话特别伤人。我深受困扰。你没有我想要的客户,我也不打算对媒体胡说八道,但我必须做点什么来扯平欠债。我看现在咱们两清了,你说呢?"

"你彻底疯了,"本说,"王八蛋,享受你当经纪人的最后一天吧。"

"本,让我跟你挑明了吧,"我说,"假如你再敢把鼻子伸进我的生意里,我就用榔头来收拾你一顿。我不是跟你打比方,我是说我真的会走进你的办公室,锁好门,掏出榔头,把你的骨头砸成碎渣。听明白了?"

"汤姆,你脑子出问题了!"本说。

"本,听明白了吗?"

"明白了。"本瞪着我,鼻子已经开始瘀肿,"对,我听明白了。汤姆,你给我出去。滚出去。"

我走向房门。外面已经聚集起了一群人。我望着他们。

"恭喜本,"我说,"自豪的父亲,生了个活蹦乱跳的流血鼻子。"

本尖叫着要莫妮卡进去。我走向不远处自己的办公室。

米兰达跟着我走进房间。"你没事吧?"她问。

"有事。"我说,"疼得厉害,我觉得我弄断了一根手指。"

米兰达把记事簿塞到胳膊底下。"让我看看。"她说,伸出手。

我把我的手交给她。她敲了敲我的中指。

"哇!"我说。

"没断。"米兰达说,"甚至都没扭伤。但你显然需要学一学该怎么出拳。"

"下次我会注意的。"我说。

米兰达使劲捏住我的手指,我疼得惨叫。

"别再做这种事情了,"她说,"否则我就杀了你。我喜欢我的工作,就算你是我的老板,我也不会让你拿我的工作冒险。听懂了?"

"懂了!"我说,"快放开。"她松开手。

"现在,"她从胳膊底下抽出记事簿,"留言。吉姆·范多兰打过电话。"

"你说什么?"我说。

"不骗你。"她说,"他说他在写另一篇报道,这次想看你愿不愿意评论几句。"

"我不能评论。"我说,"我已经答应过你了,不再向任何人出手。"

"这才是我的好老板。"米兰达说,"阿曼达打过电话。她说她想让你知道,因为威尔·法瑞尔电影里的那个角色,她已经把蒂亚调教得'比狗还要听话',说她和蒂亚已经达成共识,蒂亚应该不会惹出太多的麻烦了。"

"你是不是还以为你要经常听她哭诉呢?"我说。

"开什么玩笑,"米兰达说,"我看我们创造出了一头怪兽。卡尔打过电话。他想知道你明天中午有没有时间共进午餐。"

"这难道是个问题吗?"我问。

"我就知道你会这么说。"米兰达说,"所以我说你十二点半有空。去他办公室见他。"

"记住了。"我说。

"最后一条留言。"米兰达说,"我没听说过这个人,但他说他认识你。但没留姓氏。"

"约书亚?"

"就是他。"米兰达说,"留言神神秘秘的,说你肯定明白。"

"他说什么?"

"他说:'出事了,我晚点到。'"

第九章

卡尔伏在圣莫妮卡栈桥的栏杆上,开心地啃着一根玉米热狗肠。我也拿着一根,但心情远不如他那么好。我正在琢磨该怎么告诉我的老板,他托付给我照看的外星人神秘地失踪在了安吉利斯国家森林里。

好消息是约书亚带了手机,他就是用那只手机打给我的办公室留言的。坏消息是留言之后他就再也不接电话了。我收到留言后就开始五分钟一次地打给他,直到我回到家里,但始终无人接听。

我回到家,换上运动服、T恤和闲置已久的登山靴,拖着疲惫的身体从后院走进森林。我要找的是一条十五岁的老狗和一团胶冻,因此我觉得他们应该走不了多远。我想了想他们有可能选择哪个方向,然后沿着那条路走了下去。

我十三岁的时候,对我家屋后这片森林里的每一棵树、每一条斜坡、每一块山岩都了如指掌。每隔一段时间,我就会用背包装一本书、几块巧克力和两听可乐,给父母留个字条,然后进山闲逛。几小时后我会在一片漆黑中回家,完全不在乎我会不会迷路或走错方向。这里毕竟是洛杉矶,朝着灯光走,十分钟之内你就会踏上某条城郊街道。不过,更重要的是我熟悉我家周围的环境——我无法想象我会在这片森林里迷路,就好像我不可能在自家后院迷路一样。

十三岁的我和现在的我之间隔着十五年,在这段时间里,有人钻进森林,调换了树木和岩石的位置。才进来五分钟,我就彻底迷失了方向。

三小时后,浑身擦伤和瘀青的我一瘸一拐地走出安吉利斯国家森林——我不小心一脚踩中一个兔子洞,结果扭伤了脚腕——出来的地方离我进森林的地方隔着好几英里。还好我运气不错,钻出灌木丛发现那儿离我念过书的高中只有两百码远,否则我肯定会彻底找不到方向;我又花了一个小时才拖着受伤的脚腕回到家。

晚上,我泡在浴缸里想出了一个计划:等约书亚回到家,我要看一看有没有可能掐死一团原生质。这是个好计划,我恭喜自己居然一个人就想到了它。

约书亚却依然领先我一步,他根本没有再出现。

凌晨两点,我终于放弃,上床睡觉。我的理性说,一个生物既然能跨越万亿英里的冰冷真空,在洛杉矶市郊的森林里过上一夜应该也不在话下。而我脑袋里的疯狂小人却认定约书亚已经被郊狼吃掉了。我考虑过请电信公司用三角定位确定手机的位置,但我猜这么做的前提是手机必须接听通话。另外还有一个小问题:约书亚是个地外生物,我将很难向搜索人员解释我的手机为什么陷在一团有感知能力的胶冻里。因此,我能做的只有开着后院的门,希望约书亚和拉尔夫能早早回家。

我到六点钟才睡着。约书亚和拉尔夫都没有露面。十一点,我终于出门去和卡尔吃午饭,两个家伙依然不见踪影。

整个地球上只有这么一个外星来客,我却弄丢了他。看来我肯定要被解雇了。

"天哪,"卡尔说,把吃掉一半的玉米热狗肠举在面前,"我真喜欢玉米热狗肠。谁能想到猪鼻子能这么好吃?而你要做的只是把它们塞进圆筒，加上硝酸盐，然后用玉米饼裹起来呢？但事实上就这么简单。汤姆，你多少岁了？"

"二十八。"我说。

"我二十几岁的时候，经常和我的第一任妻子苏珊来这儿，我们会买两根玉米热狗肠，走到栈桥尽头看日落。那是二十世纪七十年代末，雾霾还很严重，呼吸空气就会危害健康。"

"我记得那些可怕的雾霾。"我说，"我靠它逃了很多体育课。我们只能待在室内看幻灯片。感谢雾霾，否则我不可能那么了解加利福尼亚的传教区。"

"先说一句，我可不怎么怀念雾霾。"卡尔转开视线，"但雾霾能造就美丽的日落。七十年代末是宇宙史上有数的糟糕时代——通货滞胀，伊朗扣留美国人质，还有一些非常、非常难看的衣服。还有雾霾。但那时候的日落真不赖。虽说弥补不了任何东西，但足以说明不可能所有事情全都是坏事。"

"我不知道你结过不止一次婚。"我说，"我以为爱丽丝就是你的第一任。"卡尔的妻子爱丽丝是你能遇见的最恐怖的人——这位辩护律师聪明得可怕，同时还是心理学博士。她正在考虑竞选洛杉矶地区检察官，接下来离市长就只有一步之遥了。有了这两个职位，卡尔和爱丽丝将在十年内掌控南加州。

卡尔扭头看我："爱丽丝是我的第二任妻子。苏珊是1981年去世的。车祸。喝醉酒的白痴在上匝道开错了方向，一头撞上她的车。两人都当场死亡。说起来，她当时还有身孕。"

"真是太可怕了。"我说，"我不是存心让你想起这些痛苦往事的。"

卡尔挥挥手："你又不可能知道。我从没提起过，我身边的人也不会乱说话。当我这种吓得下属魂不附体的老板就有这个好处。

苏珊是个完美的女人——但爱丽丝也是。我的运气很好。"

"是的，先生。"我们默默地吃着玉米热狗肠。

"来，"卡尔说，他吃完了他的热狗肠，"我有几个星期没在海滩上散步了。咱们边走边聊。"我们走下栈桥，在卡尔的车旁脱掉鞋袜，踩着沙滩走向海水。

"那么，"他说，"约书亚怎么样？"

我吞了一口唾沫，我的职业生涯开始在眼前闪现。"卡尔，他目前不知去向。"我说。

"不知去向？解释一下。"

"昨天我去见艾略特·扬，他和拉尔夫——拉尔夫是我邻居的狗——进森林去散步。我回到办公室，米兰达给我他的留言，他说出事了，他会晚点到。然后我就再也没有他的消息了。我昨天夜里去找过他，但没找到。我一直到今天早上六点都没睡，但他还是没回来。"

"他能去哪儿？"卡尔说，"他恐怕不能算是不引人注意。"

"安吉利斯国家森林紧靠我家后院，"我说，"他们进了森林。"

假如我是卡尔，说到这儿我大概就要开除我了，而卡尔却改变了话题："听说你昨天打烂了本·弗莱克的鼻子。"

"是的。"我承认道，"他从我手上撬走了艾略特·扬。《行业内参》那篇该死的文章里的'卢波合伙公司内部人士'也是他。要是不揍他，我大概就会扭断他的脖子。不过我现在已经有点负罪感了。我好像打断了他的鼻梁。"

"没有断。"卡尔说，"我们送他去西达赛奈医院拍了 X 光片。只是'严重瘀伤'。"

"哦，那就好。"我说，"呃，相对而言的好。"

"确实好。"卡尔赞同道，"尽管如此，汤姆，我还是希望以后你能找一些不那么惊天动地的方式解决你和本之间的问题。本很可能是自找的，但这种事对公司士气毕竟不太好。另外，考虑到种种因素，它会给你引来此刻你并不需要的关注。"

卡尔指的是《时报》电影业专栏上的那篇文章，办公室的一名看客将事情透露给《时报》，《时报》调查后发现本偷走了我的一名客户。文章还提到《行业内参》的那篇报道，称那也是导火索之一，因而让那篇报道有了可信度。更有意思的是，《时报》今天上午打电话到我的办公室，请我评论《行业内参》及其编辑手段。感觉就好像媒体撬开地板找蟑螂，而这只蟑螂就是我，但我只想悄无声息地缩回黑暗里。

我哈哈大笑。卡尔好奇地看着我。"什么事这么好笑？"他问。

"不好意思。"我说，"我只是在想我的处境。这个星期我被两个客户甩掉，被一份杂志打上疯子的标签，殴打了一名同事，放任一个外星人走进森林，他很可能已经被郊狼吃掉了。我在想这个星期还有没有可能变得更糟糕。似乎不太可能了。"

"说不定会地震。"卡尔说。

"要是地震就好了。"我说，"能转移人们的注意力。最好是一场大地震，里氏七八级。建筑物严重损毁。肯定能行。"

卡尔在那儿站了一小会儿，似乎心不在焉。我顺着他的视线望向他的脚趾。他正在用脚趾挤沙子。玩了几秒钟，他从自己的脚印里走出来，潮水随即涌进去，抹掉了大半个脚印。他又把双脚放回原处。

"汤姆，"卡尔说，"别担心约书亚。他不会有事的。按照我们的标准，伊赫尔阿克人几乎是不可能被摧毁的，郊狼和其他动物恐怕连咬都咬不到他。再说约书亚能衬托得臭鼬比玫瑰花还香。他和……拉尔夫？"他望向我，我点点头表示没错，"多半只是玩疯了。

你没说过他和一条狗交上了朋友。"

"他们相处得很不错。"我说,"他们能解决彼此的无聊。我看约书亚喜欢拉尔夫胜过喜欢我。"

"唔,这怎么说都是个好消息。总而言之,我相信约书亚很快就会回来的。你稍微放松一点。"

我从鼻孔里哼了一声:"除非能解决《行业内参》的问题,否则我怎么都轻松不下来。"

"这个问题已经解决了一部分。"卡尔说,"告诉你吧,《时报》正在做一篇有关《行业内参》的报道。"

"他们今早打过电话给我。"我说,"我不怎么敢打过去。"

"我已经和他们谈过了。"卡尔说,"仔仔细细说了说《行业内参》如何曲解本公司创新的导师制度,把你描述得像是出了精神崩溃的问题。我说假如你犯了精神崩溃,那么我和另外几位高级经纪人就也有这个毛病,因为我们都在指导一些新加入的经纪人。"

"谢谢。"我说,"你不需要这么做的。"

"事实上是需要的。"卡尔说,"这么做能将负面新闻减到最少。我不怪你,这个叫范多兰的本来就在动歪脑筋,你只是凑巧选了个错误的时间出现在错误的地点。另外,导师带学徒的点子也不坏;我们这家事务所多年来一直崇尚自力更生,换个思路试试看也没有坏处。"

"你居然查得这么清楚,我很吃惊。"我说。

"我问了米兰达。"卡尔说,"她似乎很推崇这个制度和你。"

"我也很推崇他,"我说,"说起来,我想申请给她加薪。"

"给她加个百分之十吧。"卡尔说,"但请她不要声张。我们最近一直在拒绝加薪申请。不过我觉得她有这个资格,即便现在没有,等整件事结束也一定有。这就提醒了我,既然导师计划的点子是你想出来的，那么你就赢得了经纪人年度创新大奖，恭喜。"

"太好了。"我说，"但我从没听说过这个奖。"

"今年是第一年。"卡尔说，"但你别太得意了。我已经告诉《时报》说你把奖金捐赠给了希望之城医疗中心。"

"我这人真是高风亮节。"我说。

"确实。"卡尔赞同道，"最重要的是你现在看起来不像个精神崩溃的病人——虽说这种事很有意思，而且能制造新闻——而是一个眼神专注、全心全意工作的好员工——非常无聊，没有人愿意知道你在干什么。《行业内参》看起来像是满篇胡言的地摊小报——事实如此。而本·弗莱克，他已经得到了应有的教训。所有问题都解决了。"

"哇，"我说，"我以为这次我肯定要被开除了。"

"汤姆，我跟你实话实说，"卡尔说，"情况的发展和我想象中不太一样。这次我帮你清除了绝大多数障碍，现在请帮我一个忙，别再请我从天而降解决难题了。我不太喜欢这么做，会给我引来我不想要的关注。明白了？"

卡尔的陈词看似平静，但我感觉到了表面之下的惊涛骇浪。这几天发生了这么多事情，他也许并不责怪我，但不等于怒火不会烧到我身上。我必须加倍认真地做事，以免在未来真的触怒他。可是，考虑到目前的事态进展，末日降临恐怕只是迟早而已。

"明白了。"我答道。

"很好。"卡尔说，一拍巴掌说，"喜欢吃冰激凌吗？附近有家店的软冰激凌全洛杉矶第一。咱们去吃一个吧。"

冰激凌确实和卡尔说的一样好；冰激凌从机器里挤出来，然后蘸一下巧克力糖浆，在外面加上一层硬壳。我们坐在店堂外，望着旱冰女郎和海鸥来来去去。

"你知道我很想知道什么吗?"我说。

卡尔擦掉抹在下巴上的巧克力。"你肯定会告诉我的。"他说。

"那当然。"我说,"我很想知道你是怎么认识这个臭烘烘的外星小怪物的。我也很想知道约书亚这个名字是怎么来的。"

"午餐时间快结束了。"卡尔说,"我不确定现在有没有这个时间。"

"哎呀,少来了。"我冒险用亲昵的语气说,"你是这半块大陆上最有权势的人之一。就算你约了人开会,他们也会等你。"

卡尔咬了一口冰激凌:"这倒是真的。好吧,我告诉你。"

第十章

提到人类第一次遭遇外星种族,我们脑海里首先浮现的多半是《第三类接触》或《地球停转之日》:大制作,有科学家和政府官员出场,背景音乐扣人心弦。但事实上的第一次接触却是在电话里完成的。假如你热衷于大张旗鼓的登场,那肯定会大失所望,但回头再看,我觉得还挺让人安心的;另外,这也很能说明伊赫尔阿克人的秉性:他们渴望与人类交流,但非常有礼貌,希望先确定人类愿意见到他们。

但当时我以为那是个恶作剧电话。当然了,谁能想到外星人会使用电话呢?

电话是十一点一刻打进来的。我刚从《咒命狂呼》首映式回到家,我没参加庆功派对,因为我不想告诉任何人我对这部电影的真实看法。爱丽丝在弗吉尼亚的里士满开新书签售会,我记得她打电话留言说她认为我们应该在那儿买个养马场,等我们退休后可以去住。我心想,天哪——我怎么和马匹相处?但她是喜欢马的那种人,一直没有丢掉少女时的爱好。

我坐在沙发椅里喝着第二瓶啤酒,听着弗里茨·科尔曼描述多少年一次的流星雨。英仙座还是狮子座,我永远记不住哪个是哪个。弗里茨说得正起劲,电话响了。我拿起听筒。

"哈喽。"我说。

"嗨，"听筒里的声音说，"我叫桂迪夫。我是一个外星种族的代表，我们此刻正在高轨道绕贵星球旋转。我们有一个很有意思的提案，希望能和你当面讨论。"

我望向电话的液晶屏幕，应该显示呼叫者号码的屏幕上空空如也。"你不是卖安利的吧？"我说。

"当然不是。"桂迪夫说，"不会有推销员来敲你家的门。"

感谢这两瓶啤酒，微醺的我心情不错，没有像平时那样对待这通恶作剧电话——也就是随手挂断。再说这个电话挺好玩的，平时我接到的陌生来电都是不知名的演员在寻找经纪人。我正穷极无聊，弗里茨刚好让位给广告，于是我接了下去。

"一个外星种族的代理人，"我说，"你们是乘着彗星来的还是怎么来的？"

"不。"桂迪夫说，"我就是外星人。我们在来的路上经过了海尔-波普彗星，没有在里面看见太空飞船。那些家伙不知道自己都在胡扯什么。"

"你就是外星人。"我说，"够新鲜的。来，告诉我，这一招对其他人有用吗？我是说，我个人还挺喜欢的。"

"不知道。"桂迪夫说，"我们还没有打电话找过其他人。卢波先生，我们知道这听起来有多不可能，但我们认为这么做是最正确的——不去搞斯皮尔伯格的'哦哦啊啊'那一套，而是开门见山说重点。为什么要那么拐弯抹角？我们知道你喜欢直截了当。我们看过 PBS 电视台❶的纪录片。"

---

❶ 美国公共广播公司，创建于 1969 年，在美国各地有三百多家分台，下文的 KCET 是 PBS 的二级电视台，2011 年已退出 PBS。

你记得那个纪录片吧,汤姆——差不多一年前,KCET派了个摄制组跟拍了我一个星期,当时我正在和索尼商谈《咒命狂呼》的分红协议。纪录片先在电影院公映,然后才上电视网,因此有资格被奥斯卡列入考虑范围。我猜索尼的大佬们绝对不可能投票给它,因为纪录片拍得好像我洗劫了他们。好吧,也许确实如此。

总而言之,这些所谓的"外星人"看过它,所以才会打电话给我,目的是想安排一次会面。这时候我已经喝完了第二瓶啤酒,正在开冰箱拿第三瓶。于是我想,管他的,来吧。

"行啊,桂德——不介意我叫你桂德吧?"我说。

"完全不介意。"他说。

"不如下周你们抽个时间来我的办公室,咱们安排时间见一面。打给前台,找我的助理玛赛拉。"

"唔——可能有点困难。"他说,"其实我们希望今晚就能见面聊一聊。外面正在下流星雨。"

最后一句我没听懂,但我猜既然在谈"外星人",那么提到流星雨也就理所当然了。"好吧,"我说,"咱们今晚见面聊。"

"太好了。"桂迪夫说,"我大概十五分钟后下来。"

"好极了。"我说,"需要我准备什么吗?零食?啤酒?"

"不用了,谢谢。"他说,"不过你要是能打开游泳池的照明,我会感激不尽的。"

"好的,没问题。"我说,"外星人登门拜访的时候应该打开游泳池照明灯,这个道理大家都懂。"

"等会儿见。"桂迪夫说,挂断电话。

我爬出沙发椅,关掉电视,打开通往游泳池的滑动玻璃门。游泳池照明灯的开关就在门口,我出门的时候一伸手就打开了。你没来过我家,汤姆,不过我告诉你,我们家的游泳池很大——奥运会标准池的尺寸。爱丽丝在 UCSD[1]的时候是游泳运动员，现在靠游泳保持身材。我嘛，在浅水区走两圈就够了——我浮水的本事比游泳大。

我坐进庭院躺椅，喝着啤酒回想我刚才都干了什么。我从没邀请过陌生人来家里，连精神正常的都没有，但此刻却请一个自称外星种族代表的家伙来见面聊聊。我越是琢磨，就越是觉得傻乎乎的。十分钟后，我确信我把自己交给了某个好莱坞宗教杀人狂，新闻播音员提到我的时候会说"受害者似乎认识凶手——现场没有任何挣扎的痕迹"，镜头一转，出现了用海绵涂抹鲜血的墙壁。我起身走向室内，准备打电话报警，但这时我看见一颗流星划破天空。

看见流星并没有什么大不了的。这会儿毕竟是流星雨的高峰期，我的住处在山顶高处，灯光污染不太严重，我坐在室外的这段时间内时不时看见流星飞过。但它们都很小、很遥远，而且转瞬即逝；而这一颗却很大、很近，划破天空直奔我家而来。它看似飞得很慢，但就在我盯着它看的当口，我意识到它在五秒钟内就会撞击地面。尽管我没有吓得无法动弹，但我估计我是不可能逃回室内的。看起来我不需要担心被变态狂魔杀死了，而是会被一颗流星砸死。我的意识里有一个理性得荒谬的声音在问：你知道被流星砸死的概率有多大吗？

撞击前两秒钟，流星突然崩碎，发出震耳欲聋的轰然巨响，小块岩石在大气中气化，景象就仿佛一场烟火表演。我傻乎乎地盯着爆炸的画面，使劲眨眼以消除残像，随即听见哨声在远处响起，呼啸着越飞越近。我在它击中泳池前的千分之一秒看见了它——这块飞速旋转的陨石有一个酒桶那么大。流星爆炸肯定降低了它的冲

---

[1] 美国加利福尼亚大学圣迭戈分校。

量，否则这么一大块陨石要是以流星的应有速度落在我后院里，我和我的邻居都不会有机会活着讲故事给别人听的。

即便如此，它还是像一辆公共汽车似的坠入游泳池，突然变得滚烫的泳池水掀起大浪，把我浇个透湿。泳池的深水区冒出蒸汽。我的神志恢复了一些，开始琢磨游泳池的损坏会花掉我多少钱，还有房屋保险的理赔范围包不包括流星撞击。我猜不包括。撞击砸坏了几盏照明灯，我回到门口关掉电灯开关，以防水里漏电。我再打开庭院大灯，想看清楚损坏情况。

游泳池奇迹般地完好无损，被砸坏的照明灯当然不算。陨石落入泳池的地方还在汩汩冒泡，但即便如此，我还是能看见水泥池底似乎没有裂纹。陨石入水的角度恰到好处，水体吸收了冲击力，水泥池底完好无损。不过，水平面比冲击前低了足足一英尺。

就算邻居听见了什么动静，他们也没有任何反应——至少没有我能听见的反应。后院围墙高达十二英尺，那是我1991年增建的，当时我隔壁的邻居是个重金属鼓手，我受够了听他的派对闹腾，看他和女人在按摩浴池里吸着可卡因滥交，造围墙比让他搬家要容易得多。结果这完全是白费工夫，因为围墙刚建成一周，他老婆就提出了离婚，他不得不卖掉房子支付赔偿费。接下来搬进来的是乔治·波斯特。整形外科手术专家。好邻居。非常安静。

池水渐渐平息下来，我听见"咔嚓"一声轻响，我望向游泳池，看见一团黏稠的液体从流星残骸中涌了出来，慢慢飘向水面。这团东西差不多是透明的，但有一种油腻腻的质感。太空黏液。黏液在水面上积蓄了几分钟，忽然做了一件令人惊诧的事情：它开始朝游泳池侧面移动。它来到泳池边缘，伸出一条触须，粘住庭院的水泥地，用它将剩下的大团凝胶提了上来。它完全离开游泳池之后，又伸出一条触须，这条触须在半空中转了几圈，忽然停下，又缩回那一大团凝胶内。它朝我的方向滑来。

汤姆,我都不知道该怎么形容那一刻我都想到了什么。你知道那种噩梦对吧?恐怖怪物扑向你,你想以最快速度逃跑,脚下却像是在做慢动作。差不多就是这个感觉:吓得魂不附体,身体却无法动弹。我的大脑停止了工作。我无法移动,无法思考。我很确定我甚至停止了呼吸。我只能望着那东西在庭院里游动,离我越来越近。那晚我第三次也是最后一次百分之百地确信我死定了。

那东西在离我两英尺的地方停下,收拢变成一团果冻般的凝胶。它顶端浮现出一个保龄球大小的结节,被一根胶冻柱子支撑着伸到与我眼睛齐平的高度。然后它开始说话:

"卡尔?是我,桂迪夫。我们在电话里聊过。准备好和我面谈了吗?"

汤姆,我做了一件我这辈子从没做过的事情。我当场昏了过去。

我昏迷了几秒钟,醒来时发现桂迪夫伏在我身上。我闻到他的味道:很像穿旧了的网球鞋。

"这个好像不在计划之内。"他说。

我以最快速度从他底下打滚逃跑,伸手去拿离我最近的危险物体。啤酒瓶碎了,我抓住瓶颈,锋利的边缘朝外。

"哎呀。"桂迪夫说。

"滚开!"我说。

"请放下武器。"他说,"我对你没有恶意。"

这句话在我的脑海里漂浮了一秒钟,我很快想到了它的出处:《帝国反击战》里尤达大师的台词。它让我稍微放松了一点点,拿着破酒瓶的手垂了下去。

"谢谢。"桂迪夫说,"卡尔,现在我将非常慢地向你移动。不要害怕。可以吗?"

我点点头。桂迪夫没有食言，他慢慢地移动到了我触手可及的范围内。

"现在还可以吧？"桂迪夫问，我又点点头，"那就好。伸出你的手。"

我伸出手。他慢慢地从体内分出一条触须，裹住我的那只手。我惊讶地发现触须并不是黏糊糊的；实际上，它坚实而温暖。我的大脑努力寻找能与之相关联的概念，我很快想到了一个：弹力阿姆斯特朗玩偶。你知道的，你可以抓住这种玩偶的胳膊使劲拉，它们能伸展一码长。差不多就是那种触感。

桂迪夫用触手包着我的手，他做了一件出乎意料的事情，他和我握手。

"嗨，卡尔。"他说，"很高兴认识你。"

我目瞪口呆地盯着桂迪夫二十秒，然后我放声大笑。

遇见一种完全陌生的智慧生命，你该怎么形容这样的体验呢？哦，对，汤姆，你当然知道那是什么感觉；你自己也遇见过。但我认为你应该已经注意到了，我主导了你和约书亚初次见面的整个过程，我这么做是有原因的。我希望能让你的意识去理解相对熟悉的事物，让潜意识去绞尽脑汁考虑外星人的存在。我不知道这么做是否公平，也许打断了你欣赏神奇一刻的快感？什么？好极了，很高兴知道我并没有扫了你的兴致。

说回我自己，我花了足足一个小时让大脑冷静下来，然后桂迪夫和我才有可能开始真正的交流。在这一个小时里，他回答了我前言不搭后语的混乱提问，允许我触碰他，甚至让我的手进入了一次他的身体，同时尽量用语言安抚我，帮助我恢复理性。我就像刚拿到新玩具的小孩子。汤姆，你别用不敢相信的眼神看我。事实上也确实如此；公司里的你们只见过我井然有序的一面，那都是有原因的。

然而此刻我不可能克制住狂热和兴奋的情绪了！整个地球上只有一个人有可能成为会见外星人的第一个人，而这个人就是我。当时我还不知道原因和他们为什么来找我，但我根本不在乎。全人类有史以来最大的疑问之一——我们在宇宙中是孤独的吗？答案就坐在我住处的客厅里，虽说它是个臭烘烘的凝胶圆球。这种感觉……难以形容。巨大得难以言喻的幸福感。半小时后，我渐渐理解了这次会见的意义，我开心得哭了。

那晚我们谈了一夜；我太兴奋了，不可能睡觉，桂迪夫看起来不需要睡觉。上午九点，我打电话给玛赛拉说我不舒服，要休息一天。玛赛拉很担心，她想请医生来看我。我说没事，我能照顾好自己。我上床休息，只睡了两小时就醒了，兴奋得无法再入睡。我在室外找到了桂迪夫，他坐在游泳池旁。

"我在欣赏我的成就。"他说，"不知道你能不能理解，但这个——"他伸出触须，指着游泳池，"需要相当大的本事。在五万公里外将一个荚壳投入你的游泳池，而且没有造成严重损伤。一路上还要表现得像一颗自然形成的流星。"

"干得漂亮。"我说。

"确实漂亮，对吧？"桂迪夫赞同道，"比痔疮还麻烦——请原谅我的措辞，因为我显然没有可以长痔疮的屁股——但是，想在城市附近着陆，我们就只能这么做。你可以一直瞒过部分空军，可以一时瞒过所有空军，但不可能一直瞒过所有空军。比起被隐形战斗机击落，还是这么做更好一些。当然了，返航是个大问题。这东西——"他指着游泳池底的碎石，"除非被拖着走，否则哪儿都去不了。"

"那你打算怎么回去?"我问。

"我们预定今天深夜在贝克镇附近会合。那附近的沙漠里什么都没有,因此也就不需要担心看热闹的人了。即便如此,我们恐怕还是会让雷达上热闹得像是过节。我们必须快进快出,我希望你能送我一程。"

"没问题。"我说。

"另外,你要和我走一趟。"桂迪夫说。

"什么?"

"少来了,卡尔。"桂迪夫说,"我大老远地来找你,不可能只是想打个招呼吧。我们有一些严肃的问题要讨论,接你上太空船谈会方便得多。"

尽管我认识桂迪夫还没多久,但我已经能看出他对我有所隐瞒了。他想带我上太空船,没问题,但我觉得目的不只是为了闲谈。我的脑海里开始闪现外星人绑架人类的滥俗桥段,我被绑在检查台上,一团胶冻准备侵入我的孔洞。但这种念头毫无意义。你对一个人好言好语,不可能只是为了骗他充当试验品。他们大可以直接抓走我。

再说,我想去看看。开什么玩笑?谁不想呢?

那天上午,我打电话叫出租车,到伯班克的一家二手车店买了一辆不显眼的便宜轿车。两千块,一辆二十年车龄的皮卡。我找到一个废车场,卸下一堆废铁上的车牌。最后,我撬掉了仪表盘上的车辆标识码。桂迪夫说飞船来接我们的时候,雷达上会热闹得像过节似的,我不希望事后有人来调查的时候发现这辆车属于我。

傍晚八点,我们沿着10号公路向南拐上15号公路,驶往荒凉得鸟不拉屎的贝克小镇。桂迪夫平摊在车座底下,伸出一根触须越过靠背看东西和说话。这辆皮卡不值我付的那两千块,路上险些两次抛锚,还有一次我不得不紧急冲进加油站给散热器加水。

离贝克镇大约五公里的地方,桂迪夫让我拐下15号公路,沿着一条辅路走了几英里,直到开上一条向南的无标记小路。我们又开了四五英里,这时候所有的照明只剩下了车灯和满天星光。

"好了。"桂迪夫说,"到地方了。"

我停下皮卡,环顾四周。

"我什么都没看见。"我说。

"他们在来的路上。"桂迪夫说,"再等三秒钟。"

地面开始晃动。左手边离我们三十码的地方,一个黑色立方体从天空中突然砸了下来,它毫无特征可言,长宽高都是二十英尺左右,着陆时砸裂了地面。

"唔——稍微早了一点。"桂迪夫说。

我望着立方体,除了刚从天空中掉下来之外,这东西实在平淡无奇。"很不起眼啊。"我说。

"当然了。"桂迪夫从座位背后爬过来,"漂亮的彩灯留到我们想正式露面的时候再用。现在我们只想悄悄地降落起飞,不引起任何注意。准备好了吗?"

我伸手去开车门。

"你要去哪儿?"桂迪夫问。

"你不是说我们要起飞吗?"我问。

"是啊。"桂迪夫说,"开进去。总不能把这辆车扔在荒郊野外吧,会被人发现的。所以我才让他们送一个特大号的传送箱下来。"

"怎么不早说?"我说,"我可以买一辆梅赛德斯的。"

"怎么不早问?"桂迪夫说,"空调是个好东西。"

我转动方向盘,小心翼翼地驶向黑色立方体。保险杠碰到立方体的表面,我轻踩油门,感到些微的抵抗力,随后有点像撕裂的感觉,立方体的表面随即包裹住了皮卡车。

我们开进立方体。里面光线昏暗，只有内壁释放的黯淡冷光。这片空间没有任何特征，唯一的结构体是个十英尺高的平台，我看不见上面有什么，因为我们在它的正下方。

"我们什么时候出发？"我问。

桂迪夫伸出一根触须，碰了碰最近的内壁。"我们已经出发了。"他说。

"真的吗？"我说，"真希望这东西有窗户。我很想看看我们在往哪儿去。"

"没问题。"桂迪夫说。立方体消失了。我开始尖叫。立方体重新出现，透明但有明显的颜色。

"抱歉。"桂迪夫说，"不该弄成全透明的。不是存心想吓唬你的。"

我鼓起勇气，摇下车窗，俯瞰脚下的地球，立方体的内壁将地球染成了紫色。

"我们飞到多高了？"我问。

"大概五百英里。"桂迪夫说，"刚开始几英里必须慢慢飞，但飞到十英里以上没人关注的高度，我们就可以加速了。"

"我能下车吗？我是说，地板能支撑住我吗？"

"当然，"桂迪夫说，"它不是已经支撑住这辆车了吗？"

我打开车门，战战兢兢地伸出一只脚放在地面上，逐渐增加重量。感觉有点软，就像摔跤用的垫子或拉紧的蹦床，但确实支撑住了我的体重。我走到车外，没有关车门，向远处走了几步。我抬起头，视线穿过了顶上的平台；平台的另一侧还有两团胶冻，各自伸出触须插进内壁——我猜是正副驾驶员。

我四处走了几分钟，然后请桂迪夫把立方体变成全透明。有那么非常短暂的几秒钟，我感觉到惊恐再次袭来，但最无与伦比的幸福感随即代替了惊恐——我眼前是上帝视角的地球，而且没有碍事的宇航服或取景器。我问桂迪夫立方体里有没有人造重力，他说有；我问能不能关掉，让我享受一下无重力飘浮，但他不肯答应。他说他不想看见一辆皮卡漫无目标地飘来飘去。他们减小了重力，以适应我们即将进入的太空船，突然间我轻了四十磅。又看了几分钟，我请他们重新给立方体加上颜色——我的前脑已经接受了我很安全的事实，但更原始的脑区依然表示怀疑。

这趟飞行用时不到一个小时。接近太空船时，立方体略略减速，我当然没有感觉到，但我看见了——前一瞬间我还盯着黑洞洞的太空，下一瞬间就看见一块大石头向我飞来，与前晚掉进游泳池的那颗流星不无相似之处。我不由自主地后退闪避，但大石头突然停下，悬浮在几英里之外。

"我们到了。"桂迪夫说，"家，我甜蜜的家。"

我不可能准确判断出这艘由小行星改造而来的太空船有多大。我们逐渐飞近它，我估计飞船的直径应该在一英里左右，桂迪夫证实了我的估计没差多少。这颗小行星似乎没有任何非自然的特征，但随着我们的靠近，我发现它的表面有许多不起眼的黑色斑纹。我们正在飞向其中的一条。

"这艘飞船有名字吗？"我问。

"有，"桂迪夫说，"给我一秒钟，让我翻译过来。"他沉默了一小会儿，然后说，"它名叫艾欧纳。这是我们种族第一个诞生意识的祖先的名字，就像你们的亚当或夏娃。它同时还有'探索者'和'教师'的一层意思，因为艾欧纳在意识到他是同类中的第一名成员后，尽他所能地研究周围的世界，让他的——"又是一阵沉默，"孩子能尽可能多地拥有知识。他的探索是我们文明的第一段也是最伟大的记忆史诗。我们认为他的名字很适合这艘飞船——目光远大。这就提醒了我，进飞船之前，最好塞住你的鼻子。"

"什么意思？"我说。

"我们用气味交流。"桂迪夫说，"'翻译'的意思是我必须将我们与概念相联系的气味翻译成听觉类似物。但我们之中目前只有几名成员了解这个翻译过程，其他的成员当然会用我们的'母语'说话。但我不认为你的感官会很享受我们的交谈。"

"我不希望被认为没有礼貌。"我说。

"唔，来，"桂迪夫说，"这是我们语言中的'艾欧纳'。"桂迪夫散发出狗放屁的恶臭，"这是我们语言中我的名字。"这次放屁的狗比前一条还要大，熏得我眼泪都流出来了。

"现在，请记住飞船上有几千个我的同类。"桂迪夫说。

"我明白你的意思了。"我说。

"我看也是。我会帮你安排好的。看，我们即将靠港。"

立方体落在一条黑色斑纹的边缘上，这条黑色斑纹长一百码左右，宽度是长度的一半。立方体的表面之下，黑色斑纹的表面开始变得稀疏，直到彻底消失，最后在立方体的外侧四周形成了一圈密封带。立方体缓缓地沉入密封带。通过这层外表面之后，我发现我们落入了一个深约一百英尺的巨型机库。机库里光线昏暗，我视线所及范围内没有其他立方体或形似飞船的东西。

我正想问一问桂迪夫，但就在这时，随着轻轻的一声闷响，我们着陆了。立方体几乎立刻开始消融；一个环形洞口出现在顶部中央，然后变得越来越大，残余物质顺着同样开始消融的内壁流走。驾驶平台上的伊赫尔阿克人沿着内壁滑下来，半秒钟后内壁开始像蜡烛似的溶解流走；驾驶平台被内壁吸收，很快消失。构成立方体的物质化作机库地上的一堆原生质，随即迅速被地面吸收，只留下我、三位伊赫尔阿克人和皮卡车。整个过程从头到尾还不到一分钟。

"有意思。"我说。

"是啊。"桂迪夫说,"我们需要的时候就种一个出来。不过制造立方体耗费的时间比拆解它要稍微久一点。"

不远处的墙上出现了一扇门,一个伊赫尔阿克人走向我们。他用触须卷着似乎是棉花垫的东西。他来到桂迪夫身旁,轻轻碰了他一下,然后将棉花垫递给我。

我接过棉花垫:"要我吃下去吗?"

"好像不需要吧。"桂迪夫说,"塞住鼻子就好。"

我将那东西塞进鼻子,立刻感觉到所谓的棉花开始膨胀,彻底堵住我的鼻腔。我按捺住打喷嚏的冲动。

递棉花垫给我的伊赫尔阿克人转身出去,两位驾驶员碰了碰桂迪夫,也跟着出去了。

"好了。"机库里只剩下了我和桂迪夫,桂迪夫说,"奥维吉,就是刚才来送鼻塞的伊赫尔阿克人,他说全船会议安排在集会大厅举行,我们应该立刻过去。不过我觉得你不妨先休息一下,这样对你更加公平也符合礼数,甚至睡一觉都可以。我知道自从我们见面以来,你几乎没有休息过。或者要是你有兴趣,我可以安排人带你参观飞船。总之都取决于你。"

"我不累。"我说,"不过我很想参观飞船。开完会能让我参观一下吗?"

"当然了。"桂迪夫说。

"那好。"我说,"咱们去开会吧。"

桂迪夫和我穿过其他伊赫尔阿克人进入的那扇门,走向艾欧纳号的深处。进门的时候,我不得不低下头,然后弯着腰走过一条又一条通道；天花板比我的身高矮一英寸。我觉得这也符合逻辑，因为伊赫尔阿克人并不高。这些通道对他们来说够宽敞的了。

桂迪夫注意到了我的不舒服。"非常抱歉，"他说，"我应该弄个交通工具来的，这样你可以坐下。但我猜你也许想在去集会大厅的路上感受一下飞船内的环境。"

"没关系。"我说着环顾四周。通道似乎是在岩石质地的小行星中挖掘出来的，和刚才的机库一样，也没有任何形式的装饰。我向桂迪夫提起这一点。

"你说得对。"他说，"伊赫尔阿克人不注重视觉。虽说按照你们的标准，我们能看得相当清楚，但我们和你们不一样，视觉不是我们观察世界的首要知觉。墙壁上有气味导引标记，和路标发挥相同的作用。另外，这并不代表着我们没有艺术冲动。晚些参观飞船的时候，我会带你去我们的艺术馆。那里有一些非常精致的蒂维斯。"

"蒂维斯是什么？"我问。

桂迪夫停顿片刻，突兀得让我跟着停下脚步，本能地挺直腰杆，结果撞疼了脑袋。"我在努力思考有没有人类概念中的类似物，但怎么也想不到。"桂迪夫说，"在英语中最接近的词语大概是'气味绘画'，但其实也不太准确。唉，算了，"他继续向前走，"等你看见就会明白的——更精确地说，等你闻见。"我匆忙赶上他的脚步。

又穿过几条通道，我们在一扇门外停下。"到了，"桂迪夫说，"卡尔，飞船上几乎所有的伊赫尔阿克人都在大厅里。我想知道你有没有做好准备。"

"我想我做好心理准备了。"我说。

"我说的不是这个。"桂迪夫说，"我只是想确定你的鼻子有没有塞住。里面的味道很不好闻。"

"我觉得我的鼻子被水泥填满了。"我说。

"好，那咱们就进去吧。"他伸出触须轻轻一碰那扇门，门向内打开。

我们走进那扇门，两件事情立刻震住了我。首先是伊赫尔阿克人在视觉方面的单调传统依然如故——大厅上方是毫无装饰的拱顶，圆形的房间地面向下倾斜，最中央是一个抬高的小讲台，同样毫无装饰。地面上有一大团一大团的伊赫尔阿克人这儿那儿地聚集在一起，和会议正式开始前的人类没什么区别。

其次是即便塞住了鼻子，大厅里的气味依然狠狠地扑向了我，那感觉就仿佛胸口吃了一发火箭弹，整个马厩的粪便同时发酵也不过如此。气味强烈得难以想象。我后退一步，靠在墙上。

"你没事吧？"桂迪夫说。

"味道熏得我有点头晕。"我说，"不是好的那种头晕。"

"这是因为此刻所有人都在交谈，等会议开始，大家安静下来，情况就会好起来的。"他说，"现在嘛，你只能多做几次深呼吸了。"

不远处有一个伊赫尔阿克人离开同伴，走向我们。他轻轻碰了一下桂迪夫——我猜这是他们在寒暄或行礼，然后向我伸出一根触须。我望向桂迪夫。

"卡尔，这位是乌阿克。"桂迪夫说，"乌阿克是艾欧纳的因特西奥——飞船操控和社交互动两方面的领袖，船长兼祭司。他欢迎你的光临，希望你到目前为止都过得还好。他想和你握手。"

我伸出手，让乌阿克用触须包裹住并摇了几下："谢谢，因特西奥。这是一次非常有意思的拜访，能够让我有这份荣幸登门拜访，我必须对你表示感谢。"我估计桂迪夫不需要提示就会替我翻译，因此直接对着乌阿克说话。

他替我翻译了:"我传达了你的发言,并加上了我的看法——我们应该立刻开始会议,以免你被熏晕过去。乌阿克回答说能接待你是我们的荣幸。他对我说,我们和你一起去讲台,会议开始之后底下就不能那么喧闹了。那么,请吧?"

乌阿克、桂迪夫和我穿过人群走向讲台。我们走到讲台前的时候,另外三个伊赫尔阿克人也到了,他们将抬着的一方某种东西放在讲台上。

"我猜你大概想要个什么东西坐下。"桂迪夫说,"我们没有椅子,但这个应该能行。"我对他说谢谢,在我的座位上坐下。乌阿克走到讲台的另一侧停下,桂迪夫在我和他之间。

场内大概释放出了某种气体信号,因为大厅里的所有伊赫尔阿克人纷纷散开,围绕讲台组成一个个同心圆。气味顿时淡了很多,肯定是因为所有人都安静了下来。

"因特西奥即将开始讲话。"桂迪夫说,"他请我担任翻译,帮助你理解他说了什么。很抱歉,我的翻译不可能完全准确,因为乌阿克会使用大量高语,那是我们快速传递大量信息的手段。不过我肯定能告诉你主要的意思。你有任何疑问都可以问我,我们的交谈不会影响乌阿克的讲话。"他沉默了几分钟,然后再次开口,随着乌阿克的讲演时停时续。

"因特西奥向所有与会人员表示欢迎,希望在旅程中的这一刻,他们都身体健康、心情平静。他请我们回想那个时刻,七十年前——你们的年——我们的科学探测阵列拾取到了这颗星球的第一组微弱的智慧信号,那些信号首先是声音,随后是图像,它们给我们带来了何等的困惑、混乱、喜悦和畏惧。

"他也请我们回想这艘船启程前来的那一天,我们族人派遣使者来拜访这个与我们迥然不同的陌生种族。这艘飞船肩负着两个使命：了解他们，确定是否有可能与他们交流；假如有可能交流，就和他们取得联系，希望双方能建立友好与和平的关系。

"因特西奥开始回顾旅途中的艰难险阻——旅途在距离和时间两方面都很漫长，多次事故导致大量船员伤亡和飞船严重损坏，还有导致第一任因特西奥艾奇瓦灵魂死亡和十分之一船员丧生的哗变。回顾历史是为了提醒我们，即便在这一刻的欢欣鼓舞之中，我们也不能忘记这趟旅程让我们付出了什么代价。

"因特西奥说，这一趟旅程终于达到顶点，我们将会知道，我们的努力是将消失于茫茫黑暗之中，还是会成为所有伊赫尔阿克人的记忆史诗，直到我们种族老去和群星因为岁月变红，依然在世间传颂。我们与一名人类建立了联系，我们认为他是一位智者，他的行为将决定我们的道路。将我们的命运托付给另外一个种族的成员并不容易，但种族间的接触必须这样完成——尽管我们为这一刻做好了准备，但这个时刻本身不是我们能够控制的东西。"

汤姆，这番话可真是把我听傻了。这些生物跨越星际空间那难以想象的距离而来，假如我没有听错，这趟旅途的成败将会取决于我。我不想要这么沉重的负担，实话实说我甚至无法理解。我问桂迪夫我对刚才那段话的理解是否正确。

"嗯，没错。"桂迪夫说，"你在会议上的行为将决定我们和这趟旅程的命运。我们从一开始就知道这一点，它完全符合伊赫尔阿克人的天性：让出关键时刻的控制权，希望它能够萌发出某种美好而伟大的事物。现在就是这个时刻了。"

"稍等一下。"我忽然愤怒起来，"我来这儿不是为了给你们扮演上帝。你在请我做一件我不知道我能不能做到的事情。我甚至不知道你到底要我做什么，更别说能不能做到了。我觉得我掉进了陷阱。"

桂迪夫伸出触须放在我手上。"卡尔,"他说,"我们没有请你来扮演上帝。他会解释你将扮演什么角色的。假如你拒绝,那我们就回家,我们种族将策划另一个办法来接触你们。就这么简单。就算失败,我们也不会驾驶飞船撞向太阳——你觉得听起来很夸张,那是高语的自然特征。你和我们也算相处了一段时间,知道我们平时不是这么说话的。不过,我们在这件事上确实需要你的看法。我们不可能像你那样了解你的族人。我们需要通过你确定我们能不能在此时此地接触人类。现在你稍微明白一点了吗?"

我点点头。

"那就好。"桂迪夫说,"因特西奥正在对你说话。他正式欢迎你登上艾欧纳号,希望你在你旅程中的这一刻感到快乐,他向你介绍飞船的主人,艾欧纳号的船员,希望你能接受他们的问候。"

"我该怎么做?"我问。

"问得好。"桂迪夫说,"从没有人类做过这件事。试着挥挥手吧,我用我们的语言给你助攻。"

我起身挥手。两千个伊赫尔阿克人伸出触手向我挥舞。

"我说你已经认识了飞船的主人,希望他们在旅途中的这一刻感到快乐。"桂迪夫说,"差不多就是应有的回应,不需要你做其他事情了。可以吗?"

"可以了。"我说,坐回原处。

"很好。"桂迪夫说,"乌阿克在向你描述这趟旅程,还有我们如何通过你们的无线电和电视信号了解你们。他使用的高语结构过于复杂,因此这段内容是无法翻译的,重点是那些信号证明你们拥有一个丰富而迷人的文明,但我们同时也发现它们充满矛盾和令人困惑。你们星球对太空的广播中没有任何结构。"

"呃,那是电视节目,你知道的,"我说,"本意就是供人类理解,而不是其他任何种族。你们只是收到了泄漏的信号。我记得人类有个向外太空智慧文明发送信息的科学计划，但我们向非人类受众发送的东西也就这么多了。"

"因特西奥想告诉你，我们确实收到了SETI❶发送的信息，觉得它们很……最合适的字眼大概是'可笑'吧。电视信号要有意思得多。"

还好卡尔·萨根没有活到今天听见这些话。桂迪夫继续道："因特西奥说我们发现我们能从电视和无线电中了解你们的许多事情。我们中的一些成员——显然在说我——学会了英语，开始拼凑起你们星球的世界史和文明史。

"但我们也逐渐认识到，我们无法很好地区分事实和虚构——后者代表着你们真正的文明和你们想象力的构造。我们理解两者的区别，比方说新闻报道和娱乐节目，但我们缺乏语境，看不出哪一个是另一个的艺术夸张。这给我们带来了挫折感——在伊赫尔阿克人看来，你们有时候似乎是个病态说谎者的文明，故意削弱了自己分清真实与虚假的能力。现在你该明白我们为什么迟迟不敢开始接触了吧。我们需要一个人帮我们建立语境，区分真实与谎言，准确评估你们星球的状况。

"我们特别感兴趣的是你们星球对接触外星人这件事的看法。SETI计划说明你们星球积极寻求与其他种族的接触，但你们的娱乐节目显示出你们对这个想法的敌意，你们非常害怕你们遇到的其他种族会企图征服这颗星球。更重要的是，当你们想刻画友善或仁慈的外星人时，往往会采用类人的外形；想刻画敌意或暴力的外星人时，往往会是我们这种样子。这一点显然让我们感到不安。"

---

❶ 即搜寻地外文明计划，美国天文学家卡尔·萨根是其发起人之一。

"我猜你们低估了特效预算在这个问题上的影响力。"我说。

"因特西奥同意有可能确实如此。"桂迪夫说,"但这就又引出了语境和我们对你们文明的了解的问题。他希望你已经理解了我们的困境。

"有一个产业创造了你们星球对外广播的那个节目,你是这个产业中最有权势的人之一,你能得到这个地位是因为你的个性和智力。你拥有独一无二的能力,可以帮助我们理解真实与虚构之间的区别,理解你们星球期待什么和恐惧什么。他希望——他想强调一下,也是飞船上所有伊赫尔阿克人的希望——你能够帮助我们理解你们的族人,从只有人类才能做到的角度奠定理解人类现实的基础。"

我诧异道:"就是这样?你们要听我的建议?"

"帮我们起步。"桂迪夫说。

"唔,这方面我当然可以尽我所能帮助你们。"我说,"但我不确定我能提供多少帮助。你要明白,绝大多数时候,连人类都不理解人类。我可以告诉你我知道的一切,但那只是我的观点,而且需要好几年才能做到这个。"

"因特西奥明白你只是几十亿人类中的一员,但你拥有最能满足我们需求的才能和头脑。至于需要好几年才能了解你知道的一切——"桂迪夫停顿片刻,似乎是在整理思绪。

"至于这好几年,"他继续道,"我们有另一个办法。"

汤姆,约书亚有没有告诉你伊赫尔阿克人是怎么繁殖的?没有?唔,我不太吃惊;这是极为个人的事情。从细胞层面上说,所有的伊赫尔阿克人都是相同的,他们是无性繁殖的单细胞有机体的巨型群落。但每一个伊赫尔阿克人都有独一无二的不同经历。你可以将他们视为一个多胞胎的种族，拥有相同的基因信息，但明显被个体经验塑造成了独立的个体。

人类得知基因存在之后，开始争论塑造人的究竟是基因还是环境，基因和经验到底哪一个是本质。对伊赫尔阿克人来说，这件事根本不需要讨论——因为他们从基因上都是相同的，身份完全由经验确定。人格亦然。

伊赫尔阿克人的人格是非常有趣的东西。举例来说，人格构成之后是可以被转移的。他们的人格不必永远待在同一个身体内。假如身体即将由于疾病或类似原因而死亡，那么人格和经验集可以从一个身体转移去另一个身体。伊赫尔阿克会用类似但简化得多的手段传递信息；一个伊赫尔阿克人可以离开群体获取经验，返回后连接上整个族群，将记忆"下载"给他们，族群中的所有伊赫尔阿克人就会获得这个伊赫尔阿克人的知识。

但这么做需要物理接触和大量时间。伊赫尔阿克人的高语是个进一步简化的手段，可以将一个概念编码为有气味的分子后释放出去，接触到它的伊赫尔阿克人能够将其自动解码。大致就像一个人说了一个词就在你的大脑里构造出一整段记忆。非常引人入胜，对吧，汤姆？

伊赫尔阿克人繁殖的时候，人格会发生完全不同的事情——人格会和人格融合在一起。伊赫尔阿克人合并成一整团，但信息甚至"灵魂"并不会从一个身体传递给另一个身体，不同的灵魂会在合并的身体内互相作用。一个人格的某些部分最后会占据支配地位，而另一个人格的其他部分会被支配。

人格特征确定下来之后，一整团物质会分裂成两块。其中一块再次分裂，变回融合前的两个伊赫尔阿克人，人格特征和记忆都完好无损，但身体比融合前小了一些。另一块则是一个全新的人格：

它拥有上一代的记忆和智力,但也拥有一个全新的"灵魂",这个融合而成的新生人格立刻就能开始活动,因此伊赫尔阿克人是没有童年的。

融合过程并不容易:它要求一个伊赫尔阿克人开放自我,允许另一个灵魂或个体与他合二为一。你向另一个灵魂开放自我,另一个灵魂也向你开放自我,这是彻底的交融。但最危险的是,伊赫尔阿克人在这种时候会放下防备,另一个伊赫尔阿克人要是心怀叵测,就可以攻击并摧毁前一个的人格,完全用自己的人格取而代之。这是所谓的"灵魂死亡",是伊赫尔阿克人之间能犯下的最严重的罪行。伊赫尔阿克人之所以不愿谈起繁殖过程,就是因为它能在片刻之间从完美的结合变成最彻底的强奸。

但这种事极其罕见,比人类的谋杀还要罕见。绝大多数时候,融合是一种充满喜悦的体验——据说比人类的性爱还要美好。

有意思的是,尽管几乎所有繁殖活动都发生在两个伊赫尔阿克人之间,但理论上并不排斥三个、四个甚至更多个伊赫尔阿克人的共同融合。这种融合复杂得多,形成人格特征需要的时间也更久,但确实是能够完成的。桂迪夫说,在伊赫尔阿克人最伟大的一段记忆史诗里,一个探险团受到攻击者的围困,出于绝望,所有人融合在一起,希望能生出一个可以拯救他们的绝世英雄。这个探险团有四百伊赫尔阿克人,结果当然是成功了,否则不可能成为史诗。故事流传至今,部分原因是伊赫尔阿克人对这段史诗的崇敬之情。

艾欧纳号的因特西奥准备打破这个记录。他想让艾欧纳号的两千名船员融合在一起。再加上一个人类。

桂迪夫翻译完因特西奥的提议,我说:"我没听懂你的意思。"

"因特西奥恳求你和我们全体融合。"桂迪夫说,"将你的知识和我们的知识合二为一，帮我们生下一个新的伊赫尔阿克人——这个伊赫尔阿克人完全理解人类，能帮助我们快速而简单地搞清楚这两个种族之间能不能诞生友谊。这将是个伟大的馈赠，伊赫尔阿克人将永远记住你，你不仅是我们的第一个人类朋友，也是我们种族漫长历史中最重要的个体的一名先辈——他最重要的先辈。他必定无比重要，因为他是我们两千个伊赫尔阿克人放弃自我的结晶。这是一个巨大的事件。"

我望着济济一堂的伊赫尔阿克人，我很清楚这两千名船员在等待我说些什么。无论什么都行。汤姆，我怯场了。但我无路可退。

我拖延时间。"我不知道你们有没有注意到，"我说，"但我不是一名伊赫尔阿克人。我恐怕没法融合。"

"因特西奥说,在你的许可下,"桂迪夫说,"我将担任你的导体。"

"这是什么意思？"我问。

桂迪夫停顿片刻。"唉，见鬼，"他最后说，"乌阿克发送了一些高语屁话，我不想翻译给你听。卡尔，这句话的意思是我会把触须插进你的大脑，读取你的记忆，将它们传送给其他船员。简而言之，我将在你的脑袋里扎根，寻找好东西。"

"听起来很痛苦。"我说。

"不会的，我保证。"桂迪夫说，"只会有难以置信的发胀感觉。卡尔，别误会，但我会把你大脑里的内容完全下载给整个群体。融合过程中不存在秘密——融合的产物将知道你知道的所有事情。我们知道这个要求有点过分，比我们曾经让我们中的任何成员付出的还要多。假如你不愿意，就不要答应。"

"要是我拒绝，会发生什么？"我问。

"什么都不会。"桂迪夫说，"我们绝对不会强迫你参加融合。"

我望着全体船员："你们所有人都愿意？"

"是的。"

"要是你们中的某一个企图控制其他成员呢？有可能做到吗？会给我带来什么后果？"

"你将通过我连接整个集体。"桂迪夫说，"假如我们中的某一个企图控制全体船员，我会在他控制你之前断开连接。我应该有这个时间。"这句话里的限定词让我心生不安，桂迪夫说了下去："但我必须说，发生这种事的可能性微乎其微。首先，这样会杀死全体船员，凶手将永远无法返回母星；其次——卡尔，这是一个史诗事件。假如能够成功，它会成为我们种族历史上的一个决定性时刻。我们将被永远铭记。请相信我，我们中没有人会希望搞砸这件事。"

"我能读取你们所有船员的思想吗？"我问。

"不能，"桂迪夫说，"我负责翻译你的思想，但没有时间反过来翻译。你将体验我们的所有思想，但无法理解其中的任何意义。我的朋友，那将是你体验过的最怪异的一场幻觉。"

"唔，"我说，"既然你都这么说了，我怎么能拒绝呢？"

"所以你愿意了？"桂迪夫说。

"由你担任我的导体，桂迪夫，我深感荣幸。请把这句话完完整整地翻译给你们的因特西奥。"我说。

桂迪夫显然这么做了，蒸馏垃圾臭水的气味随即充满了大厅。我问桂迪夫这是在干什么。

"船员在鼓掌，卡尔，"桂迪夫说，"他们松了一口气，心情愉快。他们没有把半辈子浪费在来这里的路上。我对你说了谎，卡尔——假如你不肯接受，我们将失望得无以复加。但我不想用这种负罪感逼你同意。对不起，请原谅我欺骗了你。"

"没关系。"我说，"我不介意，能帮助我在融合过程中认出你的思想——找最鬼祟的那一个就是了。"

"我本人不会参与融合，"桂迪夫说，"我要负责传输你的思想，因此我在整个过程中都保持清醒。事实上，所有船员中只有我不会参与融合。"

我大惊失色。"非常抱歉，桂迪夫，"我说，"假如我知道，我会请求换一个人负责传导。我不希望你错过这个机会。"

"我的朋友，"桂迪夫说，"别这么说。你选择我是我的荣幸，远远超出了你的想象。整个过程中将只有我意识清醒，能够目睹这个大事件的发生。等它进入我们的记忆史诗的时候，这段经历使用的将是我的视角。"

桂迪夫伸出触须，朝着船员的方向挥舞："这些船员会在记忆史诗之中，但书写者将是我——我将通过它得到永生，在我们族人最伟大的《奥德赛》里，我扮演的是荷马。你给了我一个伟大的礼物，卡尔，我无法完全表达我的谢意，你是我的朋友，我真正的好朋友。"

"好吧，"我说，"不客气。"

"很好。"桂迪夫说，他又伸出一根触须，两根触须一起伸向我，"现在，请取出你的鼻塞——让我把它们插进你的鼻孔。"

"开玩笑吧？"我说。

"完全不是。"他说，"也许稍微有点疼。"

我甚至都不可能尝试描述那场融合，汤姆，我只能说——回忆一下你做过的最清晰、最狂野的一场春梦，然后想象它是无数的不同气味，互相碰撞、摩擦，彼此渗透，再想象它持续了一辈子的长度。差不多就是这个感觉。

我醒来，依然在讲台上，三个伊赫尔阿克人围着我。我问桂迪夫在哪儿。我右边的伊赫尔阿克人挥动触须。

"成功了吗？"我问。

"成功了。"桂迪夫说,指着站在我脚边的伊赫尔阿克人说,"卡尔,认识一下两千个伊赫尔阿克人和一个人类的后裔吧。"

"哈喽。"我对那个伊赫尔阿克人说。

"嗨,老爸。"他说。

"因特西奥——"桂迪夫指着第三个伊赫尔阿克人说,"想再次感谢你的理解和你提供的巨大帮助,他保证你无疑将成为我们种族最伟大的英雄之一,我可以告诉你,这已经是一个事实了。"

"谢谢他,也谢谢你。"我对桂迪夫说。

"不客气。"桂迪夫说,"因特西奥想把给新诞生的伊赫尔阿克人起名的荣誉给予你,因为你是他的起源先辈。"

"谢谢,但这是乌阿克的点子,"我说,"我不能掠人之美。"

"确实是他的点子,"桂迪夫说,"但他的所有先辈都一致同意,你接受提议是他诞生的起源行为。因此荣誉依然归于你。不过因特西奥预料到了你的不情愿,已经为他选好了一个名字,只要你同意,我们就会给他起这个名字。"

"什么名字?"我问。

"我们希望这个名字不但能反映出他对我们有多么重要,也能反映出他最终对你们种族有多么重要,是个一听就会懂的好名字。你觉得'耶稣'怎么样?"

我忍不住放声大笑。

"看见了吧?"本来有可能叫耶稣的伊赫尔阿克人说,"我说过了,这个名字行不通。但我知道什么呢?我才刚生出来嘛。"他这番话里的挖苦味道再明显不过了。

"这个主意很糟糕,"我说,"会惹恼地球上的一半人口。"

"白痴。"桂迪夫说,"你有什么想法吗?"

我有。"耶稣"是拉丁化的"约书亚",这个名字依然有人使用,而且没有那么强烈的宗教意义。另外，约书亚是我父亲的名字，萨拉去世时怀着的孩子也叫这个名字——我们当时在一个月前确定了是个男孩。汤姆，爱丽丝和我不打算要孩子。因此，这个伊赫尔阿克人尽管和我只有最稀薄的一点关系，继承的也只是我的思想，却依然是我有可能拥有的唯一一个"孩子"。约书亚这个名字在我心中埋藏了许多年，此刻终于能够给它一个归宿，我非常高兴。约书亚也很高兴。他当然有理由高兴，因为他知道这个名字对我的意义。

我给约书亚命名后，乌阿克告退去履行他的船长职责。我和他"握手"的时候，我看了一眼手表。上午11:30。

"糟糕，"我说，"我得走了。"

"你还没有参观飞船呢。"桂迪夫说。

"不参观也罢，"约书亚说，"这些家伙不知道该怎么装饰飞船。"

"我很愿意参观，但我迟到了。"我说，"我昨天休息了一天，这会儿助理玛赛拉肯定在打电话到我家找我呢。要是我今天不去办公室，她会报警寻人的。"

"唔，有个问题。"桂迪夫说，"现在是白天。我们不能冒着被看见的风险降落地面。"

"那就别降落，"约书亚说，"单程飞降好了。"

"这个倒是可以。"桂迪夫说，"但还是有个问题。"

"什么问题？"我问。

"取决于，"约书亚说，"你控制括约肌的能力有多强。"

我们走向机库，桂迪夫解释给我听。他们可以按皮卡尺寸制造一个无人驾驶的立方体发射出去，控制它降落在我们出发的地点附近。但是，与那块"陨石"和黑色立方体不同，这个立方体必须以最高速度坠落，以防被雷达侦测到它的踪迹。还有一点，这个立方体必须是全透明的。

"为什么?"我问。

"黑色立方体出现在白昼的天空中会很可疑,"桂迪夫说,"但红色皮卡出现在白昼的天空中就只是难以置信了。就算被人看见,他们也不知道该怎么想。这不是一件坏事。"

"还好你有段时间没吃东西了。"约书亚说。

几分钟后,我准备坐上皮卡的驾驶座,我向桂迪夫和约书亚告别。我问桂迪夫我什么时候能再次见到他,或者说还能不能再次见到他。

"最近应该见不到了。"桂迪夫说,"下次派人去见你的时候,那个人肯定是约书亚。不过他必须在飞船上待几个月,将你的知识——也就是他的知识——传授给我们,教我们如何与人类打交道。你我有可能要等到我们种族初次公开露面时才会再见到了。不过,卡尔,我期待着那一天。等那一天到来,我会非常高兴。到时候我就终于可以带你参观蒂维斯展廊了。"

"我都等不及了。"我说,然后对约书亚说,"期待能再次见到你。"

"谢了,老爸。"约书亚说,"用不了太久的。下次见面换辆好车。"

我坐进皮卡,一个立方体立刻在皮卡四周开始生长——花费的时间确实比拆解久,但也没久到哪儿去。五分钟后,我完全被包裹住了。立方体变得完全透明,就好像它根本不存在似的。我看见桂迪夫和约书亚,我朝他们挥手,他们向我挥动触须。

我突然被抛向太空,艾欧纳号迅速变小,像是巨人扔出的一个快球。地球本来是个大号的蓝色盘子,忽然以恐怖的速度开始变大。

感觉还不赖,直到最后一分钟,皮卡没有任何要减速的迹象,而地表变得越来越清晰。最后五秒钟我连看都不敢看——我遮住眼睛,哭着向上帝祈祷。

再一转眼，我就回到了我和桂迪夫出发的那条无名小路旁。我没有感觉到着陆，但等我睁开眼睛，只看见灰尘在四周打转，皮卡底下的地面显出裂纹，与小路另一侧地面上的裂纹相映成趣。

我启动皮卡回家，然后去办公室。玛赛拉说我要是再晚十分钟到，她就要打电话给联邦调查局了。

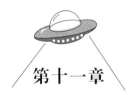

第十一章

卡尔看了一眼手表。"该死,"他说,"我要错过四点的会了。"

"《咒命狂呼》首映式是四个月前了,卡尔,"我说,"从那时候到现在,他们都在忙什么?"

"大概是拷问约书亚吧。"卡尔说,"你要记住,他拥有我的记忆——胜过我本人在上面,因为被榨取脑汁这种事我连一天都忍受不下来。伊赫尔阿克人能想到请我们担任经纪人都是约书亚的功劳。"

"我不明白,"我说,"既然他们拥有你的全部知识,为什么还需要你或我给他们做这些事呢?"

"哈,但他们依然是一块块的方形胶冻,"卡尔说,"限制了他们融入人类社会的可能性。不过我认为还有其他原因。我猜他们已经有了一套计划,但想先看看我——现在是你——能想出什么花招来。他们想要的并不是用最有效率的方法达到某个目标,否则约书亚早就去联合国发言了。你要记住伊赫尔阿克人将自己交给关键时刻摆布的那套哲学,连他们的繁殖策略都打上了它的烙印。回头再想,他们将这个时刻交给了我们——他们在说,看,我们信任你们,希望你们能让两种族历史上最重要的时刻结出美好的果实。"

"这份信任够沉重的。"我说。

"嗯，对，实话实说还很讨厌。"卡尔说，"倒不是说我们应该拒绝承担这个责任，完全不是这个意思。但我们肩负着沉重的负担——要是搞砸了，失败将全都压在你我的肩膀上。所有的压力都在你和我身上。不，汤姆，其实就是你一个人，因为我把事情托付给了你。自从我们开始做这件事之后，你有没有仔细想过我们到底在干什么？"

"我一直在避免思考这个问题。"我说，"一想就头晕脑涨。我尽量集中精神考虑更小的细节，比方说希望约书亚能在今天某个时间回家。"

"这大概才是更正确的态度。"卡尔说，"但我想了很多。这件事具有重大的意义，同时也振奋人心——真希望我们已经做成了。"

"肯定能成功的，卡尔，别担心。"我说。卡尔最后那句话让我有点害怕，听着不像我们认识和敬畏的那位卡尔·卢波。

卡尔无疑也意识到了，因为他忽然露出野狼般的笑容，果真不负他的姓氏[1]。"这些话我可以说给你听，汤姆，因为我们都知道有史以来最大的一个大秘密——其他人不可能相信我，或者相信你。我们能把这些事情说给谁听呢？"

"有意思。"我说，"约书亚也说过非常类似的话。"

"有其父必有其子。"卡尔说，站起身，"好了，汤姆，走吧。我们得回去了。不能让鲁伯特等得太久。他被晾着的时候会变得很暴躁。"

"一顿午饭吃了三个半小时？"米兰达说，跟着我走进办公室，"哪怕就好莱坞的标准来说，也稍微有点夸张了。你老板会杀了你

---

[1] 卢波（Lupo）是拉丁文的狼。——译者注

的——要不是和你吃饭的就是他本人。"

"对不起,老妈。"我说,"今晚我保证做完作业再出去玩。"

"少耍贫嘴,"米兰达说,"否则甜点就没你的份了。你想先听留言还是想继续跟我顶嘴?"

"天哪,当然是听留言了,求求你。"我说着坐下。

"这个态度还算可取。"米兰达说,"你有吉姆·范多兰的六……让我数一数……六条留言。在你午饭前那两小时之内。根据加州法律,这个算是人身骚扰了。"

"我的运气没那么好。"我说,"他想要什么?"

"他没说,但听起来并不特别高兴。我猜他不是在被《行业内参》的编辑骂得狗血淋头,就是正在被活活烧死。卡尔今天上午打电话给我,要了你的辅导计划的一些资料。他说他打算给范多兰和《行业内参》开个新菊花。依我看,不一定两个都会倒霉。"

"天哪,"我说,"这只会让两个都变得更加烦人。还有呢?"

"米歇尔打过电话。她似乎和《地球复活》那帮人闹得不太愉快。她说和什么乳胶面具有关。我没听太懂。她还说爱伦·莫罗肯定从《苦难回忆》出局了,她觉得她已经准备好了接那个角色,因为她读过了《冰人在耶路撒冷》。"米兰达抬头看我,困惑道,"她说的不可能是《艾希曼在耶路撒冷》吧?"

"放过她吧,米兰达,"我说,"书名毕竟说对了三分之二。"

米兰达嗤之以鼻:"好吧,随便你,我打赌书里的内容她也能这么平均算。总而言之,她还会再打给你的。最后一条,来自你神秘的朋友约书亚。他说他没事了,叫你别打电话,他这会儿在忙,但等你到的时候他也会在。天晓得这是什么意思。汤姆,你又在和怪人打交道了?"

"你都没法想象。"我说。我为什么不能打给他?虽说约书亚叫我放心，但我还是很担心。我克制住立刻抓起电话的冲动，决定先考虑一件更加世俗的无聊事情："米兰达，能帮我接通罗兰·拉诺伊斯的电话吗？"

"没问题。他是谁？"

"米兰达，"我故作惊诧，"你太孤陋寡闻了。他是奥斯卡提名影片《绿野》的导演和制片人，也是即将开拍的《苦难回忆》的导演和制作人。我记得他的制片公司在派拉蒙的片场内。"

"什么？"米兰达说，"汤姆，你不是认真的吧？你不是真打算帮米歇尔争取那个角色吧？"

"为什么不行？"我说，"你要知道，她得到那个角色并不是完全不可能的事情。"

米兰达翻个白眼，摊摊手："老天啊，带走我吧。我不想活在这个世界上了。"

"天哪，够了，去给我找罗兰吧。"

"汤姆，道德准则之神在恳求我阻止你打这个电话。"

"要是你能帮我接通罗兰，我就涨你百分之十的薪水，立刻生效。"

米兰达讶异道："真的？"

"吃午饭的时候，卡尔已经批准了。所以你有两个选择，道德准则还是加薪。你决定。"

"呃，我今天已经服务过全人类了。"米兰达说，"现在该收钱了。"

"所以我才这么爱你，米兰达。"我说，"你的道德价值的基础是那么坚不可摧。"

米兰达雀跃着走出我的办公室。我不禁微笑，拿起电话，飞快地拨通约书亚的手机。

没人接听。

罗兰正在开会，他的助理说他很乐意和我谈一谈，希望我不介意在一小时内来一趟他的办公室。"罗兰讨厌在电话上谈正经事。"罗兰的助理说，"他说他喜欢和别人保持能用匕首互捅的距离。"这会儿已经四点半了，要是我想在一小时内赶到派拉蒙片场，此刻就必须离开办公室。我叮嘱米兰达说，要是约书亚再打电话就立刻通知我，然后开车出发。

半路上，在梅尔罗斯大道上，我发现有人在跟踪我。一辆老旧的白色福睿斯隔着三辆车始终在我背后；只要我们之间有一辆车更换车道，福睿斯就会危险地拐上其他车道，让一辆车超过它，然后再危险地拐回来，保持原有的距离。这些危险动作不时招来一阵喇叭声，因此引起了我的注意。从一方面说，我松了一口气——政府或黑手党杀手肯定不可能这么无能。

我开到一个红绿灯前，蓄意放慢车速，错过闪烁的黄灯——记忆中我第一次这么做——交通灯变成红色，我挂到停车挡，放下手刹，打开警示灯，弹起后备厢盖，然后下车。我伸手到后备厢里拿东西，背后是一辆锈迹斑斑的蒙特卡罗，司机用西班牙语对我大喊大叫。我取出一根铝合金棒球棒，那是上个赛季留下的纪念品，他看见后顿时住了嘴。

白色福睿斯的司机根本没看见我走近；我沿着马路向回走的时候，他正偷偷摸摸地打电话。他是白人，我走到近处，认出了这张肥脸——范多兰，当然是他。

我在司机座的车窗旁停下，调转球棒，抓住击球一端，用手柄一端使劲敲了敲车窗。范多兰吓了一跳，困惑地左顾右盼。他花了足足五秒钟才意识到是谁在砸车门，又花了三秒钟考虑该怎么逃跑，然后才意识到他被我堵在了车里。最后,他露出胆怯的笑容,摇下车窗。

"汤姆,"他说,"世界真小啊。"

"吉姆,给我下车。"我说。

范多兰盯着球棒说:"干什么?"

"只要你还在跟踪我,就会危及其他驾车人的安全。"我说,"除了你,任何人出意外都会让我良心不安的。"

"我看我还是待在车里比较好。"范多兰说。

"吉姆,"我说,"假如你不在三秒钟之内给我下车,我就用球棒砸烂你的挡风玻璃。"

"你没这个胆子。"范多兰说,"这条马路上全是目击证人,他们的手机都能拍照。"

"这里是洛杉矶,吉姆。"我说,"只要我不是警察就不会有人掏手机。一、二。"

范多兰急忙开门,解开他的安全带。

他下车后,我说:"好了,咱们走。上我的车。"

"我的车怎么办?"范多兰说,"总不能就扔在这儿吧?"

"有什么不能的?"我说,"警察随时都会来拖走它。"

"求你了,"范多兰说,"我不能扔下它。这是公司的车。"

"你怎么不早点想到这个呢?来吧,吉姆。少说多做。红灯已经开始跳黄灯了。"我用球棒捅捅他,他只好跟我走了。我们坐进我的车里,恰好赶上又一个黄灯的末尾,我的交通业报这下扯平了。

范多兰望着他的福睿斯渐渐消失。"告诉你,你这种行为已经称得上绑架了。"他说。

"你在胡说什么?"我说,"刚才我在等红灯,做我自己的事情,你突然拉开乘客座的车门,一屁股坐进车里,然后开始提骚扰性的问题。简直比痔疮还讨厌。不过嘛，这种事你已经做过了。事实上，今天你打了六个电话到我的办公室。我开车带你转转，哄你开心。因为你表现得很不正常。要是说现在谁处于危险之中，那肯定是我。"

"你又忘记目击证人了。"范多兰说。

"哎呀，别开玩笑了。"我开上左转车道，"刚才在场的人都从你那辆破车背后开出来径直驶向日落了。大家只会看见一辆车被扔在交通主干道上。假如我是你，吉姆，我现在都开始琢磨怎么编故事了。通常来说，我会建议你说你的车被抢了，但正常人不可能相信，因为你开的是一辆福睿斯。"

范多兰盯着我看了几秒钟，好像忽然后怕起来，连忙系上安全带。"看来我没弄错，"他说，"你已经完全丧失理智了。"

我叹了口气，向南转弯："不，吉姆，我只是受够了你。你写我的那篇东西从头到尾都是胡扯，导致我两个最重要的客户离我而去。你的文章里没有一句真话，却严重损害了我的职业生涯。我可以起诉你和《行业内参》诽谤，一劳永逸地摆脱你们。"

"你会很难证明我们预谋犯罪的。"吉姆说。

"我看未必。"我说，"你来找我，想报道我，在我拒绝你之后，这篇文章出现了。考虑到你们杂志每周炮制出多少狗屁东西，随便哪个像样的律师都能让陪审团相信你在针对我。我敢打赌我们的律师比你们的律师强。"

"你为什么要威胁我？"

"很简单，我希望你离我远点儿。我没有害过你，我只想尽心尽责好好代理我的客户。我不吸可卡因，我不睡未成年，我不肢解动物取乐。我身上没有故事可挖，吉姆，你离我远点儿。"

"呃，汤姆，只有一个问题。"范多兰说，"我不相信你。也许你确实没有发疯——虽说此刻我有点怀疑——但你肯定在策划什么,而且是很离奇的事情。"他举起一只手,开始扳着手指数:"首先,今天上午我老板接到《时报》的电话,说的是你所谓的'导师计划'。他们说卡尔·卢波说这个计划已经执行一段时间了。但我知道得很清楚,事实并非如此——我在你们公司的线人告诉我的。"

"不会凑巧是那位'内部人士'吧?他利用你的报道抢走了我的一名客户。"

"我对此一无所知。"吉姆说,"不过我听说你昨天打断了另一名经纪人的鼻梁。"

"没有打断。"我说,"只是打肿了。"

"其次,"范多兰继续道,"今天你和卡尔·卢波吃了一顿三个多小时的午餐。三个小时啊,汤姆。上次卡尔·卢波吃完三个多小时的午餐,他就去世纪影业当总裁了。你们两个肯定在搞什么名堂。"

"你监视了我们三个小时,看我们吃午饭?"我说,"吉姆,你就没有自己的人生吗?"

范多兰嗤笑一声:"你也许说得对。也许我有我的人生,但我咬住了好莱坞最大的大新闻,能帮我摆脱报道无名经纪人的垃圾文章。你可以帮我省点事,告诉我究竟是什么,然后我保证再也不来烦你。"

"行啊,"我说,"卡尔和我正在为人类和外星生命的初次接触打基础。他甚至去了一趟外星人的太空船。一个外星人最近就在我家蹭吃蹭喝。他最好的朋友是一条狗。"

"嗯哼。"范多兰说,"这个我相信了。太空船。埃尔维斯[1]在上面吗?还有吉姆·莫里森和图派克·夏库尔[2]。"

---

[1] 埃尔维斯·普雷斯利,猫王。
[2] 吉姆·莫里森(1943—1971),美国创作歌手和诗人,27岁时去世,死因至今仍有争议。图派克·夏库尔(1971—1996),美国嘻哈音乐人,1996年死于枪击。

"当然不在,"我说,"你这是说什么傻话。"

"对哦。汤姆,你不告诉我也没关系,"范多兰说,"但别指望我会放手。肯定有事情在发生,我一定会搞清楚的。我确实为一家烂杂志写稿,但我不是一个烂记者。无论你怎么看待我,我其实很擅长我的本职工作。"

"既然你这么厉害,为什么刚才跟踪我的水平那么烂?"

"哦,那个啊,"范多兰微笑道,"我只是车技很烂而已。"

我靠边停车。范多兰看了看周围:"这是哪儿?"

"你下车的地方。"我说。

"你要把我扔在这儿?"他问。

"喂,你不会以为我会带你去我要去的地方吧?"我问。

"哥们儿,"范多兰说,"你这人太邪恶了。"他下车,但转身抓住了车门:"另外,汤姆,这里附近没有硫磺温泉。你父亲已经去世,你母亲住在亚利桑那,因此和他们共进晚餐一半很困难另一半不可能。假如这里没有新闻,你为什么要从一开始就对我说谎呢?"

我没有回答。他关上车门,把双手插进口袋,头也不回地走远了。

罗兰·拉诺伊斯从办公室里伸出脑袋。"抱歉,汤姆。"他说,"上一个会开得有点晚,然后还有一堆文件必须立刻处理掉。"

"没关系。"我说,"我也迟到了,刚才去送一个人了。"

"那就好。"罗兰打开办公室的门,"我们都得到了宽恕。汤姆,请进我的密室。"

罗兰·拉诺伊斯出生于蒙特利尔,伊顿公学和牛津大学毕业,教养极好,举止优雅,总是妙语连珠;他拥有绝佳的品位,被公认是整个电影业最彬彬有礼的制片人。很多见过他的人都以为他不喜欢女人，实际上他采摘领衔主演的女明星就仿佛收割机开过稻田。好莱坞只是不习惯异性恋也有可能懂礼数而已。

"需要点什么吗，汤姆？"罗兰说，"喝一杯？爱伦·莫罗的人送了我一瓶最上等的十八年陈格兰威特威士忌。要是你愿意帮我启封，那可就是我的荣幸了。"

"谢谢。"我在罗兰的沙发上坐下，"不加冰。不麻烦的话，稍微加一丁点水。"

"啊哈。"罗兰说，打开酒瓶，"一个懂得享受的男人。我有依云矿泉水，应该能行。当然了，最理想的是酿造这种苏格兰威士忌的原水，但在这儿也只能因陋就简了。唉，这座城市的绝大多数人只会往威士忌里扔冰块。说真的，太粗野了。"罗兰为我倒酒。

"爱伦的人为什么要送你威士忌？"我问。

"哎呀，汤姆，你少来了。"罗兰笑嘻嘻地瞥了我一眼，"要是你不知道爱伦离开了《苦难回忆》剧组，又怎么可能跑来见我？她似乎接了一个更普通——也更挣钱的电视节目。"罗兰说"电视"二字的时候像是被这个词语硌痛了牙齿。

"希望你能知道，听到这个消息，我觉得很抱歉。她非常适合这个角色。"

"唉，是啊。"罗兰取出一瓶依云，优雅地向两个酒杯里各加一滴矿泉水，"她非常理想。首先是才华横溢的好演员，其次年龄也适合，而且对我们想吸引的核心观众有号召力。但她正在闹离婚，婚前协议似乎经不住严格审查。她担心自己离婚后的身家无法支持她选择的生活方式。一个正常运转的马场似乎比你我能想象的更浪费金钱。"

罗兰把酒杯递给我，在沙发另一头坐下："如你所知，《苦难回忆》的预算并不怎么丰裕。因此她抛弃我们，去扮演有个外星人管家的城郊母亲。她拍一集就能拿到二十万美元。NBC❶保证购买至少四十集。她能保住马场，留下我的项目在半空中飘啊飘。干杯。"罗兰伸手和我碰杯。我们品了一小口。

"见鬼，真是好东西。"我说。

"是啊，非常好。"罗兰说，"送它就是为了减少坏消息的冲击。说来奇怪，同时送来的还有一个希克利牧场的香肠组合装。真是稀奇，对吧？我猜他们新招的助理不怎么清楚这些东西是怎么吃的。还好没跟着水果花篮配气球和毛绒玩具一起送来。否则我恐怕就去自杀了。"

"气球没那么可怕吧。"我说。

"对，但毛绒玩具会逼疯我的。"罗兰说，"好了，汤姆。你来不会是为了和我一起哀悼我的项目，虽说到现在为止你都做得相当不错。你有什么想法？"

"好吧，我就开门见山了。"我说，"我有一名客户对爱伦·莫罗舍弃的角色非常感兴趣。米歇尔·贝克。"

"哦，对，我知道。"罗兰说，"她几乎每天都给这儿打电话，一直在关注事态进展。和我的助理拉吉夫成了好朋友——实话实说，可怜的小伙子彻底爱上了她，把按理说是机密的制片情况全告诉了她。真的很成问题，但你也知道贝克小姐对年轻男性有什么样的魔力。他以前的大学同学肯定嫉妒得要死。我提不起勇气为此解雇他。"

"你是一个好人，罗兰·拉诺伊斯。"我说。

"谢谢，汤姆。这话我永远也听不够。"我们再次碰杯，罗兰向后靠了靠，抬起手捏住下巴。他似乎在考虑什么重要的大事，他

---

❶ 美国全国广播公司，全美三大商业广播电视公司之一，以孔雀图案作为台徽。

事实上也有足够的智力这么做:"说说看,汤姆,你觉得米歇尔·贝克适合这个角色吗?"

"我觉得这要取决于你问的是一名经纪人还是一名电影爱好者了。"我说。

"嗯,"罗兰的眼睛里闪烁着愉快的光彩,"先听听经纪人的说法吧。"

"她太适合了。"我说,"她很火辣,有票房号召力,保证开画第一周能拿到两千万票房,海外市场也同样看好。"

"电影爱好者呢?"

"你发了疯才会把这个角色给她。"我说。

"唔,"罗兰似乎大吃一惊,"这话可不是每个经纪人都说得出口的。"

我耸耸肩。"我说的都是你早就知道的事实。"我说,"要是我不这么说,肯定会显得很蠢。"

"我觉得很有意思,"罗兰说,"你一方面说我发了疯才会把角色给她,但另一方面却坐在这儿,马上就要请求我这么做了。这简直是奥威尔级的自我矛盾。我非常想听一听你怎么调和这两个念头。"

"不需要调和。"我说,"我认为她很可能完全不适合这个角色。这一点我完全承认。但是——这句也是你不会听见经纪人说的话——我有可能犯错,甚至大错特错。我可以数出许多男女演员,人们怀疑他们不可能胜任某个角色,最后事实却证明他们完全能行。莎莉·菲尔德扮演了好几年的吉吉特❶,现在她已经有两尊奥斯卡了。

---

❶ 首播于1965年,美国情景喜剧《吉吉特》的女主角,该剧讲述的是充满活力和好奇心的少女吉吉特在加利福尼亚海滩的生活和冒险。

老天，爱伦·莫罗第一次拍电影是直发录像带的恐怖烂片。"

"这个我居然不知道。"罗兰说。

"《鲜血城市3：觉醒》，"我说，"里面有爱伦的第一个也是目前为止的唯一一个裸体镜头。"

"真的吗？我得找来看看。"

"现在爱伦也有两尊奥斯卡了。我想说的重点是，我认为米歇尔不适合这个角色不等于她真的不适合。"

"好吧，我明白了。"罗兰说，"但贝克小姐还是有她的问题，她的年龄不对，而且……允许我尽量说得委婉一点……不具备适当量级的智慧储备。"

"我们见过四十几岁的女演员移山填海也要让自己看着像是二十五岁。"我说，"化装术反过来用肯定能完成这个任务。我们也可以让角色年轻个五岁十岁的，只要不会影响故事的冲击性就行。至于智性的问题嘛，你也许会惊讶地发现米歇尔最近在读汉娜·阿伦特。"

"确实很吃惊。"罗兰说。

"她和我的助理米兰达今天下午还在讨论阿伦特的著作。"我说，没提米歇尔连书名都弄错了。

罗兰把胳膊放在沙发扶手上，若有所思地喝了一小口威士忌。他摇摇头。"对不起，汤姆。"他说，"但我实在难以想象米歇尔·贝克有可能适合这个角色。我不愿意考虑她，因为它只会给她和我带来惨败。你能够理解我的着眼点吧。"

"我不是在求你把角色给她。"我说，"我只想请你给她一次试镜的机会。要是她搞砸了，那就到此为止，但她会知道她有过机会。她会知道我为之付出了努力。我熟悉米歇尔，这样会让她下次做事时加倍努力的。但再说回来，你和我都有可能看错了她。多尝试一些可能性总归没有坏处。罗兰，请问电影目前到什么阶段了？"

"进度滞后，这是可想而知的。"罗兰说，"本来正在招募剧组人员，现在只能给他们放假了。非常麻烦——我会失去贾努斯，他是我的摄影师，要去拍另一部电影了。一部什么儿童电影，讲灵长类动物的。"他做个鬼脸，"那种东西从来没有好下场。真不知道他在想什么。"

"你还有其他备选的女演员吗？"

"没有任何像样的好演员。"罗兰说，"我们选定爱伦后，剩下的人选都去签了其他片约。A级演员里最早有档期的也是九个月后。我们也有一些B级人选，但缺少知名演员撑场面，这种电影注定会失败。"

"那么，你看，"我说，"你也没什么可损失的。"

罗兰再次摆出沉思的姿势。"就算米歇尔能够满足我们的期待，"他说，"我们似乎也雇不起她。你知道的，制片公司不会往这种电影里砸钱。"

内心深处，我扭起了胜利战舞。制作人开始谈钱，就说明他已经克服了他和你客户之间有可能存在的所有哲学难题。我们此刻正在跳这个双人舞的最后几个舞步。当然了，表面上我的情绪没有任何变化。"米歇尔拍这部电影不是为了挣钱，"我说，"要是她真能给我们一个惊喜，我认为我们肯定能谈定一个合适的片酬。"

又是一分钟若有所思。"好吧，"罗兰说，"让她试试似乎也没什么坏处。老天在上，要是她居然能胜任，我们的制片工作回到正轨，那当然最好不过了。实话实说，汤姆，其实我正在考虑放弃《苦难回忆》，启动另一个项目，但依然在相同的领域内——也就是描述大屠杀的正剧。"

"是吗？"我说。

"嗯，是的。"罗兰摆了摆脑袋，我猜那是他的耸肩动作，"其实还算不上真正的项目。只有一个剧本——纽约大学的一个学生写的，主动投给了我们，但非常激动人心。主角是一位波兰诗人，天主教徒，他在二战期间帮助犹太人，结果被送进纳粹集中营。"

"克日什托夫·科尔多斯？"我问。

罗兰面露讶色。"对，就是他。呃，汤姆，你又让我吃了一惊。这个行当的绝大多数人除了《综艺》杂志什么都不读。总而言之，那是个好剧本，非常感人。几十年前，这个科尔多斯的事迹上过电视——""电视"二字几乎是咬牙切齿啐出来的，"但这个剧本要比他们的那东西强得多。现在的问题很简单，就是请求许可，在电影中使用这个人的作品。我要让拉吉夫找到科尔多斯版权的管理者，看能不能谈出个所以然来。版权费估计要砍掉我们一条胳膊加一条腿。这种事就是这么一回事。"

"你不需要让拉吉夫去找任何人。"我说，"我可以告诉你克日什托夫作品版权的管理者是谁。他此刻就坐在你对面。"

罗兰收起放在沙发上的手臂，俯身瞪着我。"少胡扯了，"他说，"你不是说真的吧？"

"是真的。"我说，"我父亲是克日什托夫的经纪人。克日什托夫死后，他指定要我父亲管理他的作品版权。我父亲去世后，我继承了这个角色。我想请一个真正的文学经纪人来管理克日什托夫的作品版权，但他的家人请我继续做下去。他们想和以前一样，把事情托付给信任的熟人。我没法拒绝，所以就做下去了。实际上也很简单，因为书籍出版的协议早就谈好了。我只需要在执行结果上签字，每三个月寄一张稿酬支票给他女儿。"

"汤姆，"罗兰说，"你能登门拜访，我实在太高兴了。你稍等一下，我拿这个项目的剧本给你。你读完后咱们谈细节。"

"要是你不介意的话，两个剧本。"我说，"别忘记我来找你是为了什么。"

"哈，那当然。"罗兰说，"这样的话，咱们定一个试镜的时间吧。下周今天怎么样？中午如何？"

"当然最好不过了。"

"好得很。"罗兰说着站起身，"你坐着别动。我去去就来。"他出去找助理要剧本。我喝完酒杯里的威士忌。确实是最上等的陈年苏格兰威士忌。

我回到家里，立刻打电话给米歇尔报告好消息。她叫得像一头欢乐的小猪，这对她争取那个角色似乎不怎么有利。

"谢谢你，汤姆，谢谢你，谢谢，谢谢！"她说，"我太高兴了！真是不敢相信！"

"别高兴得太早，米歇尔。"我和气地说，"目前你得到的只是一次试镜，离拿到角色还早着呢。你走进去说不定只会发现他们很讨厌你。"这是请她做好准备接受失败的委婉说法。

可惜没用。"天哪，我不在乎。"她说，"我准备好了。我一直在练台词。他们会大吃一惊的。你等着瞧吧。你也会在的，汤姆，对吧？"

"呃……"我说，"唉，好吧，见鬼，我也会在的。"

"汤姆，我真想亲吻你。"米歇尔说。

"咱们还是不要毁掉客户和经纪人的良好关系吧。"我说。米歇尔咯咯直笑。我在内心深处痛哭流涕，于是换了个话题："米兰达说你白天打电话找我，说你和《地球复活》那帮人闹得不愉快。和什么乳胶面具有关系？"

"哦，那个，"米歇尔说，"他们要往我头上浇乳胶，制造等比例假人之类的东西。我不想这么做。"

"米歇尔，没那么可怕。他们必须要制作这种面具，否则就没法拍摄一些高难度的面部镜头了，比方说血管爆出或眼球炸裂，诸如此类。这个技术有点过时，但并不罕见。像样的动作明星都做过这东西。施瓦辛格当州长前就做过。说真的，要是不做这个，你就不算是个动作明星。"

"但他们会往你脑袋上浇黏液，然后逼着你一坐就是几个钟头。"米歇尔说，"我该怎么呼吸呢？"

"据我所知，他们会在你的鼻孔里插呼吸管。"我说。

"想都不要想。"米歇尔说。

后门传来抓挠声。我扭头看见寻回犬拉尔夫站在外面。

"米歇尔，稍等片刻，我去放狗进屋。"我说。

"汤姆，我绝对不可能去做乳胶面具。"米歇尔说，"我不要在鼻孔里插呼吸管。要是我感冒了怎么办？要是呼吸管掉出来怎么办？我该怎么呼吸？"

"米歇尔，你让我，呃，稍等一秒钟。"我放下电话，跑过去滑开拉门，然后跑回来拿起电话。拉尔夫走进屋里。

"米歇尔，你还在吗？"我问。

"我绝对不会去做，汤姆。"她又说，"我有幽闭恐惧症。用毯子蒙住我的脑袋我都会昏过去。他们要解雇我就解雇我好了。"

"别说这种话。"我说，"听我说，你什么时候去做面具？"

"下周的今天。"她说，"下午三点。要去波莫纳做。"

"该死。"我说，"试镜也是那天。"

"那就好了。"米歇尔说，"我想做也不能做。"

拉尔夫走到我旁边坐下。我漫不经心地摸着它的脑袋。"这样吧，"我说，"两边我都陪你去。我去接你，咱们去试镜。结束后我们去做面具，我保证呼吸管会一直插着。可以吗？"

"汤姆……"米歇尔说。

"求你了，米歇尔。"我说，"然后咱们去蒙度鸡肉店。我请客。"

"唉，好吧。"米歇尔说，"汤姆，你总是知道该怎么劝我。"

"所以你才这么爱我，米歇尔。"我说完挂断电话，放下听筒，跪下来爱抚拉尔夫的耳朵和毛皮。

"哎呀，来，拉尔夫，"我用人和狗说话的甜腻声音说，"你的小朋友约书亚呢？嗯？你的小朋友呢？我叫他不要进森林，他却理也不理地进去了，我一定要宰了他，他去哪儿了？嗯？拉尔夫，那个小浑蛋去哪儿了？"

"你问我干什么？"拉尔夫说，"我只是一条狗。"

我尖叫了很久很久。

第十二章

等我终于停止尖叫,拉尔夫说:"哎哟,这可太伤人了。说一句'欢迎回家',我会高兴得多。"

"约书亚?"我问。

"当然是我。"拉尔夫/约书亚说,"但我现在也是拉尔夫。拉尔书亚,约书尔夫。你随便选一个吧。"

"约书亚,"我说,"你干了什么?"

"汤姆,你够了。"约书亚气呼呼地说,"我干了什么还不是明摆着的吗?看,我是一条狗!"约书亚汪汪叫,"相信了吗?还是你要我抱住你的大腿使劲蹭?"

"我知道你是。"我说,"但我想知道你为什么这么做。我以为你喜欢拉尔夫。约书亚,我以为它是你的朋友。现在你看看你都干了什么。"我拼命打手势,寻找合适的字词,但没有找到,我只好用了第二合适的说法:"约书亚,你吃了它!"

约书亚哈哈大笑,一条狗这么放声大笑,听起来怪异得难以置信。"对不起,汤姆,"他最后说,"现在我知道你在想什么了。你说得好像我一直在等待合适的时机强占拉尔夫的躯体。不,事情不是那样的。我说过了,伊赫尔阿克人不做那种事。汤姆,拉尔夫要死了。这是拯救它的唯一办法。"

"我不明白。"我说。

"好吧,你保证你再也不冲着我瞎嚷嚷,我就告诉你。可以吗?"

"可以。"我说。

"很好。"约书亚说,"咱们去客厅。能帮忙拿一瓶啤酒给我吗?"

"什么?"

"一瓶啤酒,汤姆。你知道的。麦酒,马尿,黄汤。我现在没有触须了,所以没法开酒瓶。我是一条狗不等于我不能时不时地喝两口。我去客厅等你。"他啪嗒啪嗒地走掉了。我去给他拿啤酒和用来喝啤酒的碗,又给我自己拿了两粒阿司匹林,然后走进客厅,坐在沙发椅上。

我吞下阿司匹林,喝了一大口啤酒咽下去,然后把剩下的啤酒倒在碗里。约书亚趴下舔啤酒。我伸手想拍拍他的脑袋,但转念一想又停下了。这种动作似乎不太适合,你不能爱抚能思考的生物。

"好极了。"约书亚说,"汤姆,谢谢你。"

"不客气。"我说,"那么,在森林里到底发生了什么?"

"拉尔夫心脏病突发。"约书亚说,我看着他说话时嘴巴的动作。他张着嘴巴吐出字词,就好像他肚子里有个收音机。"我们出去走了几英里,开始爬一座山。直到那时候,拉尔夫都还挺好的。但爬着爬着我听见它发出微弱的呜咽声,转身一看,发现它已经倒下了。我回去看它是不是出了什么事情,但没有找到外伤或骨折。于是我进入它的大脑,发现它心脏病发作了。"

"你怎么知道?"

"我找到了它感觉到疼痛的位置。"约书亚说,"它觉得整个胸部像是被捏住了。拉尔夫很惶恐,这是当然的,它毕竟只是一条狗,不知道正在发生什么。"

"你为什么不打电话给我?"我问,"我可以回来送拉尔夫去看兽医。"

"你想一想，汤姆。"约书亚说，"你当时在威尼斯海滩，没忘记吧？等你回来进森林走到我们的位置，拉尔夫早就死了。就算你能及时赶到，送它去看兽医，兽医也只会说他已经无能为力了。再说它甚至不是你的狗。你什么都做不了。"

这话真是伤人。约书亚肯定早就排练过。"我不是想说你做错了什么，汤姆，"他温和地说，"我只是想说你没有时间。就算你能及时赶到，我这么做也更好。拉尔夫不该被陌生人围着死在兽医的手术台上。"

"所以，拉尔夫心脏病突发。"我的声音稍微有点嘶哑，"你做了什么呢？"

"我首先切断了痛觉。"约书亚说，"我不希望它感觉到痛苦。我还切断了行动控制能力，这样它就不会因为感觉好起来而乱动了。接下来我用一根触须伸进它的胸腔，探测情况究竟有多么糟糕，我们能不能走回你家。结果发现情况很不妙。拉尔夫已经老了，心脏的状态很差。

"这时候拉尔夫已经快不行了，汤姆，它的大脑到处都在发出危险信号。我不想看着它死去，于是我做了两件事情。首先我打电话给你的助理，说我们会迟到。然后我住进了拉尔夫的身体。"

"这话什么意思？"我问。

"唔，你看看我。"约书亚说。

"我是说，这和拉尔夫死掉有什么区别？"我说，"说到底现在这个身体里不是拉尔夫，而是你，约书亚。"

"不完全是这样。"约书亚说。"拉尔夫的全部记忆和感觉依然都在。我完全记得作为一条狗和做狗做的那些事情是什么感觉。"

"但你不是拉尔夫。"我说。

"对。"约书亚承认道,"但换个角度说,拉尔夫没有死去。它的位格只是……和我的位格融合了。从拉尔夫的角度看,它突然变得聪明了许多,它现在是一条智商180的狗了。从我的角度看,我现在能从狗的视角认识世界了。我,约书亚,无疑将占据主导地位。但要是我做出什么让你想起拉尔夫的事情,你也不需要太吃惊。我们都在这个身体里,二合一。所以我才说我是'拉尔书亚'。"

"不介意我问一下的话,拉尔夫对这个结果有什么看法?"

"它愿意接受。"约书亚说,"尽管不是你能理解的那种方式。大体而言我让它知道别担心,它大体而言让我知道它信任我。然后它和我成为'我们',然后就成了现在的'我'。我活着,我很高兴,因此就是这样了。"

我躺进沙发椅:"我听得头疼。"

"再吃两粒阿司匹林?"约书亚建议道。

我再次望向约书亚,他坐在地上,完全是一条标准的寻回犬。"你的旧躯体呢?"我问,"留在山上了吗?需要找回来安葬吗?"

"不用。"约书亚说,"就在这个身体里。分时共享。现在我的旧躯体在拉尔夫的消化系统和血管里。它吃的东西也都是我吃的,我的细胞在扮演血液的角色,将氧气运送给它的细胞。来,看我的舌头。"约书亚伸出狗舌头,颜色发白,带点粉色,"不如以前那么红了。总而言之,这只是暂时的解决方案,控制两个身体很费劲,哪怕我的旧躯体基本上是自我运转的也一样。"

"长期的解决方案是什么?"

"唔,最后我的细胞将取代它的所有细胞。"约书亚说,"这样效率更高,尤其是我就不需要同时控制这么多特异化的器官了。到时候我只需要注意保持体型和外貌,那是小菜一碟。大概需要一周时间。"

"旧细胞会发生什么?"我问。

"被我消化掉。"

"我的天,"我说,"你还说你没吃掉它?"

"汤姆,"约书亚说,"根本没有你想象得那么恶心。再说也只能这样——我不可能永远控制两个身体,而我的伊赫尔阿克人身体更有可塑性。"

"这些——"我挥舞双手,"和你们'不占据其他生命体的身躯'的指导思想没有矛盾吗?"

"唔,好吧,"约书亚说,"这是个擦边球。限制的重点是'智慧生命体'。尽管拉尔夫确实有位格,但算不算智慧生物就有待商榷了。我认为它是,虽说属于低等级的那一类,但那只是程度问题,而不是有无问题。不过,我也感觉到它赞同我这么做。大致如此。事实上是否确实如此当然可以讨论,但我对此并不后悔。另外,我喜欢当一条狗的感觉。我在附近的每一棵树上都做了标记,明白吗?这儿全都是我的领地了。"

"还好我的猫不在了。"我说,"否则你和它肯定会有不同的意见。"

"呃,倒是提醒了我。"约书亚说,"那是一只斑纹花猫吗?"

"对的,"我说,"黄猫,很胖。"

"是不是黄猫我说不准,但我有一段记忆是几年前追着一只大花猫跑过马路,眼睁睁地看着它被一辆大卡车碾死。"约书亚眯起眼睛,狗做出这种动作还挺好玩的,"要是我没看错,应该是一辆福特探险者。"

"好极了。拉尔夫害死了我的猫。我想知道的就是这个。"

"它只是在和猫闹着玩,汤姆,"约书亚说,"事后它觉得非常内疚。"

我用双手猛拍大腿，起身说："说到这个，我要去再拿一瓶啤酒。我觉得我用得上。"

"也给我拿一瓶好吗？"约书亚问，"你看，我自己没法开酒瓶。"

"等一等，"我说，"既然你伸不出触须了，今天早些时候是怎么打电话的？"

"手机有'重拨'按键，汤姆。还有，请相信我，让一条狗摁按键真是太艰难了。"

"手机在哪儿？"我问。

"呃……"约书亚垂下脑袋，"被我留在山上了。对不起。我不想叼着它走两英里。"

"约书亚，你是一条寻回犬。"我说，"寻回犬就是干这个的。"

"那是以前，"约书亚说，"现在我换工作了。"

第二天上午，约书亚和我去见卡尔。

"哎呀，这条狗真是好可爱。"卡尔的助理玛赛拉说，从桌上探出身来看约书亚。

"不能只看表面。"我说。

"天哪，汤姆，你这话说得太难听了。"玛赛拉说，"狗能听懂你怎么议论它，你知道的对吧？"

"这一点我完全不怀疑。"我说，"卡尔在吗？要是他有时间，我想和他聊两句。"

"他在。"玛赛拉说，"我问问他有没有时间。"她示意我们去等待区坐下。我刚坐好，约书亚就用爪子按住我的脚，这是我和他约定的暗号，要是他有话想说就做这个动作。我弯下腰，耳朵凑近他的嘴巴。"什么事？"我悄声说。

"我只是想告诉你，此刻我正在经受巨大的煎熬，"约书亚也同样耳语道,"我的犬类天性快要战胜我了。"

"什么意思?"我问。

"意思是我有一种难以形容的冲动,想把鼻子塞进经过的每一个裆部。"约书亚说,"逼得我要发疯了。"

"尽量控制一下。"我说,"见过卡尔我就带你去公园,随你去闻其他狗的屁股。可以了吧?"

"你在嘲笑我,对不对?"约书亚说。

"有可能。"我说。

"汤姆?"玛赛拉扭头对我们说,"卡尔现在要见你。"她笑嘻嘻地朝约书亚勾勾手指。约书亚冲着她的大腿就扑了上去,我连忙抓住他的颈圈,拖着他走进卡尔的办公室。卡尔在办公桌后读《好莱坞报道》。我关上门,他放下杂志。

"汤姆,"卡尔说,然后低头看着约书亚,"这位就是约书亚的朋友?"

"不完全是,"我说,扭头对约书亚说,"说'哈喽',约书亚。"

"哈喽,约书亚。"约书亚说。

卡尔有一瞬间诧异得说不出话来,但他恢复正常的速度比我快一点。"可爱。"他最后说。

"谢谢。我喜欢这个玩笑。"约书亚说。

"你们哪一个能说说约书亚是怎么到那里面去的吗?"卡尔说。

"他的狗朋友年纪太大,突发心脏病,约书亚决定住进它的身体。"我说。

"我还融合了狗的位格。"约书亚说。

卡尔皱起眉头:"你是说你的人格里现在有一部分是狗?"

"你扔棍子我会不会去捡?"约书亚朗声说,"挠我的脊背我会不会抖腿?看见一只猫我会不会去追?呃,对不起,汤姆。"

"没关系。"我说。

"汤姆，"卡尔说，"希望这不是你想出来的让两个种族合二为一的金点子。约书亚似乎挺乐意当一条狗，但我不认为伊赫尔阿克人应该用这个外形在人类面前初次亮相。"

"相信我，绝对不是。"我说，"但我认为让他当一段时间的狗有一些好处。"

"解释一下。"卡尔说。

"嗯，首先，这样他就可以与你我之外的人类互动接触了。"我说，"现在我可以带着他去各种地方。没错，他无法获得完全的人类体验，但总比成天困在我家里能见到的东西多。他与外界的互动也许能帮我们想到该怎么向全人类介绍伊赫尔阿克人。"

"约书亚，你说呢？"卡尔说。

"当狗肯定不是最佳的观察手段，"约书亚说，"但总比成天看有线电视和去网上聊天室强得多，而且还挺有乐趣的。我是全宇宙的领头狗。很难找到更好的办法了。"

卡尔扭头看着我："你有什么计划？"

"暂时还没有，"我说，"我打算带他到处逛逛，参观一下。你明白的，当一段时间的职业遛狗人。"

"他很擅长这个。"约书亚为我打包票，"再说他也需要锻炼。"

"你，给我闭嘴。"卡尔对约书亚说，约书亚立刻变成一条知道自己选错了地方拉屎的大狗。我永远不会对约书亚说"你给我闭嘴"，但话也说回来，我毕竟不是他老爸。

"我不能让你带着一条狗满街乱转，"卡尔说，"那个叫范多兰的还在附近盯着你呢。你必须保持忙碌。"卡尔想了一会儿，扭头问约书亚："会演戏吗？"

"我不正在假装自己是一条狗吗？"约书亚答道。

卡尔用内线电话呼叫玛赛拉。"玛赛拉，帮我接艾尔伯特·鲍文，谢谢。"他说，挂断通话。他转向我："接下来几天你有事要做吗？"

"没什么事。我帮米歇尔·贝克争取到了《苦难回忆》的试镜，不过还有一个星期的时间。我其他的客户都交给阿曼达处理了，所以我有时间。"我说。

"很好。"卡尔说，"艾尔伯特·鲍文和我是大学同学。他是兽医和训练师，为广告和电视挑选动物演员。看看他有没有什么办法。"

免提电话里响起玛赛拉的声音。"艾尔伯特·鲍文在等卡尔·卢波。"她说，挂断通话。

"嗨，艾尔。"卡尔说。

"狼人！"鲍文在电话那头说。卡尔听见这个外号，忍不住嘴角一抽。假如不是大学同学，卡尔大概是不会放过他的。"有段时间没你消息了，我的朋友，有什么我能为你效劳的？"

"我有个很有意思的潜在客户，艾尔。"卡尔说，"来自育空地区的动物训练师。专门驯狗。我的一名经纪人去年沿太平洋海岸线徒步穿越，在怀特霍斯郊外正好碰上他的一场表演。从没见过那么聪明的狗。我的经纪人说服他送了一条狗过来待一个星期，看能不能在广告和电影里弄出点什么名堂。我觉得有希望，要是能成功，我们就会代理这位训练师。"

"只送了一条狗过来？"鲍文说，"他自己没来？"

"说他不需要来。寄给经纪人一份手语指南。说有这个就够了，狗会明白的。我说过了，艾尔，他的狗特别聪明。"

"唔——我得亲眼看见才敢相信。"鲍文说。

"哈，艾尔，我就是这么想的。我打算派经纪人带狗去见你。经纪人叫汤姆·斯坦因，狗叫约书亚。你能帮我看看那条狗，告诉我你的想法吗?要是接下来一周内你能用他拍广告什么的就最好了。训练师给了我们一周的自由使用时间。"

"那家伙叫什么?"鲍文说。

"不能告诉你,艾尔。"卡尔说,"直到签约前都是公司机密。不过,假如你看过后觉得不错,我们可以和你的选角公司签一份独享协议。可以吧?"

"当然,卡尔,当然可以。"鲍文说,"让他们一点左右过来。我们让狗跑几圈试试看,明天上午我告诉你结果。你知道我的牧场在哪儿吧?"

"瓦伦西亚,我没记错吧?"卡尔说。

"一点不错。"鲍文说,"走魔术山出口下高速,左转,朝丘陵地带开五英里。一眼就能看见。我们很期待见到他们。"卡尔和鲍文寒暄告别,挂断电话。

"育空地区?怀特霍斯?"我问。

卡尔粲然一笑:"我倒想看看谁会去查我有没有撒谎。"

艾尔·鲍文在牧场的车道上等我,显然很期待见到约书亚——直到他见到约书亚为止。

我们打完招呼,他问:"就是这条狗?"他显然不认为约书亚有什么了不起的,但反过来也一样,艾尔·鲍文怎么看都像花了一辈子给"感恩而死"乐队当路演助手的那种人。

"就是他,"我说,"他比看上去要聪明得多。"

"希望如此。"鲍文单膝跪地,"它不咬人吧?"

"据我所知,不咬。"我说。

鲍文伸出手让约书亚闻。约书亚没有闻。鲍文抓住约书亚的嘴巴,打量他的牙龈,然后摸了一遍约书亚的身体。

"这条狗多大了？"他最后问。

"好像八岁。"我说。

鲍文嗤之以鼻。"至少大一倍，汤姆。"他站起身，"我不得不告诉你，要不是卡尔推荐来的，我这会儿已经拒绝你了。来，跟我走。"他领着我们穿过牧场大屋，从后门出去。

"你这地方真是不赖。"我说。

"谢谢。"鲍文说，"也不是很大，只有几千英亩。祖传的土地，从十九世纪就属于我们家族了。七十年代我有段时间险些被迫卖掉，不过还好我拿到了兽医学位，开始从事这个行当。反正够付账单的。我这儿养了不少动物，猫狗猪马，甚至还有羊驼。曾经有过一群牛，我们租给拍龙卷风场景的剧组，但最近不太有这种需求了，只好把大部分变成了猫粮。"我们来到一个封闭式的场地，看起来很像障碍赛马场。

"这是什么？"

"训练场。"鲍文说，"要是想让动物做什么复杂的动作，比方说穿过一幢屋子或打开窗户，我们就在这儿搭建场景，训练动物在里面做动作，直到把整个套路刻进大脑。我猜你这条狗应该也会做一套固定动作。告诉我是什么，我们搭设场地，让它做几个动作看看。"

"他受到的不是这种训练。"我说。

鲍文看着我，好像我是他嗑了迷幻药看见的鬼影子。"什么意思？"他说。

"呃，按照我的理解，他受到的完全是另一种训练。随便你怎么搭设场地，然后告诉他要做什么动作，然后他就会做给你看。"我正在瞎编，我自己觉得挺符合逻辑的。

但对鲍文来说显然并非如此。"你看，汤姆，"他说，"我不知道卡尔在让你犯什么蠢还是你给卡尔灌了什么迷魂汤,但每条狗都必须为特定的目标而受训。我喜欢狗,尊重狗,但狗再聪明也不可能听你说一遍就会做出全新的动作。它们的大脑不是这么工作的。"

"鲍文先生,在你说不可能之前,咱们能先试试看吗?"我说,"我认为你会大吃一惊的。"

鲍文显得很生气,然后放声大笑。"好吧,随便你。"他说,"给我一分钟,让我准备场地。"他走进封闭区域,开始搬动各种装置。

"'它咬人吗?'"约书亚低声说,"我险些啃掉他的鼻子,就为了这句话。"

"你给我好好的,约书亚。"我说,"你觉得你能行吗?"

"在我的智慧深处,我拥有足够驾驶星际飞船的知识。"约书亚说,"跑跑跳跳应该不在话下。"

"没必要这么暴躁嘛。"我说。

"对不起,"约书亚说,"就我个人而言,我觉得我是条好狗。提醒我走之前在那厮的鞋子上尿一泡。"

鲍文回到封闭场地的外面,开门让我和约书亚进去。

"我带你们先走一遍吧。"他说。

"你告诉我就好,"我说,"应该就够了。"

鲍文嗤笑道:"随便你。我想看见的是这样的。我要你的狗跳过那段塑料围栏,然后绕到那儿——"他指着一扇拉上窗帘的窗户,"咬住窗帘绳,拉开窗帘。最后,我要它跑回那儿——"他指着一个像儿童玩具屋的东西,"门的右边有个门铃按钮,它应该能够到。让它按门铃,转身坐下,对我们叫一声。"

"就这样?"我说。

"孩子,"鲍文说,"一条狗需要大半年才能学会这么复杂的成套动作。要是你的狗第一次尝试就能全都做完,那有史以来最聪明的狗肯定就是它了。"

"约书亚。"我打个响指,像是在指挥他蹲下。他转身坐好,抬头看我。我指着塑料围栏说:"跳!"然后转动手臂指着窗帘说:"拉!"再转动手臂指着玩具屋的门铃说:"按!"最后转动手掌,模仿坐下的动作,说:"叫!"

约书亚看我的眼神显然在说,你饶了我吧。

"去!"我说。他一跃而起。

差不多二十秒钟后,艾尔·鲍文感叹道:"龙虾钳子上显出圣母玛利亚了。"

"拉窗帘的动作似乎有点拖泥带水。"我说——其实是有点偷懒才对。

"听我说,"鲍文说,"后天我有个迈能狗粮的广告要拍,快说你们有时间。"

"当然有。"

"我们十点半开拍,"鲍文说,"你们尽量七点赶到。我这辈子都没见过它这么聪明的狗,但外形需要好好收拾一下。"他摇摇头,转身走开。

约书亚踱过来:"如何?"

"你要拍迈能狗粮的广告了。"我说。

"唔,倒是不错,"约书亚说,"但我告诉你,我很讨厌和不是百分之百纯牛肉的东西扯上关系。"

第十三章

1939年9月1日,纳粹德国大规模轰炸波兰首都华沙,拉开第二次世界大战的序幕。9月27日,德国士兵踏上流经华沙的维斯瓦河,不久之后,华沙的犹太人被驱赶进入华沙犹太区——五十万人居住在一英里见方的土地上。1942年7月,纳粹开始疏散这片区域内的犹太人。从7月22日到10月3日,三十万犹太人被送进各个集中营并遭到屠杀,其中离华沙最近的是特雷布林卡和海乌姆诺。1943年4月,纳粹向留在犹太区内的四万名犹太人发动袭击。他们英勇的抵抗持续了三个星期,最终几乎无人生还。

其中一名幸存者名叫拉结·斯佩戈尔曼。二战开始前,拉结一家都是职业工作者,过着优渥的生活;她的父亲和祖父都是医生,她学习法律,负责管理丈夫的法律事务所。她会说波兰语、意第绪语、德语和英语,小时候去探望过移民美国的亲戚。她无论作为女儿还是妻子都备受宠爱,从拥有仆人和夏季度假屋到犹太区的六人间,这个变化可谓翻天覆地。

然而,尽管遭遇了这样的逆境,拉结并没有被打垮。她意志坚定,头脑冷静,而且毫不畏缩。纳粹命令聚居区居民组织犹太人委员会,负责监督住房、卫生和制造产品,她禁止家人加入委员会,称无论谁和德国人合作都是在带领其他人走向屠杀。她的丈夫违抗她,去为一个委员会服务，拉结将他赶出了两人与拉结的父母、弟弟还有弟媳同住的房间。

她组织邻里绕过委员会做事，多次直接抵触委员会的律令。在一名据说是她情人的年轻人帮助下，她开始运营地下黑市，尽管德国人只允许向聚居区运送白菜和甜菜根，但她还是想办法搞到了肉类和甜食。纳粹命令犹太委员会招募"志愿者"接受疏散，拉结想方设法为邻居在军工厂找到工作或藏匿他们，尽量拖延时间，直到最终再也无法阻止死亡的洪流。犹太区起义的那两个星期，她与剩下的犹太人并肩作战，她是留下的极少数女性中的一员。战斗进入第三周，她试图和年轻的情人一起逃出犹太区。他们做到了，但情人的一名所谓的朋友出卖了他们。情人被乱枪打死，她被送进特雷布林卡。

从 4 月到 8 月初，拉结在集中营服苦役；8 月 3 日，上级决定不再需要她了。她被送往一英里外的特雷布林卡二号营地，也就是所谓浴室的所在地。大功率的柴油发动机将一氧化碳送进浴室，这个方法虽说确实致命，但效率不高。挤在浴室里的几百人要挣扎近半小时才会死去。纳粹用这种漫长而痛苦的方法在那个营地屠杀了七十万到九十万人。

然而，8 月 3 日，特雷布林卡二号营地发生了数起意外事件，死者是一名党卫军军官和几名看守。杀死他们的是在集中营工作的犹太人——所谓工作，就是执行杀人的任务，从尸体上摘取金牙和其他贵重物品，将尸体运往万人坑填埋。这些犹太人在那天傍晚试图暴动，尽管未能成功，但还是有两百多名犹太人趁乱逃跑。拉结是其中之一。绝大多数逃跑者最终被抓获或杀死，拉结侥幸逃了出去，她向北走，找到办法去了瑞典。战争结束后，她从瑞典移民来到美国。

拉结的故事即便到此结束也已堪称惊人，但故事并没有结束。

拉结抵达美国后，震惊地发现她来到的这个国家，这个为欧洲的自由而战的国家，对待黑皮肤美国人的态度就像德国人对待犹太人。就连有些法律都是一模一样的：禁止通婚，按肤色分隔的学校与公共服务，以维持和平为工作职责的人对暴力视而不见甚至宽恕默许。后来她写道："那些白袍罩着的是黑衫。"

于是她开始改变现状。她回到法学院，得到法学博士学位，第二天就乘大巴去了南方腹地的亚拉巴马州首府蒙哥马利。她通过执业考试，开门营业：一位犹太女律师，专门向黑人佃农和工人提供法律服务。开业第一个月，她的办公室被扔了两次燃烧弹。第二个月，有人开车对她办公室的窗户开枪，子弹反弹，打中她的腿部。她去医院取子弹，急诊室医生拒绝帮助她，声称他不肯给"爱黑鬼的犹太佬"动手术。拉结当场用手抠出子弹，拍在医生的书写板上，强忍疼痛自己走了出去。她起诉医院和那名医生，胜诉后办公室再次被扔燃烧弹。

她坚持了下去，目睹 1955 年的蒙哥马利公共汽车抵制运动，她拒绝搭乘公共汽车，于是买下第一辆轿车，送黑人朋友上下班。她经历了 1963 年的伯明翰抗议，被白人警察逮捕两次，被警犬咬伤三次。1965 年马丁·路德·金从塞尔玛游行到蒙哥马利时，她和金手挽手走过她的办公室，她的事务所现在坐满了合伙人，其中一半是黑人。

1975 年去世前不久，她在《时代》杂志撰文称："我感觉我的工作是我命中注定要做的事情，我知道一个人失去权利、被告知我无权存在是什么感觉，我知道眼睁睁看着家人、朋友甚至人性被夺走是什么感觉。那些是我的苦难回忆，用悲痛和愤怒写成。但我也知道看着其他人得到应有的权利和人性是什么感觉，知道被告知你也是我们的兄弟姐妹是什么感觉。来吧，加入我们，在大家庭的饭桌前坐下。我的工作，尽管只是微不足道的一点点，就是帮助实现这些梦想。它让我的苦难回忆变得稍微能够承受一些，因为这些记忆——是多么辉煌。"

米歇尔·贝克要扮演的就是这么一位女性。她能做到吗？

唔，性别倒是对得上。

米歇尔和我在罗兰·拉诺伊斯的接待室里等候，我认为米歇尔与这个角色格格不入的感觉已经消失得无影无踪。身为一名经纪人，过了一定的阶段，你就不再会担心自己的所作所为有什么了不起的意义，只会埋头处理此时此刻的各种琐碎事项。有人会称之为被迫放弃道德，实际上不过是尽心尽力服务你的客户，完成必须完成的任务。此刻我的任务就是帮助米歇尔克服换气过度。

"吸气，"我说，"呼吸是好事。"

"真是对不起你，汤姆。"米歇尔说，她紧紧抓住座椅的两侧，几乎能在金属板上捏出指痕，"我实在太紧张了。我以为我不会紧张的，但就是这么紧张。天哪，"她说，用拳头捶打胸口，"天哪，汤姆，对不起。"她喘息得像架直升机。

我在她捶断肋骨前抓住她的拳头："别再道歉了。你没做错任何事情。米歇尔，紧张是正常的。这是个很重要的角色，但我不认为你应该为此打得自己遍体鳞伤。你读过了罗兰要你表演的场景吗？"

"当然。"她说，不好意思地笑了笑，"我都背下来了。所有角色的台词。我不想搞砸。这么做很蠢是吧？"

"不，没有的事。"我说，"知道吗？猫王第一次拍电影的时候，他背下来了整个剧本。不只他自己的台词，而是所有角色的。谁也没告诉他还有其他方法可以排戏。"

米歇尔看着我，困惑道："猫王演过电影？"

"呃，真没想到我会需要做到这一步。"我说，"但他确实演过电影，《监狱摇滚》《温柔地爱我》《蓝色夏威夷》。"

"这些不是歌名吗？"

"是歌名，"我说，"但同时也是电影。"

"唉，好极了，"米歇尔说，"这下我脑袋里开始放猫王歌曲了。"她站起来，开始踱来踱去。看着她转圈让我头疼。

罗兰的助理拉吉夫走出罗兰的办公室。"好了，"他说，"我们架好摄像机了，你们现在进来，我们随时可以开始。"

米歇尔使劲吸气，听声音像是想吸走房间另一头的盆栽，吓得拉吉夫身体一抖。

"给我们一分钟。"我说。

"不着急。"拉吉夫说，关上接待室的门。

"我的天，"米歇尔绞着双手说，"我的天我的天我的天我的天。"

我走过去按摩她的肩膀。"来吧，米歇尔，"我说，"这是你的梦想。"

"天哪，汤姆。"米歇尔说，"我为什么这么紧张？我从来没有被试镜弄得这么紧张过。"

"因为你的台词里终于有超过两个音节的单词了。"我说。

米歇尔转身推了一把我的胸口，力气稍微有点大："你这个浑蛋。"

"我记住了。"我说，"但另一方面，你也没那么紧张了。来，走吧，完成你的任务。"我抓住她的手，领着她走到罗兰的办公室门口，我推开门。

房间里有罗兰、他的助理拉吉夫和一个我不认识的女人。罗兰和那个女人惬意地坐在沙发上，拉吉夫在摄像机背后摆弄着什么。

罗兰起身迎接我们。"汤姆，"他说，"真高兴再次见到你。希望你一切都好。"

"我很好，罗兰，谢谢。"我说，指着米歇尔说，"这是我的客户，米歇尔·贝克。"

"久仰大名，贝克小姐，害得我助理背叛我的那位女士。幸会幸会。"罗兰握住米歇尔的手，开玩笑地亲吻她的手背。米歇尔犹豫地笑了笑，扭头看着我。我耸耸肩，意思是说随他便。

"那么，允许我为大家介绍一下，"罗兰说，"首先，贝克小姐，这位是拉吉夫·帕泰尔，我的助理，你和他打过许多个很长很有意思的电话。我猜他在办公室什么地方给你立了个神龛。"

拉吉夫的肤色很深，所以看见他脸红我有些震惊。"你好，米歇尔。"他说，然后继续埋头摆弄摄像机。

"这位是，"他转向沙发上的女人，"艾薇卡·斯佩戈尔曼，这部电影的助理制片人之一。"

我走过去和她握手。"很荣幸认识您，"我说，"您和拉结·斯佩戈尔曼有关系吗？"

"她是我的姨妈。"她说，"事实上是三代表亲，和我隔两代，不过我们都叫她拉结姨妈。这么称呼比较简单。"

"斯佩戈尔曼不但是制片人，还是本片的顾问，帮助我们了解现实生活中的拉结·斯佩戈尔曼。"罗兰说，"因此我认为有必要听一听她的意见。"

"我喜欢你在《夏日布鲁斯》中的表演，"艾薇卡对米歇尔说，"你完全适合那个角色。"

罗兰和我听懂了潜台词，但米歇尔没有，她笑得分外灿烂。"谢谢。"她说。艾薇卡皮笑肉不笑地咧咧嘴。今天的观众比我预想中难应付。

"好,我们准备好了。"拉吉夫说。

"好极了。"罗兰一拍巴掌,转身对米歇尔说,"亲爱的贝克小姐,不介意的话,请坐在摄像机前的椅子上。斯佩戈尔曼女士和你对台词,拉吉夫负责拍摄。你带剧本了吗?"

"那一幕的台词她全背下来了。"我说。

"是吗?"罗兰说,"很好,我亲爱的,这一项无疑可以为你加分。那么,请坐吧?"

米歇尔在摄像机前坐下。拉吉夫调整好焦距,然后退开。艾薇卡打开剧本。罗兰坐进沙发。我站在门口。

罗兰望向米歇尔:"准备好了吗?"

米歇尔点点头。罗兰对艾薇卡点点头。艾薇卡找到她要念的第一行台词。"'你怎么敢告诉我能做什么不能做什么?'"她有气无力地说,"'你是我的妻子,不是我的主人。'"

米歇尔眨眨眼睛,张开嘴像是要说什么,然后又闭上了。"对不起,"她最后说,"能再念一遍吗?"

"'你怎么敢告诉我能做什么不能做什么?'"艾薇卡重复道,"'你是我的妻子,不是我的主人。'"

米歇尔盯着艾薇卡,然后扭头看着我,一脸惊恐。

"有什么问题吗,贝克小姐?"罗兰问。

"我……呃……我,"米歇尔说,伸手按住胸口,好不容易才挤出她想说的话,"我背的不是这个场景。"

"场景29。"艾薇卡看了一眼页面顶部。

"我背的是场景24。"米歇尔说,"我以为我们要过的是场景24。"

罗兰望向拉吉夫:"拉吉夫,你告诉贝克小姐我们要过的是场景24?"

"应该不是。"拉吉夫说,"我很确定我说的是场景29。"

"我写下来以后肯定看错了,"米歇尔说,"我的9和4看起来很像。"

"我也一样。"罗兰说,"很常见的错误。那就过场景24好了。"

艾薇卡已经翻到了场景24。"这个场景一共只有四句台词,"她说,"其中三句是其他角色说的。"

"拉结的台词是什么?"罗兰问。

艾薇卡看着剧本说:"'是的。'"

"唔——"罗兰说,"好像没什么可念的。"

"怪不得她能背下这个场景的所有台词呢。"艾薇卡说。这次连米歇尔都听懂了。她涨红了脸,开始大声吸气。

罗兰又一拍巴掌,起身道:"咱们这样吧。拉吉夫,你去给贝克小姐拿一份剧本,咱们花几分钟排练一下场景29,准备好了就试一次。可以吗?很好。拉吉夫,不介意的话,你去拿剧本,然后陪贝克小姐排练几分钟。我出去走走。"他心不在焉地走了出去。艾薇卡·斯佩戈尔曼过了几分钟也出去了。拉吉夫等了一小会儿,然后去主办公室取剧本了。

我走到米歇尔身旁,说:"别慌。"

"我到底都在想什么?"米歇尔说,把双手插进头发。

"你只是背错了场景,小事情,"我说,"没什么好担心的。"

米歇尔翻个白眼。"汤姆,我背的场景只有四句台词,"她说,"我为什么会没想到是我搞错了呢?"

"唔,要我说,你全部的台词只有一句'是的',这个应该就是一条线索吧。"我承认道。

米歇尔显得很不安。我连忙举起手。"可是——即便如此,米歇尔,这也是个很普通的小错误。你必须忘记它,然后演好这个场景。"我抓住她的手,轻轻握紧,"你能做到的,米歇尔,冷静。"

"你看见那女人看我的眼神了吗?"米歇尔说。

"我感觉艾薇卡·斯佩戈尔曼的生活没什么乐趣。"我说,"把她当作怜悯的对象,而不是要害怕的怪物。"

"她弄得我像个傻瓜,汤姆,就好像我回到了小学,修女训得我狗血淋头。"

我咧嘴一笑。"那是个很好的明喻,米歇尔。"我说。

"什么?"米歇尔说。

拉吉夫拿着剧本回到房间里。

"听着,"我说,"你和拉吉夫排练场景,我去找罗兰安抚他。你付我那么多钱不就是为了这个吗?"

米歇尔无力地笑了笑,目送我走出房间。

罗兰的办公室挤在片场的一个角落里,左手边是音响工作室,右手边是一组办公室中央的小公园。罗兰站在小公园里,艾薇卡·斯佩戈尔曼站在她身旁。我走了过去,隐约听见艾薇卡在和罗兰争论什么事情。但还没等我听清楚,她就看见了我,于是闭上嘴,瞪了罗兰一眼,转身走开。罗兰站在那儿,面露一丝苦笑。

"你们聊得似乎很开心。"我说。

"开心极了。"罗兰望着艾薇卡走进办公室,"让我想起我这辈子最痛苦的一次钻牙经历。"

"可以打麻药的。"我提议道。

"或者干脆拔掉。"罗兰说,"仔细一想,岂不正是我此刻的处境吗?汤姆,介意我吸烟吗?"

"完全不介意。"我说。

"多谢。"罗兰掏出一根万宝路点上。"我想退出,"他说,"但似乎时机不对。"

"这次试镜没那么差吧?"我说。

"呃,汤姆,我们还没开始试镜呢。"罗兰说,"试镜的意思是要读台词,然后看效果好不好。"

"真糟糕。"我代表我的客户说。

罗兰听懂了我的意思。"真是抱歉,汤姆。"他说,"我并不想难为米歇尔的。她是个可爱的姑娘。非常对不起,关于这次试镜,我对她和你都不够坦诚。"

"什么意思?"我说。

罗兰狠狠地吸了一口烟,然后答道:"简而言之,我对《苦难回忆》的优先选择权只剩下不到一个月了。要是到时候我还没有找到女主演,就会失去优先选择权。秃鹫已经开始绕着我打转了。"

"我不知道这个。"我说。

"你当然不知道。唉,这才是米歇尔今天能试镜的原因,而不是你上周说动了我。事实上,爱伦确定要退出之后,我就立刻让拉吉夫尽他所能地去鼓励贝克小姐来试镜。我并不指望她能演得多么光彩四射,但只要说得过去,我大概就能说服斯佩戈尔曼女士允许我们尝试一下。米歇尔,如你所说,很有票房号召力。"

"恕我直言,罗兰,"我说,"但艾薇卡的看法有任何意义吗?你是导演兼制片人。"

"说来有趣,"罗兰说,"斯佩戈尔曼家族给我正式传记的优选权的条件之一就是他们对女主角人选持有否决权。当时从爱伦·莫罗到梅丽尔·斯特里普都排着队找我,我觉得那是我最不需要担心的事情。"

"艾薇卡看下来并不满意,对吧?"我说。

罗兰用香烟指了指办公室:"你没来之前,斯佩戈尔曼正在说她见过比贝克小姐更聪明的宠物。"

"唔，我也见过。"我真心诚意地说，"但最近两部电影卖出三亿美元票房的宠物就没见过了。"

"祝你好运，希望你能在这一点上说服斯佩戈尔曼女士。"罗兰说。

"没想到这次试镜背后有那么多名堂。"我说。

"所以我才要说抱歉，汤姆。"罗兰说，"这件事上我对你实在不够坦诚。但就算跟你实话实说，我觉得也无法改变任何事情；不过嘛，我还是尽量比普通好莱坞制片人做得更坦诚了。"

"你肯定还在筹备其他项目，对吧？"我说。

"不，其实没有了。"罗兰又露出苦笑，"我是个清誉在外的制片人，汤姆。一家制作公司产出了太多的动作片，想用一部有资格角逐奥斯卡的作品证明他们还关心电影艺术，这时候他们就会雇我这种人。我的电影没有一部挣大钱的。《绿野》在发行音像制品后也才勉强打平。因此我更喜欢在一个时间段内只考虑一个项目。我一直在考虑科尔多斯的项目，但你也知道我们才走到什么阶段。说起来，你读过那个剧本了吗？"

"读过了。"我说，"很不错。"事实上岂止不错，而是好得令人震惊，更不用说作者只是个二十三岁的电影专业学生了。读着剧本，我提醒自己要说服他雇我当经纪人——或者从他目前的经纪人手上把他抢过来。

"是啊，谁说不是呢？"罗兰吸掉最后一口烟，把烟头扔在地上踩灭，"要是现在这个项目救不回来，那我就会有很长一段时间可以琢磨它了。走吧，汤姆。咱们回去看第二场。"我和他走向办公室。

回到房间里，拉吉夫已经搬了一把椅子过来，正在陪着米歇尔过场景29的台词。艾薇卡看见罗兰和我进门，低头看了一眼手表，然后抬头看着我们。"好吧,"罗兰说,"可以开始了吗?"

米歇尔迟疑地看着我,我对她微笑,竖起两个大拇指。拉吉夫推开椅子,重新站回摄像机背后。罗兰再次坐下,对艾薇卡点点头。艾薇卡念出她的台词。

我的手机响了。

所有人都瞪着我,我说:"对不起。"然后慌忙逃出房间。

打来的是米兰达。"卡尔想知道你什么时候能回办公室。"她说。

"应该不会很久。"我说,"米歇尔正在自寻死路。他说了有什么事吗?"

"他说好像什么人急需一条狗,细节去问玛赛拉。"她说,"我不知道他是什么意思。听着像是暗语,但我今天没戴解密指环。"

"我知道他是什么意思。"我说,"但我不能去。今天下午我必须陪着米歇尔。我答应她要陪她去做乳胶面具。"

"我只负责传话。"米兰达说,"我无权替你回绝老板的指令。"

我叹息道:"卡尔在办公室里吗?"

"我问问看。"米兰达说,把我切到等待。我很震惊地发现我办公室的等待音乐居然是奥莉维亚·纽顿-约翰[1]。我得找人把我的背景音乐从八十年代拖出来。就快忍无可忍的时候,米兰达回来了。

"玛赛拉说他正在开会,但假如你非要找他,他可以安排三分钟给你。玛赛拉还说,听他的语气,你最好别要那三分钟。"

罗兰办公室的门开了,罗兰探出头来。"汤姆,"他说,"我看你最好进来一下,我们有进展了。"

"米兰达,我得挂了。"我说,挂断手机通话。

---

[1] 奥莉维亚·纽顿-约翰(1948—2022),澳大利亚流行音乐及乡村音乐歌手,荣获过4项格莱美奖。

办公室里,米歇尔躺在地上。拉吉夫惊慌失措,正在把冰块放在她的额头上。他跑去酒吧取来了冰块,证明骑士精神并没有死,只是气喘吁吁。艾薇卡坐在沙发上,不知道应该露出关切还是气恼的表情。

"我不知道发生了什么,"罗兰说,"她对台词的时候非常紧张,但似乎一切都还好。然后忽然一翻白眼就从椅子上摔下来了。"

"开玩笑吧?"我说。

"她躺在地上昏迷不醒呢,汤姆。"罗兰说,好脾气出现了一瞬间的裂痕,"我通常不会在试镜的时候折磨演员,一般要等到开拍以后才那么做。"

"真是个噩梦啊,"我嘟囔道,转身对罗兰说,"都怪她的自我暗示。"

"什么?"艾薇卡在沙发上说。

我叹息道:"她最近在看催眠治疗师。该死的白痴给她植入了一个自我暗示,每次情绪过于紧张,她就会昏迷一小会儿。"

"从没听说过这么愚蠢的事情。"艾薇卡说。

我没搭理她。"给她几秒钟,她会恢复正常的。"我对罗兰说。

"我真是松了一口气。"艾薇卡说着站起身,"好了,今天我浪费的时间够多了。等她醒来,谢谢她今天能来,然后请她出去。这个角色和她没缘分。"

罗兰哀伤地看着米歇尔:"好,好的,好吧。"

"我觉得你没有给她机会,"我说,"你都还没听她念台词呢。"

"谁有那个时间?"艾薇卡说,"一会儿搞错场景,一会儿昏过去,等我们试完这个镜头,罗兰的优选权都过期了。有什么意义呢?实话实说,斯坦因先生,我不知道罗兰到底在想什么。你的客户很适合还没失贞的青少年角色,但我们的角色完全是另一码事。"

米歇尔·贝克和我姨妈就好比大卫·哈塞尔霍夫❶和甘地。过了今天，我宁可把角色给一条金毛寻回犬，也不愿意给她。"

"这个我倒是可以安排。"我说。

罗兰在艾薇卡爆发前及时介入。"谢谢你今天能来，斯佩戈尔曼女士。"他说，领着她出去，"别担心，我们肯定能找到适合这个角色的演员。"

"允许我直话直说，罗兰，"艾薇卡说，"假如选角工作现在还只到这个阶段，那我对进度就深表怀疑了。"她对我点点头，走了出去。

罗兰转身面对我，肩膀垮了下去。"威士忌？"他说。

"不了，谢谢。"我说，"我还要开车呢。"

米歇尔轻轻呻吟，她开始恢复知觉了。

"那好吧，"罗兰说，"我替你多喝一杯。"

米歇尔和我走进办公室，米兰达问："不顺利？"

"你都没法想象。"我说，陪着米歇尔走进我的房间，扶她在沙发上躺下。米歇尔对自己在试镜时难以想象的崩溃的反应已经超过忧郁，进入了药物无法治疗的精神状态。我让她先睡一会儿，然后再去享受乳胶敷脸的折磨。

听我讲完今天的经历，米兰达说："太可怕了。说真的，我不认为她有可能适合那个角色，但这么出局也未免太惨了一点。"

"假如我是她的催眠治疗师，我会躲几个星期再出来见人。"我说，"他们的下次治疗恐怕愉快不到哪儿去。来，你搞清楚卡尔到底要我干什么了吗？"

---

❶ 美国男演员、歌手，代表作有《霹雳游侠》《护滩使者》等。

"搞清楚了。"米兰达掏出记事簿，"我去找了一趟玛赛拉，知道了老板的意思。布鲁斯·威利斯新片里的一条特技狗感染了严重的疥癣，今天下午需要一个替身拍摄几个镜头。"她从记事簿上撕下一页递给我："汤姆，你们要花很长时间化妆。"

"哼哼。"我接过那张纸。电影在帕萨迪纳拍摄，这是个好消息，因为那儿离我的住处不远，离米歇尔去做面具的波莫纳也不远。"要化妆的不是我，而是神奇小狗约书亚。"

"你那个经常打电话的朋友不是就叫约书亚吗？"米兰达说。

"对，他们两个长得也很像，你说奇怪不奇怪？我应该什么时候去片场？"我问。

"你应该尽快去。"米兰达说，"我猜也就是说现在。"

"好吧。"我说，"米兰达，有件事需要拜托你。陪米歇尔去做面具。"

"我有点忙。"米兰达说。

"是吗？"我说，"忙什么？"

"接电话？"米兰达说。

"谁会打给我？卡尔不会，因为我要送他的狗去片场。米歇尔不会，因为她要被乳胶浇脸。那就只剩下范多兰了，而我不想和他说话。"

"呜呼。"米兰达说。

"有什么问题吗，米兰达？"我问。

米兰达皱起眉头："没有。只是看她那么难过，想到我不希望她接到那个角色，我就有点愧疚。我有时候会忘记她是个真人，而不是个靠漂亮脸蛋挣一千两百万的物体。同情一个一天挣得比我一年还多的人，这让我不怎么开心。"

"尽量吧。"我说，"我应该陪她去，但我没法去了。你也看见她了，米兰达。她这会儿明显不可能一个人去。她这个样子不可能开车。看她的精神状态，估计上了60号公路就会两眼一黑，冲进对面车道，被大卡车撞得粉身碎骨。你看，我这边的事情一结束我就会赶过去。再说米歇尔也喜欢你。你应该也喜欢她吧——出于某些奇怪的原因。你们两个可以度过一段美好的交心时间。"

"呜呼。"米兰达又说。

"求你了，米兰达。"我说，"你是我的助理啊，要帮助我才对。"

"能报销午饭吗？"米兰达问。

"随便你。晚饭也能。"

"哇。"米兰达说，"塔可钟，我来了。"

"那么，"约书亚说，"我现在可以配专用拖车了吗？"

"还不行，"我说，"但你看，你已经有专用水盆了。"

"哥们儿，当一条狗就有这个问题。"约书亚说，"没有任何附加好处。"

约书亚和我坐在旁边等待，布鲁斯·威利斯最新一部动作大片的第二摄制组正在搭设下一个镜头的场景。第一摄制组在迈阿密拍摄威利斯和共演明星的实景镜头；第二摄制组在洛杉矶各处拍摄第一摄制组懒得经手的东西：过渡镜头、远景镜头，还有，当然了，狗的镜头。约书亚事实上是今天片场内最大的明星。

在不到一周的时间内，约书亚就成了洛杉矶电影界最炙手可热的狗。背后的原因是迈能狗粮广告：约书亚第一次拍摄就搞定了，在这个行当里，动物的三十秒动作镜头往往是从十二三个小时的底片里剪辑拼贴出来的，这无疑是个了不起的壮举。导演不得不来回拍了两次以掩饰他的尴尬。就算加上第二次拍摄，拍摄工作还是在两小时内结束了，广告公司节省了二十万开销，他们企图在广告播出前签下约书亚的独家代言合同。我很有礼貌地拒绝了。约书亚在公司代表的皮鞋上撒尿。

我们回到住处的时候，艾尔·鲍文已经接到了十几个请约书亚拍广告的电话。我们让鲍文挑选接哪个不接哪个，我本能地感觉到鲍文在借此机会偿还一些欠了很久的人情债。看来他并不是个表里如一的真嬉皮士。不过这些对约书亚和我都不成问题。约书亚乐在其中，我不介意在片场消磨时间，蹭工作人员的食物，见缝插针读几页剧本。

约书亚变成狗之后尤其喜欢和狗玩，我们不去拍广告的片场就去海滩或公园，他兴高采烈地到处乱跑，摇着尾巴去勾搭这个物种的其他成员。我猜他对其他狗的狂热多半来自可怜的拉尔夫，拉尔夫的大半辈子都没有其他狗做伴，这会儿在想方设法弥补逝去的时光。不过另一方面，约书亚来到地球后，他的大部分时间也是孤零零地度过的，因此很可能他们两个都在弥补逝去的时光。

可是，喜欢八卦的爱好却肯定只属于约书亚。"看见那条狗了吗？"约书亚用嘴巴指了指一条德国牧羊犬，"要是我没理解错，上次它险些被当场开除，因为它在镜头前也忍不住要舔生殖器。"

"够了，"我说，"你这么说自己的合演者真是太没风度了。"

"喂，又不是我造的谣。"约书亚说，"再说也确实如此。我在片场时听它的训练师和另一个训练师说的。要是我没听错，在镜头底下，它一切正常，很难找到比它训练得更好的狗了。但摄影机只要开始运转——啪，鼻子就伸到裆里去了。我猜是因为摄影机运转的声音。你看，多么漂亮的一条狗啊。真可惜。"

"我说，假如你这些八卦的主角是人类，肯定会有意思得多。"我说。

"对你来说或许如此，"约书亚说，"但我现在生活在犬类的宇宙中。这儿的游戏规则完全不一样。看见那条母卷毛狗了吗？它有跳蚤。拍树林那个场景的时候我亲眼看见了一只。有吉普车那么大，汤姆。我吓得险些尿崩。"

"我觉得其他狗要是知道你在背后怎么编排它们，它们肯定会不高兴的。"

"唔，这就是重点了。"约书亚说，"我和它们好像没法交流吧，你说呢？语言能力是母卷毛狗。"

"你这纯粹是为了说双关笑话，对吧？"

"那还用说。"

艾尔·鲍文恰好走了过来："你似乎花了很多时间和那条狗说话。"

"我看见你也和你的狗说话，"我说，"还有你的其他动物。"

"我是对我的狗说话，"鲍文说，"但你却好像在和它交谈。我站在片场另一头都能看见你和约书亚聊天。我不知道该怎么跟你说，汤姆，你也许确实有一条全世界最聪明的狗，但它毕竟不会说话呀。"

"不会说话？"我假装不敢相信，"不会说话？约书亚，屋子顶上是什么？"

约书亚呜呜地叫了一声，听着很像醉汉说的"屋顶"。

"树底下是什么？"

这次很像"树根"。

"有史以来最伟大的棒球运动员是谁？"

这一声，加上一点想象力，就有点像"鲁斯"了。

"你看，"我说，"一条会说话的狗。"

"非常可爱。"鲍文说，"请带你会说话的狗上片场吧。今天的最后一个镜头。不介意的话，我们需要它扮演一个强壮而沉默的角色。"

"唔——"约书亚说，"我似乎应该说迪马乔的。"

"我的天，你居然知道这个笑话❶。"我说。

"我的大脑加拉尔夫的大脑加卡尔的记忆，我知道的东西多得让你吃惊。"约书亚说，"好了，咱们走吧。每次我正确地拍完一个镜头，他们就会给我吃美味的肝肉点心，我喜欢得不得了。"他蹦蹦跳跳地跑向片场上他刚刚中伤过的德国牧羊犬。德国牧羊犬对约书亚的背叛一无所知，流着口水咧嘴欢迎他。

这是一个快乐的时刻。虽说生活中有许多的不如意，我依然会牢牢记住眼前这个事实。

电话铃响第二声，我接了起来。"米歇尔不可能已经做好了乳胶面具吧，"我说，"五点都还没到呢。"

"汤姆，你必须立刻过来，"米兰达说，她的声音古怪而紧张，"我们有麻烦了。一个大麻烦。"

"什么麻烦？"我问。

"我觉得你不会希望我在电话上谈的麻烦。"米兰达说。

"这是数字电话，米兰达。"我说，"理论上是无法窃听的。到底出什么事了？"

电话的另一头沉默下去。

"米兰达？"我说。

米兰达的声音突然响起："米歇尔在医院里，汤姆，情况很糟糕。非常糟糕。医生认为她大脑损伤，认为她有可能会死。他们已经给她上呼吸机了，正在讨论接下来该怎么办。你必须立刻过来，汤姆。

---

❶ 英语里屋顶（roof）、树根（root）和鲁斯（Ruth）都有点像呜呜的狗叫声。文中的笑话是：一个人带着一条狗走进酒吧，和酒保打赌说他的狗会说话，后面大致就是这段对话。酒保生气，把他们赶了出去，然后狗在路边说："难道是迪马乔？"鲁斯和迪马乔都是棒球史上的顶尖球手。——译者注

她在波莫纳山谷医院。下了10号公路就到。快。"

"好的，"我说，"米兰达，我这就来。"

"快来，汤姆。"米兰达说。

"我会的。"我说。

"快。"她重复道，然后挂断了电话。

挂断电话，我才意识到米兰达的声音之所以古怪，是因为她在哭。

第十四章

已知情况如下:

三点一刻,米歇尔和米兰达赶到颜面创意公司,这是负责《地球复活》的几家特效公司之一。米兰达说她和米歇尔一路上几乎没有交谈,出发前在疯狂塔可汽车餐厅吃饭时也没聊几句。米歇尔有问必答,但不会主动开口。上路十分钟后,米兰达不再试图搭话,而是打开收音机,选了个慢歌金曲电台。

来到颜面创意,接待她们的是朱迪·马丁,也就是将给米歇尔脸上敷乳胶的技师。米兰达说马丁一开始就显得心不在焉,后来发现因为她的丈夫选了这一天向妻子宣布打算离婚,然后迎娶她的妹妹海伦——要是她非得刨根问底,实际上他从一开始爱的就是海伦。马丁把大半天都花在与律师、叛徒妹妹、母亲和福特汽车经销商打电话上,她和丈夫刚合资买了一辆探险者,她想退掉那辆车。

马丁带米歇尔和米兰达穿过工作室,来到敷乳胶的专用房间。这个房间很小,从地到天塞满了怪物身体的零件、魔鬼模型的驱动装置和两加仑一罐的乳胶。房间一角有一把酷似牙科椅的椅子,米歇尔要坐在那儿让马丁将乳胶敷在她脸上。米歇尔刚坐下,工作室的内部通话系统就开始呼叫朱迪去接电话。打来的是福特经销商。马丁拿起房间里的电话,按下接通按钮,对着听筒开始尖叫。米兰达望向米歇尔，翻个白眼。米歇尔面无表情地站在一旁。

十分钟后，马丁摔下电话，自顾自地骂了一通脏话，回到椅子旁边开始做准备工作，一边对米兰达说："你必须出去，留在这儿会碍事。"

"我更愿意留下。"米兰达说。

"我不管。"马丁说，"给我出去。"

米兰达涨红了脸，对导致这个反应的人来说，这可是一个很不好的兆头。不过，还没等她的怒火彻底燃烧起来，米歇尔就开口了："我要她留下。"

"这又不是委员会。"马丁说。

"不如这样吧。"米兰达说，"你留下，我们走。我们会告诉制片人，说我们离开都是因为你。制片人把你们公司从这部电影里踢出去，然后你们公司开除你。"

米兰达信誓旦旦地说，马丁听到这句，简直咆哮了起来。米兰达从工作台上取下一个圆凳，在米歇尔身旁坐下。米歇尔向她伸出手，米兰达紧紧握住。

五分钟后，马丁开始敷乳胶，米兰达再次开口："她该怎么呼吸？"

"什么？"马丁投向米歇尔的视线犹如结霜的匕首。

"你马上要用乳胶盖住她的鼻孔了，"米兰达说，"盖住鼻孔，她该怎么呼吸？你难道没想到这种事吗？"

"别教我怎么做事。"马丁说，但还是去拿了两根呼吸管给米歇尔。马丁用乳胶盖住米歇尔的鼻子和眼睛，米歇尔攥紧了米兰达的手，米兰达也攥紧她的手。

马丁弄完之后，从米歇尔身旁退开，对米兰达说："需要三个小时才能晾干，她不能随便乱动。"

"你要去哪儿？"米兰达问。

"我要去打几个电话。"马丁说。

"你应该待在这儿的。"米兰达说。

"为什么？"马丁说，"不是有你吗？"她又看了一眼米歇尔："知道吗？她是我丈夫最喜欢的女演员，他是个大浑蛋。"她走了出去。

接下来的半个小时，米兰达渐渐意识到她在疯狂塔可吃的鸡肉玉米卷在对消化系统做一些可怕的事情。刚开始她尽量忍耐，但半个小时之后，米兰达觉得不舒服和腹膜炎之间的距离比纸巾还薄了。

"米歇尔，我必须去一趟洗手间。"她说。

米歇尔抓住米兰达的手忽然紧如铁钳。

"我会快去快回的。"米兰达掰开米歇尔的手，冲出去找洗手间了。

洗手间在最前面的接待区。过去的路上，她见到马丁在办公室里对着另一部电话尖叫。她考虑要不要请马丁去看着点米歇尔，却看见她在狂怒中将电话摔在墙上。米兰达决定还是算了，她在洗手间里搞清楚了玉米卷究竟有什么问题，花了整整十分钟才出来。

米兰达回到敷乳胶的房间，看见马丁站在门口，门开着。马丁听见她的脚步声，转身叫道："不是我的错。"

"你在说什么？"米兰达问，她望向房间里，一眼就看见了。

米歇尔当天第二次从椅子里摔到了地上，但这次的情况要严重得多。地上到处都是怪物模型的碎片，一罐乳胶被打翻了，乳胶流得满地都是。米兰达抬起头，看见一个储物架的残骸：这个架子塌了。米兰达的视线回到地上，看见乳胶罐底部被染成了红色，然后注意到米歇尔的头部旁边有一摊血。

"该死。"她说，推开马丁冲向米歇尔。

米歇尔脸朝下趴在地上，米兰达飞快地检查了一遍，确定她没有摔断骨头，然后将她翻过来。这时她发现米歇尔的呼吸管掉了出来，乳胶封住了米歇尔的鼻孔。她窒息了。

米兰达立刻用手指挖开乳胶，从米歇尔脸上撕扯它，米歇尔的嘴唇已经发青。米兰达从乳胶和鲜血中扶起米兰达的颈部，开始做人工呼吸。

"她不该动的！"马丁说。

"闭嘴！"米兰达说，检查米歇尔的脉搏。脉搏还在，快而弱。"快打911。"她对马丁说。

"你为什么不看着她？"马丁质问道，"这不是我的错。"

米兰达跳起来抓住马丁，把她狠狠地按在墙上。"给我做两件事，"她对惊恐的马丁说，"首先，闭嘴；其次，去拿起电话，打911叫救护车。快，否则我向你发誓，我会把你的心挖出来。快去！"

她放开马丁。马丁瞪着她看了一秒钟，然后抓起电话打911。米兰达跪在地上，又做了十分钟人工呼吸，直到急救人员赶到，将她拉开。

从米兰达离开到回来的这段时间内究竟发生了什么，我们无从得知。最符合逻辑的推测是米歇尔的幽闭恐惧症发作了，在盲目的惊恐中起身，不小心撞上架子，掉落的零件砸得她不省人事，乳胶盖住鼻孔，因此导致窒息。这就是波莫纳警方在勘察现场和盘问米兰达与朱迪·马丁后重建出的场景。

还有一个问题。米兰达说她在做人工呼吸的时候不记得在米歇尔身旁见过呼吸管。当然了，这也许什么都说明不了：你忙着救人的时候，不会有时间仔细打量周围的所有烦琐细节。但也有可能呼吸管脱落在先，这就引出了其他的可能性。

在米兰达看来——急救人员不得不按住她，否则朱迪·马丁已经被她掐死了——答案非常简单：马丁的准备工作做得过于潦草，导致呼吸管自己掉了出来。米歇尔在慌乱中伸手去拿，起身想找人帮忙，结果撞在架子上，被砸成了脑损伤。我怀疑米兰达甚至认为是马丁亲手拔出了呼吸管，用伤害她丈夫最喜欢的女演员来报复他，但我觉得这个推测有点太荒唐了。

我的推测同样荒唐，但更加让我良心不安：我认为米歇尔在心情郁结之下自己拔出了呼吸管，企图用这种夸张且有欠考虑的方式自杀。她以为米兰达很快就会回来，但米兰达迟迟不归，她惊慌起来；也可能自杀到一半才发觉窒息而死非常痛苦。总之结果是她从椅子上站了起来。

然后我猜她的自我暗示起作用了，她失去知觉，倒下时撞翻了架子。这个想象场景中只有一点能安慰人的，那就是她被乳胶罐砸中时已经昏迷不醒，因此没有任何痛苦。

然而，无论我怎么分析，米歇尔都躺在病床上，呼吸机的管子插在喉咙里。

接到米兰达的电话后，我花了一个多小时才赶到医院。我在片场宣布我必须带走约书亚，剧组人员的威胁和恳求顿时淹没了我。我说只要你们能在五分钟内拍完这个场景，那我就再等五分钟。我打电话到卡尔的办公室，让玛赛拉请卡尔尽快打电话给我。然后我也没有其他人要通知了。米歇尔是独生女，父母均已过世。她没有结婚。据我所知，我是整个地球上和她最亲近的人。此时此刻，这一点让我悲伤得难以自制。

约书亚一次就拍完了这个镜头，立刻跑向我的本田车；我们连再见也没说就匆忙离开，走210公路转605公路上10号公路，然后在傍晚高峰车流里堵了三刻钟。卡尔打来电话，我通报情况，他说他会打几个电话。我不明白那是什么意思，但让我感觉好了一点。我好不容易开下10号公路，走地面道路赶到波莫纳山谷医院，走高速公路肯定不会这么快。

看见一个穿正装的男人在急诊区等我，我明白了卡尔那几个电话的威力。

"汤姆·斯坦因？"他问。

"对，是我。"我说。

"我是迈克·水原。"他伸出手，我和他握手，"波莫纳山谷医院的院长。"

"米歇尔在哪儿？"我问。

"她在特护病房，我这就带你去。但你的狗得想个办法。"他指着约书亚说。

"什么？噢，对不起，"我说，"我都忘了。"

"没事。"水原说，"带它去我的办公室吧，它可以在那儿等着。"我们走向他的办公室。

"媒体来了吗？"我问。我很吃惊地发现急诊室里没有记者，这种新闻通常很快就会流传开。

"还没有。"水原说，"急救人员不知道患者是谁，因为她送来时整张脸被那个什么……乳胶？……遮住了。抢救她的医生也没有认出她，或者认出了也不在乎。然后我接到卡尔的电话。我们目前用无名氏给她登记。她恰好是换班时送来的，下次换班是凌晨两点，要是运气好，我们可以隐瞒到明天上午。那时候我们的媒体人员会做好准备。卡尔叫我告诉你，他也会尽快赶过来的。他请我们在停车场清出一片地方供直升机降落。"

"卡尔太了不起了。"我说。

"是啊。"水原说,"我欠他一个人情。他离开世纪影业时给了我儿子一份工作,现在我儿子是负责新片开发的副总裁。我根本没想到过他能找到工作。我随时听候卡尔的差遣。我的办公室到了。"他打开门。

我陪约书亚进去,约书亚投来一个意味深长的眼神,我明白他有话想说。我请水原给我一分钟安慰一下我的狗,我弯下腰。

"什么事?"我说。

"想办法让我去看看米歇尔,"约书亚说,"我可以扫描她的身体,搞清楚她究竟需要什么。"

"多谢,约书亚。"我说,起身准备离开。

"它待在这儿不会有问题吧?"水原问。

"不会,"我说,"别担心,他受过良好的室内生活训练。咱们去看米歇尔。"

米歇尔在三楼的一个私人特护病房里,米兰达坐在走廊里,看见我就冲了过来。

"天哪,汤姆,"她说,"对不起,都是我的错,对不起。"

"嘘——"我说,"不是任何人的错,不会有事的。"

"其实是埃斯卡隆小姐救了她的命。"水原说,"要是我没弄错,她用人工呼吸保住贝克小姐的生命,直到急救人员赶到。"

"听见了吗?"我对米兰达说,"你肯定是她的救命恩人。我觉得这就值得再涨一次工资了,你说呢?"

米兰达轻笑一声,然后又开始哭泣。我拥抱她。

我花了几分钟安慰米兰达,听她讲述事情经过,然后和水原一起进病房看米歇尔。这个病房有三张病床,但只有米歇尔一个人。她的头部缠着绷带;房间里只能听见心率监测仪和呼吸器充气送气的声音。这个场景非常可怕。

门开了,一个穿白大褂的男人走进病房。

"汤姆,这位是保罗·亚当斯医生。"水原说,"米歇尔的抢救由他主持。"

我和他握手。"她怎么样?"我问。

"情况不妙,"亚当斯说,"我们不知道她缺氧的具体时间,但估计刚好到极限,也就是五六分钟。她的心脏活动是正常的,但我们无法让她自主呼吸。她的大脑活动水平极低,我猜她很可能会留下永久性的脑损伤。目前她处于昏迷状态。我估计她会在某个时候醒来,到时候才能评估她的大脑损伤情况。"

"某个时候,"我说,"究竟是什么时候?"

"很难说。"亚当斯说,"有可能今天晚些时候,也有可能几周后。依情况而定。她的脑震荡——"他指着绷带说,"更是雪上加霜,虽说已经是最不需要担心的问题了,只是浅表伤。她被撞得失去知觉,但本来醒来后头上只会多个大包,也许需要缝几针。真正麻烦的还是大脑缺氧。允许我问一句,她为什么会用乳胶包住整个脑袋?"

"他们在为一部电影制作她的面具。"我说。

"原来是这么做的。"亚当斯说,"好吧,我不是这方面的专家,但他们最好能想个别的办法。那个面具险些弄死她。"

"亚当斯医生,"我说,"也许有些冒犯,但我希望你不要向媒体透露这些情况。"

"你说得对,确实很冒犯。"亚当斯说,"但我理解你的苦处。和我一起抢救她的人员都明白,对贝克小姐来说,恢复健康比插着喉管出现在《内幕报道》上要重要得多。"

"谢谢。"我说。

"小事情。"亚当斯说,望向米歇尔,"接下来几天别指望会有太多起色。"他说，"你尽量和她多说话，让她听见熟悉的声音。通常来说会有帮助。假如她有家人，你应该叫他们也过来。"

"很抱歉，她没有家人。"我说，"但她有一条狗。我能带他来看看她吗？"

"最好不要。"亚当斯说，"有卫生问题，而且本州法律也不允许。当然了，除非是导盲犬。"我们再次握手，他离开病房。

"我也得走了。"水原说，"卡尔随时都会到，我要和亚当斯医生去接他。"我也和他握手，他离开病房。

我留在房间里望着米歇尔。米兰达在走廊里，对米歇尔的处境深感愧疚，但假如有人应该担起这份罪责，那就只可能是我。假如陪她去的是我而不是米兰达，这件事就不可能发生。米歇尔和我此刻应该正在去蒙度鸡肉店的路上，她会一脸阴沉地看着东方鸡肉色拉，我会尽可能逗她开心。我忽然想到，我是米歇尔最亲近的人，但反过来也是如此。我想不出有谁比她更亲近我。或许只有米兰达除外，但她也被我拖进了这个烂摊子。

我叹了一口气，把后脑勺靠在墙上。这次我真的彻底搞砸了。

过了几分钟，有人轻轻敲门。米兰达探身进来说："卡尔到了。"

我走出病房，看见卡尔、水原和亚当斯在谈什么事情。卡尔看见我，转身走过来。"汤姆，"他摇了摇我的肩膀，"我感到非常抱歉。但你打电话给我是正确的，迈克和我是老交情了。"

"我听他说了，"我答道，"洛杉矶真是个小地方。"

"是啊。"卡尔说，"汤姆，迈克和我在讨论接下来该怎么办。我的第一反应是把米歇尔搬得离公司近一点，比方说西达赛奈医学中心，但迈克和亚当斯医生认为她应该留在这儿。"

"假如你担心的是医疗治疗……"亚当斯医生说。

"不，完全不是。"卡尔说，"但在接下来的二十四小时内，你们将面临从来没处理过的一些难题。摄影师打扮成维修工人和护士，影迷守夜，记者企图访问从医生到餐厅服务员的所有人。会乱成一团的。"

"我们目前封锁住了消息。"水原说，"对患者来说，最重要的是持续照护，我认为亚当斯博士也会同意我的看法。另外，我不赞同现在就给她转院。尽管她此刻病情稳定，但肯定还没完全脱离危险。"

"比起继续住在这儿，转院恐怕会造成更大的骚动。"亚当斯说。

"汤姆？"卡尔说，"你认为呢？"

"我好像没有资格回答这种问题。"我说。

三个人盯着我看了一分钟。我突然觉得很不对劲。

"怎么了？"我问。

"你不知道，对吧？"卡尔说。

"不知道什么？"我看看卡尔，看看亚当斯，最后望向水原。

"汤姆，我们请她的保险公司送来了她的档案。"水原说，"当然是秘密送来的，我亲自联系了他们。绝大多数人都指定了在失去决定能力时替他们决定治疗方案的人选。通常是亲属、配偶或长期伴侣。"

"嗯，我知道。"我说。我自己也填过保险表格，要是我有个三长两短，我母亲将决定要不要拔掉我的管子。

"唔，贝克小姐没有这样的亲友。"水原说。

"好，"我说，"所以呢？"

"汤姆，"卡尔说，"米歇尔授权你为她做出救护决定。"

我找到一把椅子坐下。

"你真的不知道？"亚当斯问。

我摇摇头："不，我不知道。"

"对不起。"亚当斯说,"这是一个艰难的决定。"

"汤姆。"卡尔说,"你打算怎么做?"

我用双手捂住脸,呆呆地坐了几分钟,沉浸在愧疚和悲痛之中。我觉得让米歇尔落到这个境地的正是我,现在又要我决定她的余生何去何从。等这场风波过去,我需要好好地痛哭一场。

但现在不行。我放下双手。

"让她留在这儿。"我说。

剩下的难题要是也这么容易应付就好了。

第十五章

　　消息的泄露既难以避免又难以追查。凌晨两点换班后不久,某个清洁工或护士或医生拿起电话,叫醒了朋友或亲戚,因为天哪,全美国最火辣的女明星陷入深度昏迷被送进你所在的医院,这可不是每天都会有的事情。凌晨 3:35,这些朋友或亲戚中的一个打电话给 KOST-FM 点歌,要求播放《夏日布鲁斯》的主题曲《你的眼睛告诉我》,因为她听说米歇尔·贝克刚刚去世。这首歌播出后,另一名听众打电话说不,她没死,但她陷入昏迷,据说她的角膜已被捐给玛丽·玛特琳,虽说后者有问题的是听觉。

　　KOST 凑巧是科特·麦克拉伦最喜欢的晨间电台,KABC 电视台的这位晨间新闻总监刚好在凌晨 3:35 开车去上班。他的第一反应是关掉收音机,因为以客观标准而言,《你的眼睛告诉我》无疑是十年来最难听的流行歌曲。他做的第二件事情是用车载电话打给《早安美国》节目的总监,这时候是东部时间 6:37,离节目直播还剩下短短几分钟。《早安美国》的新闻总监命令手下从视频素材库调取米歇尔的影像片段,然后命令一个傻乎乎的可怜实习生(十九岁,遭受奴役才短短两天)准备供主播宣读的发言词。麦克拉伦挂断电话,叫醒了他手下正在酣睡的剪辑师,命令他制作一则完整的视频。他重新打开收音机,刚好听见角膜要捐给玛丽·玛特琳,于是又是新的一轮电话打出去。

东部时间7:03，太平洋时间4:03，米歇尔死亡或昏迷的新闻被广播出去。《早安美国》还算有心，特地说明这个新闻来自未经证实的"电台信源"。但无所谓，美国东部所有报纸杂志的娱乐版编辑从早餐桌前跳起来，打给还在家里的记者，吼叫着命令他们去证实真伪。这有可能成为希斯·莱杰一睡不醒后最耸人听闻的年轻明星死亡事件。

凌晨4:13，我的电话响了。《纽约每日新闻》的闲话栏作者打来寻求证实。我挂断通话，拔掉电话线。不到一分钟，我的手机就响了。我关掉手机，但随即想到我的另一个手机被约书亚丢在森林里了。我重新接上固定电话，铃声立刻响起；我拿起听筒压回原处，然后马上拿起来，没有给它再次响起的机会。我打给米兰达，因为吵醒她而道歉，约她在办公室见面。我打给卡尔，他显然也醒了，而且就在电话旁边。

"《纽约时报》在我的呼叫等待队列里，汤姆，"他说，"他们说他们联系不上你。"

"我关机了。"我说。我的呼叫等待通知像发疯似的响个不停，把手机变成了一台盖革计数器。

"干得好。"卡尔说，"这些人讨厌得像痔疮。暂时留给我挡着吧。你打算怎么办？"

"我正想问你同样的问题。"我说。

"这会儿什么都别干，"卡尔说，"我得打给迈克，让他们准备好迎接冲击——比我们预料中来得还要早。你起草一份声明，暂定在中午发表，在此之前所有人都无可奉告。你打算这会儿就去办公室吗？"

"嗯，是的。"我说。

"别去。你清晨四点半到办公室只能证明形势不妙。还是按平时的时间去。准备好面对记者。咱们八点见。"卡尔说完挂断电话,多半去吼胆敢在这个钟点吵醒他的记者了。我打给米兰达,她刚好要出门;听见新的安排,她像是松了一口气。

波莫纳谷,卡尔预言的冲击如约而至。记者打来的电话淹没了医院接线台,他们打给洛杉矶地区的每一家医院,想要找到米歇尔正在接受治疗的地方。影迷的问询电话接踵而至。随后铺天盖地而来的电话来自发现他们想找的就是波莫纳山谷医院的影迷和记者;记者援引第一修正案,影迷坚称有权知道他们最喜爱的明星的情况。接下来是假扮家庭成员的粉丝和记者。米歇尔没有在世的家庭成员,因此这一招收效甚微。

该夸奖的还是要夸奖:迈克·水原说到做到,他封闭了特护病房区域,波莫纳市的警察会迎接从电梯或楼梯出来的任何人。他有一份打印出来的名单,名单列出了有权出入三楼的所有医生、护士和行政人员的姓名和照片(后者更加重要)。没有得到许可就出现在三楼会因为擅闯禁地而被逮捕。

上午八点,有十几名冒充医生、护士或行政人员的各种人已经落网。有两名地摊小报记者企图贿赂警官。警官不为所动,他们坚守职责,再说迈克·水原还保证过,所有的贿赂都会加一成发给他们;我后来得知,这个办法是卡尔想出来的,他为此付出了近两万五千美元。这些企图行贿的家伙和其他人一样也被抓了起来,贿金作为证据遭到扣押。

有一个拍录像的家伙,他打算把视频卖给下午播放的地摊节目。他跳上电梯到三楼,门刚开就冲进走廊,唱着约德尔小调挥舞摄像机,希望有一两帧画面拍到病床上的米歇尔。守楼梯口的警察堵住他的去路,他大吃一惊。警察用泰瑟枪放翻了他,他就更加震惊了。

勇气可嘉，但还是要进拘留所。

事实证明谁也没法上三楼之后，他们开始尝试更加夸张的手段：四个人遭到逮捕，他们企图触发消防警报以导致全员疏散，三个人是因为拉警报，一个人点燃了《内陆公告日报》的晨间版，朝着烟雾报警器挥舞。一名勤杂工使出鱼跃擒抱放翻他，磕破了他的脑袋。医院治疗了他的脑震荡，然后将他转进本县的监狱医院。

我听从卡尔的建议，按照正常时间上班。在约书亚的坚持之下，我带上了他。"我想为你做一些事情。"他说，但不肯解释是什么事情。去办公室的路上，我听了一圈各个电台。几乎所有电台都在说米歇尔。一个电台的DJ在哀叹，米歇尔的疑似死亡降低了地球上值得一睡的人类数量。另一个电台，来电者骄傲地宣称，为了向米歇尔致敬，他把米歇尔、乔治·克鲁尼和林赛·罗韩的三人行照片上传到了所有的色情博客和新闻组。

卢波合伙公司的大门口挤满了记者、摄影师和音响师。停车的时候，我看见吉姆·范多兰在人群边缘扫视停车场，寻找我的轿车；他找到目标，开始走向我。几个比较警觉的摄影师跟上他的脚步；不到几秒钟，一阵飓风就扑向了我。

"糟了。"我说。

"让我下车，"约书亚说，"然后跟着我，准备跑几步。"

我跳下车，然后放约书亚下车。约书亚一落地就冲向汹涌而来的人潮，咆哮着露出满嘴利齿。约书亚的正面攻势吓得几个媒体人员尖叫着后退，人群顿时乱作一团，当中奇迹般地让出一条去路。我抓住机会跑了过去。记者进退两难，既害怕被愤怒大狗啃咬，又想要千载难逢的报道，一边退让一边吼叫着向我提问；音响师绝望地向我伸出麦克风吊杆，企图录下我的回答。至少有一根吊杆扫到了一名摄像师。我听见价值七万五千美元的摄像机坠地摔碎的稀里哗啦声，但没有驻足观看。

约书亚又吼了一声，然后跑向紧急出入口，和我同时赶到门口。米兰达在那儿等我们，她开锁放我们进门，然后立刻关门锁好。

我转过身，以为会看见记者趴在玻璃上吼叫提问，却看见停车场里闹成一团。被吊杆砸到的摄影师决定要让那个音响师吃点苦头。虽说有几个人在拉架，但被卷入战团的其他人则兴高采烈地挥起了拳头。看着全国最名不副实的一群记者互殴、扯头发和膝撞腹股沟，我不禁打心底里觉得开心。

"汤姆，你可以去当电影明星了。"米兰达说，"光是一个亮相就能闹个天翻地覆。"

"不是我的功劳，"我继续看着人群说，"该感谢我毛茸茸的朋友约书亚。"

吉姆·范多兰靠在战场边缘的一辆车上，他看了一会儿打斗，然后扭头望着我。他对我敬礼，这小子真是会玩。

"是你做的吗，约书亚？"米兰达用人和狗说话的那种语气说，"好狗狗！"

约书亚开心地汪汪叫。

中午，我按计划对媒体发言。卡尔从波莫纳山谷接来了迈克·水原和亚当斯医生。事务所正门前搭起讲台，我们四个人站在讲台背后。米兰达坐在一旁爱抚约书亚，约书亚一脸严肃地蹲坐在那儿，等着看哪个记者胆敢越线。我被告知本地的三个电视台和E!频道将转播这场记者发布会。不知为何，这让我打心底里生气。

正午十二点，我走上讲台，敲了敲麦克风，确定它开着，然后开始念写好的发言稿。

"下午好。"我说，因为正午过了三十秒也是下午，"从今天凌晨开始，有关本人客户米歇尔·贝克健康情况的传闻就充斥了各个媒体。现在请让我用事实回应传闻。

"首先也是最重要的，米歇尔·贝克没有死，也没有病重垂死。有关她死亡的传闻完全是不负责任的谣言，请到此为止。

"其次，昨天下午四点左右，贝克小姐被卷入《地球复活》前期制作中的一场意外。事故导致她窒息，急救人员在当场抢救后将贝克小姐送往波莫纳山谷医院，她目前仍在那里接受治疗。

"贝克小姐在事故后尚未恢复知觉，也没有她何时恢复知觉的时间表。我的发言结束后，负责救治米歇尔的亚当斯医生和波莫纳山谷医院的院长水原医生将简单介绍贝克小姐的病情进展，并回答与此有关的问题。

"我们中认识她的人正在为她恢复健康而祈祷，我们希望全世界的影迷都能这么做。然而，希望大家不要去探望她，她需要休息和安静。任何人在未经许可的情况下探望贝克小姐，都会被波莫纳山谷医院和波莫纳警察局毫不犹豫地逮捕和起诉。请尊重我们的请求：它符合贝克小姐的利益。

"波莫纳山谷医院同时请我恳求影迷和仰慕者不要再送鲜花和果篮了，医院候诊室已经放满，从此以后将直接扔掉。假如你们觉得必须做点什么，不妨考虑捐款给波莫纳山谷医院的公共基金。我知道米歇尔更喜欢这样——这些人正在帮助她，我们也应该支持他们。"

我叠好那份声明，问有没有问题。问题显然有很多。

"要是米歇尔无法从昏迷中醒来会怎么样？"《娱乐周刊》的记者问，"会继续用呼吸机还是会拔管？"

"我们还没有想到那么远。"我说，"波莫纳山谷医院的医生也没有提过她的病情有可能发展到那一步。在我们确认她的状态之前,考虑这些似乎为时过早。"

"最终将由谁做出这个决定?"《内幕》节目的主持人问,"她的父母还是某个亲戚?"

"米歇尔的父母几年前已经过世。"我说,"她没有其他家人。我赶到医院时,获知她将急救处决权托付给了我。因此,假如最终不得不考虑这个问题的话,做出决定的将是我。"

我的回答搅起了一阵不大不小的混乱。我指了指《洛杉矶时报》的记者,她还没来得及提问,后排就有人喊出一个问题。

"你认为你适合做出这个决定吗?"

所有人都扭头张望。提问者当然是吉姆·范多兰。

"你说什么?"我问。

"我说,你认为你适合做出这个决定吗?对,你是她的经纪人,但你最近的工作情况和对待部分客户的方式都引起了一些疑问。你认为你能够明智地做出这个事关生死的决定吗?"

我听见身边响起约书亚的低沉吼声。我能理解他的心情。

"听着,"我说,"我从来没想到过米歇尔会把这个责任交给我。亚当斯医生和水原医生可以告诉你我得知这件事的时候有多么震惊。我想要这个责任吗?不。我会拒绝承担吗?不。"

"嗯哼。"范多兰说,"你是她遗产的受益人吗?"

"什么?"我说。

"我在想啊,"范多兰说,"既然她能把生命托付给你,能从她的死亡中受益的人多半也是你。她刚从《地球复活》中得到了一千两百万片酬,这可是很大一笔钱。所以,你是受益人吗?还是说那也会是一个惊喜?"

记者们顿时沸腾了。我站在那儿无法动弹,震惊于范多兰能这么随随便便地暗示我是个疯狂杀人魔。另一方面他气得我发疯,假如他在我的打击范围内，我大概会当场宰了他。但范多兰站得远远的，满脸"这下被我逮住了吧"的得意笑容。

我死死地抓着讲台边缘，卡尔拍拍我的肩膀，把我从讲台上拉开。米兰达过来带我下去。约书亚担心地看着我。我听见卡尔对人群说"咱们还是关注一下现实吧，来……"，他开始发言，我转身走进大楼。

我怒气冲冲地走进办公室，直奔壁橱而去。米兰达跟了进来，约书亚紧随其后。

"你在干什么？"米兰达问。

"托尼·巴尔兹去年圣诞送了我一套高尔夫球具。"我边翻东西边说，"我要拿一根球杆去给范多兰的脑袋开瓢。你说该用哪一根？五号铁杆？还是九号？还是推杆，朝他两眼中间来一下。"

"我觉得这么做好像不会有什么好处。"米兰达说。

"哦，会有的。"我说，我拿起七号铁杆，"会让我的心情好上很多。"

"只能好个一分钟。"米兰达说，"但我必须提醒你，监狱里的时间漫长而难熬。"

我忽然哭了。要说是谁最惊讶，那肯定是我本人。米兰达跑过来抱住我，还了一份人情债，昨天她哭的时候我也做了同样的事情。

"对不起。"我说，"不是每天都会有人指责我谋杀自己的客户。"

"天哪，闭嘴吧。"米兰达轻声说，用双手捧住我的脸，"不是你杀的，对吧？"

"当然不是。"我说。

"那就好了。"米兰达说，"别往心里去。汤姆，你为米歇尔做的事情比任何人都多。汤姆，你是个好人。所有人都知道。我知道。你是个好人。"

我亲吻米兰达。要说是谁最惊讶,那肯定还是我本人。

"对不起。"我说,"我昏头了。"

"天哪,闭嘴。"米兰达说,也回吻我。

你来我往几分钟之后,约书亚忽然呜咽一声,我猜对狗来说,那就是清清嗓子提醒别人它还在旁边的意思。

"被看光了。"我说。

"它是一条狗。"米兰达说,"又不懂这些。"

"你会吃惊的。"我说。

一秒钟后,有人轻轻敲门,这个话题到此为止。卡尔走进办公室,米兰达和我立刻分开。

"我把讲台交给了迈克和亚当斯。"他说,"你还好吧?"

"我非常生气,除此之外都还好。"我说。

"准备更加生气吧。"卡尔说,"布莱德·托诺在来的路上。"

我的大脑乱哄哄地运转片刻,好不容易想起他说的是《地球复活》的制片人。"唉,天哪,祸不单行。"我说。

米兰达看看我,又看看卡尔:"布莱德想干什么?"

"退钱呗。"我说。

"他的明星陷入昏迷。"卡尔说,"他必须另外找人扮演那个角色。他心想,米歇尔卧床不起,我把钱要回去也是合情合理的。"

"什么混账逻辑。"米兰达说。

"要我帮忙吗?"卡尔问我,"咱们可以联手扛他。"

"不用了。"我说,"没事,我能应付他。"

"我想听的就是这个。"卡尔说,"好好哄一哄他。他一点一刻到。你们还能亲热差不多一个小时。"

我觉得我脸红了;制造米兰达的材料更加强韧,她只是微微一笑:"卢波先生,虽说您位高权重,但我还是要说,这不关你的事。"

"恰恰相反。"卡尔微笑道,"我能爬到今天的地位,靠的可不是忽视这种细节。来吧,约书亚,"他对狗说,"无论关不关我的事,我都知道现在我不受欢迎。"

"米歇尔发生的意外真是太可怕了。"布莱德开始陈述显而易见的事实。

"对,确实可怕。"我说。

"我是说,天哪,"布莱德说,"我肯定不会希望遇到这种事。"

我瞥了一眼固定电话上的时间。见面五分钟了,布莱德找出一个又一个毫无诚意的新办法,一遍又一遍地陈述米歇尔身陷痛苦深渊的明显事实。再过一分钟,我就要操起高尔夫球杆收拾他了。

问题在于会不会有人想念布莱德,反正我表示怀疑。在《谋杀地球》之前,布莱德只是个低等级的小制片人,专门制造低成本且低价值的科幻和冒险烂片,电影院票房加影碟收入才能勉强打平,只有正沿着好莱坞食物链向上爬和往下掉的制片人才会制作这种货色,在巅峰附近的时候是无论如何都不会去碰的。《谋杀地球》是个例外,布莱德恰好撞上了一个青云直上的大明星。这个大明星当然就是米歇尔,制作公司估计米歇尔给电影增加了五千五百万到八千五百万的国内票房。我看过《谋杀地球》,个人认为她的功劳大概还要再多一千万。

已经拥有一部热门电影的布莱德现在算是爬到了中游,正在琢磨该怎么更进一步。《地球复活》将是他的敲门砖,至少他是这么想的。可是,随着米歇尔的倒下,这部电影的制作工作戛然而止,很快将被遗忘,布莱德想在事情脱轨将他送回录像带电影制作人的行列前尽量挽回损失,简而言之也就是换演员和填缺口。

换了我是他,我多半也会做相同的事情。当然了,换了我是他,恐怕不会给米歇尔一千两百万美元。情况发展到这步田地，我应该同情他的处境。但问题在于他打算不利于我的客户。无论同不同情，我都不可能允许他这么对待米歇尔。

"你看，我想告诉你我为什么来找你。"布莱德说。

"那就再好不过了。"我说。

"米歇尔发生的意外真是太可怕了。"布莱德又说，我在他看不见的地方伸手去拿七号铁杆，"但也给《地球复活》带来了一个严重的问题。汤姆，我们正在准备开机，再也等不起了。我们已经请特效团队开始制作部分场景了，第二摄制组也在外面取景。"

我默默地坐在那里，等待布莱德说下去。他希望我能对他的困境表示同情，但我肯定不会这么做。他等了几秒钟，没有等来想得到的反应，于是说了下去。

"真正的问题是艾伦·格林。"布莱德说，"我们在合约中定下了开拍日期，要是拖延的时间超过一周，他就可以带着全部片酬退出。开不开拍都要给。两千万就打水漂了。汤姆，预定的开拍日期只剩下十天。就算米歇尔今天醒来，十天内她也不可能恢复到能拍戏的状态。你自己也清楚。"

我还是没说话。凭什么要让他轻松过关？

最后，布莱德终于说出了他的来意："我们必须换掉米歇尔。对不起，汤姆，但我们等不起了。"

"你肯出一千两百万请她就是因为你认为她不可替代。"我说，"我觉得这一点没有任何变化吧。她比艾伦·格林要不可替代多了。只有她一个人出演了前后两集电影。"

"她确实不可替代。"布莱德说，"别误会，汤姆，我希望她主演这部电影。但她陷入昏迷了啊！人人都知道。"

潜台词：既然所有人都知道米歇尔陷入昏迷，那么谁也不会期待她主演续集了。他可以用这个借口换掉她而不会引来任何抱怨。想法不错，但还是有个问题，无论借口好不好，假如三分之二观众观看第一集的理由不会出现在续集里，那么谁还会去看呢？

"既然你要换掉她，布莱德，肯定已经有新的人选了吧？"我问。

"是的，我们有了。"他说。

"天哪，"我说，"够快的。米歇尔昏迷还不到一天呢。"

这话说得布莱德老脸一红。"我说过了，我们有时间压力。"

"确实有。"我赞同道，"是谁呢？"

"夏琳·梅菲尔德。"布莱德说，"听说过她吗？"

我算是听说过。夏琳是米歇尔的翻版，但这没什么大不了的，因为活泼的金发女郎在洛杉矶简直多如牛毛。夏琳在某个情景喜剧里扮演女招待，这个剧完全是献给其他电视网更受欢迎的类似剧集的祭品，拍了六集还是十三集就被砍了；除非你真是这个行当的老鸟，否则多半不知道她是谁。

"她会演得很好。"布莱德说，"我认为角色就像是给她量身定做的。当然了，我不是说她真能替代米歇尔。"他急匆匆地加上最后这句。

"当然当然。"我说。

"那么，"布莱德说，"有什么问题吗？你明白我们的处境吧？"

"没，我没有任何问题。"我说，"你的时间很紧张，我明白。"

布莱德说："非常高兴听见你这么说，汤姆，我就知道你会理解的。"

"谢谢夸奖。"我说。

"但还有一个问题。"布莱德说。

"请讲。"我说。

"关于米歇尔的片酬。"

"怎么了?"

"呃,既然米歇尔无法出演这部电影,片酬的支付就有一些问题了。"布莱德说。

"什么问题?"我说,"你已经把支票寄给我了。我已经交给公司财务部去处理了。支票已经兑现,所以我看不出这里面有什么问题。"

"呃,这就是问题。"布莱德不自在地说,"我想你明白我的意思。"

"很抱歉,我不明白。"我说,"布莱德,你还是说给我听吧。"

他开始蠕动。看上去很好玩。

"听我说,"他说,"我们希望你能归还片酬。"

"啊,你想说的就是这个?"我说,"该死,直话直说不就好了嘛。答案是不行。"

"什么?"

"不行。"

"不行?"

"布莱德,这两个字你有哪一个听不懂吗?"我问,"是后半截的动词,还是前半截的否定?"

"见鬼,汤姆。"布莱德说,"这不是开玩笑。你难道能指望我们会白白扔给你一千两百万美元?"

"我能。"我说,"也这么指望。你雇米歇尔完成一个任务。在她本人没有任何错失的前提下,你决定换人扮演那个角色。我没问题,但米歇尔没有做出任何会导致她被解雇的行为,她的片酬改为解约费也是理所当然的,我看不出你有什么理由可以责怪她。"

"我的天哪,"布莱德说,"那姑娘都昏迷了!"

"对,昏迷了。"我说,"起因是你雇的一名人员玩忽职守。"

"胡说八道。"布莱德说,"那女人是颜面创意公司的员工。"

"随你怎么说。"我说,"布莱德,是你雇了他们。法律规定的责任链条最终会回到你身上。"

"我看这一点还有待商榷吧。"布莱德说。

"随便你。"我说,"你要花两年时间才能定下开庭日期。另一方面呢,我确定我们的法律部门能让你们的开机日期推迟两个星期。假如有必要的话,甚至一个月。"

"你真卑鄙。"布莱德说。

"喂,"我说,"又不是我企图危害一个陷入昏迷的演员。"

布莱德决定换个战术出击:"汤姆,听我说。不是我不想合情合理地对待米歇尔。你知道我想的。"

"很高兴听见你这么说,布莱德。"我说。

"但我们要花钱请两个女演员出演同一个角色,这方面我们肯定要有一些规模经济的考量啊。"

"所以你要花一千两百万请夏琳·梅菲尔德?"我问。

"呃,当然没那么多。"布莱德说,"但也肯定不少。"

"多少?"我问。

"呃,我不能透露。"布莱德说。

"唔——"我呼叫米兰达,"米兰达,夏琳·梅菲尔德出演《地球复活》的片酬是多少?"

"二十七万五。"米兰达说,"她的经纪人说的,我刚打过电话。"

"是吗?"我说,"票房分红有几个点?"

"当然一个点都没有。"米兰达说,"但似乎有一个点的净利分红。"

所谓净利分红就是电影过了盈亏线后的一个利润百分比约定,和直接与票房挂钩的票房分红完全是两码事。按照制片公司的记账法,一部电影哪怕在国内卖出了两亿五千万票房,在账面上依然有可能深陷赤字，因此净利分红很少会真的发放，只有笨蛋、傻瓜和编剧才会签这种合同。

"整整一个点的净利分红。"我看着布莱德说。

"对。"米兰达说，"大概能买一两箱水果汽水吧。"我说声"谢谢"，挂断通话。

"哇，布莱德，二十七万五，"我说，"你可真是慷慨。都快比得上第二摄制组的餐饮费了。还好我让米兰达旁听谈话，帮我们核实你付出的片酬。"

"这一招太下流了。"布莱德说。

"怎么能叫下流呢？这是为客户着想。"

"你担心的是你的分成吧？"布莱德说，"这笔钱可以商量的。你可以留下你的百分之十，你说怎么样？我没问题。"

我揉了揉脑门。时间还没到一点半，我已经疲惫得不想说话了。

"你看，布莱德。"我说，"咱们就不扯这些有的没的了，因为我今天过得很不顺，而你更是雪上加霜。"

布莱德皱皱眉头："好的。"

"很好。"我说，"实话实说，你不可能要回那一千两百万了。要是我没弄错，你是间接导致她昏迷的责任人，因此这是你最起码能做的。假如闹上法庭，你也许能要回那笔钱，但同时也会让这部电影的制作陷入绝境。电影的预算是多少？八千万？九千万？"

"八千三百万，包括片酬。"布莱德咬牙切齿地吐出"片酬"二字。

"八千三百万对一千两百万，布莱德，这场赌博怎么看都不划算。还得加上你砸进律师那个无底洞的钞票。我们的律师是公司员工，不需要额外付钱。另外，我还没说到我们会反诉你方玩忽职守和破坏合约呢。要是制作失败，制作公司和其他投资人也会起诉你。别犯错，布莱德，否则你就死定了。你会有一年坐都没法坐。"

布莱德勃然大怒，我就希望他这样。我打中了他的敏感区，男人这时候会感觉受到威胁，于是会说出充满男子气概的蠢话，只是为了确定那玩意还长在自己身上。我盼着布莱德会伸手去抓他的屁股。

他当然上钩了。"别威胁我，你个小崽子。"布莱德说，"想闹上法庭吗？老子奉陪。你会没日没夜地宣誓做证，最后连太阳长什么样都想不起来了。别以为我没胆子和你玩，反正我赢定了。"

"我不怀疑你的决心，布莱德，但请让我帮你设想一下。由于你的玩忽职守，害得一名演员昏迷不醒，然后你闹上法庭，企图抢走她的钱。为了达到这个目的，你不惜中止你正在制作的电影。暂且说老天帮忙，你居然赢了。没问题。你要回了那一千两百万，然后回到办公室，准备制作下一部电影……你猜怎么着？不会有人肯和你共事的。"

布莱德的眉头都快拧成一团了："什么意思？"

"就是说再也不会有人肯和你一起工作了啊。演员不肯和你共事，因为你释放出了明确无误的信号：你当他们是个屁。经纪人不肯和你共事，因为他们无法确定你会不会从背后捅他们客户的刀子。制作公司不肯和你共事，因为你说得很清楚了：你觉得你的尊严比他们的钞票更有价值。他们喜欢看见的可不是这种态度。你再也不可能在这座城市拍电影了。永远不可能。"

布莱德的脸色像是被踢了蛋。从某个角度说，事实上也确实如此。"你怎么知道肯定会是这样？"他说。

我从椅子上起身，伏在办公桌上，凑近布莱德的耳朵说："你试试看。"

我坐回原处。布莱德愣在那儿，呆坐了足足一分钟。他起身在房间里跺着脚走了几圈，重新坐下，咬了一会儿大拇指，最后骂道：

"见鬼!"

比赛结束,我赢了。

现在该把他拉回我们这一边了。"布莱德。"我说,"你不会想要回那笔钱的。你以为你做得对,那是因为你眼界小,一时间惊慌失措。但这就叫小事精明大事糊涂。从长远的角度看,让米歇尔留着那笔钱会很给你长脸的。"

布莱德嗤笑道:"我不怎么相信。"

"稍微有点信心嘛。"我说,"你看,也许你还不知道,今天有人指责我蓄意谋害我的客户。"

"我在办公室里看见了,就在我打电话前。"布莱德说,"真浑蛋。"

"你都没法想象。"我说,"咱们可以这么说,我在惊慌中安排与你见面,恳求你收回那一千两百万。这样一来,从我的角度说,我没有了谋害客户的财务理由,也就可以洗清所有嫌疑了。"

布莱德奇怪地看着我:"这对你有好处,但我不明白对我有什么好处。"

"对你当然有好处,布莱德,因为你愤怒地拒绝收回那笔钱。我怎么敢认为只是因为米歇尔陷入昏迷,你就想要回她的片酬呢?我们可以说你不但拒绝收钱,还承诺说要是米歇尔无法恢复健康,我就捐出那笔钱研究大脑损伤。比方说在 UCLA 医学院设立奖学金什么的。"

"允许我问一句,你打算怎么处理那笔钱?"

我抬起双手指着天空说:"该死的,布莱德,我都不知道她把钱留给了我。就算她这么做,我也绝对不想要。要是钱落在我手上,我大概真的会那么处理。对,我就要这么做。但我想说的重点是你想出了这个点子。你站在米歇尔这一边,所以会显得非常仁义。"

"而你也摆脱了自己的嫌疑。"

"这个是附加的好处。"

布莱德考虑片刻:"你会说事情是这么发生的?"

"不,布莱德。"我说,"事情就是这么发生的。至少在我的记忆中是这样。"

布莱德露出微笑,但我知道他肯定很心痛:"你确实是个人物,汤姆。好吧,那一千两百万你留着吧。"

"还有她的票房分红。"

"见鬼,够了,汤姆。"布莱德说,"别得寸进尺。"

"这样吧,"我说,"我们那十二个点就不要了,但你要给夏琳·梅菲尔德六个点。"

"你有什么好在乎的?"布莱德说,"她都不是你的客户。"

"布莱德你个白痴。"我说,"给她分红的不是我,而是你。记住重点:让布莱德显得很仁义。"

"唉,好吧。"

"很好。"我说,往后一躺,闭上眼睛。我的头很疼。我睁开眼睛,布莱德还坐在原处,似乎在想什么。

"有什么想法吗,布莱德?"我问。

"嗯?没有,只是在想米歇尔的事情。这场意外真是太可怕了,你知道的。"

"我知道。"我说,"我们已经说过了。"

"不,我是说,"布莱德说,"我在想我们为什么要制作那个面具。"

"你们要让她的脑袋爆炸还是什么的,对吧?"我说。

"唔,不完全是那样。"布莱德说,"电影里有个场景,外星霸主企图控制米歇尔的身体,我们要让霸主将触手戳进她的嘴巴和耳朵以进入大脑。确实很恶心——眼珠凸出,嘴巴大张,等等。显然我们没法在米歇尔的脸上做这些效果。"

"很高兴你认识到了这一点。"

"我们可以用电脑特效,但想做得好看就会非常昂贵。"他说,显然没有想起乳胶面具花了他一千两百万美元。他突然咧嘴露出苦笑:"说起来,现在我倒是挺需要这个外星霸主的。"

"什么意思?"我说。

"唉,没什么。"布莱德对我摆摆手,"我只是在胡思乱想。假如我们的外星霸主确实存在,那么米歇尔是不是陷入昏迷就无所谓了。他可以吸掉她的大脑,住进她的身体,自己扮演这个角色。不会有人发现的。米歇尔反正又不是梅丽尔·斯特里普。至少能省下我一大笔钱。"

布莱德看见我的表情。"天哪,汤姆。"他说,"对不起。现在说这些似乎非常不合适。很抱歉,我惹你生气了。你没事吧?"

"我没事。"我说,"对不起,布莱德,我只是忽然有了一个想法。"

第十六章

通往波莫纳山谷医院三楼的电梯门打开了,迎面而来的是鲍勃·拉莫斯警官。"嗨,斯坦因先生。"他说。

"嗨,鲍勃。"我说。

"你这条狗很可爱。"拉莫斯警官说。

约书亚露出最可爱的犬类傻笑。

"不是我的,是米歇尔的。"我说,"我觉得他也许能帮她醒过来,你明白的。"

"我明白。"拉莫斯说,"我猜你不希望亚当斯医生知道这件事,对吧?"

"对。"我说,"我凌晨两点来不是因为睡不着。"

"懂了。"拉莫斯说。

"另外,"我说,"有个礼物送给你。"我取出夹在胳膊底下的CD递给他。

拉莫斯接过CD:"什么东西?"

"你说过你女儿是蒂亚·雷德的歌迷。"我说,"她收到蒂亚的签名版CD一定会很高兴。看,这里还写着'玛利亚'。"我没有告诉拉莫斯,这张CD实际上是签给米兰达的。最近蒂亚·雷德能卖我一个人情的可能性几乎等于零。

"哎呀,这怎么好意思。"拉莫斯说,"我女儿看见袜子里忽然多出这张CD肯定会开心死了。斯坦因先生,你是个响当当的好男人。"

"小事一桩。"我说,"很高兴能帮到你。米歇尔身边还有其他人吗?"

"我从十二点开始站岗,除护士外没人来过。"拉莫斯说,"你可以问问加德纳警员。她在楼梯口,从十一点开始站岗的。"

"不用了。"我说,"我只是想看看她,几分钟就好。要是护士过来,你能通知我一声吗?"

"没问题。"拉莫斯说,"我会弄出很大的响动。给你争取时间藏好你的狗。"

"多谢,鲍勃。"我说,和约书亚一起向前走。

米歇尔的病房没有锁门。房间里有一盏灯照亮米歇尔,她被摆成斜躺的姿势,而不是平躺在床上。房间的其他地方黑洞洞的,另外两张病床空无一人,但床帘拉了起来。我关上门,走到米歇尔身旁。她没有什么变化:昏迷不醒,插着呼吸机。我不禁又感觉到一阵愧疚。

"汤姆。"约书亚说,"我在底下什么事都做不了。"

"你要上床吗?"我问。

"不要,那样会很不舒服的。"约书亚说,"去帮我拿一把访客椅放在床头,谢谢。"

我身旁的床边有一把访客椅,我把它推到约书亚身旁,免得他不小心碰到点滴架。他请我把椅子转过来,将椅背对着病床;我照他说的做了,他跳上椅子,趴在椅背上,将身体拉到与病床齐平。

"应该足够近了。"约书亚说。

"你能碰到她吗?"我问。

"当然。"约书亚说,"拉尔夫的身体已经不存在了,现在只剩下了我。我可以伸出触手,不过还是尽量接近一些比较方便。现在嘛,让我看看该从哪儿进入她的大脑——她身上插着这么多的管子。我想我可以从耳道进去。需要几分钟时间,所以暂时别和我说话。我必须集中精神。"

说完,约书亚确定了一下自己有没有站稳,然后闭上眼睛。他的面部陡然消失,鼻吻伸长,变成了伊赫尔阿克人的那种透明胶质,样子有点像玻璃做的象鼻。象鼻在半空中挥动片刻,像是在品尝空气,然后伸向米歇尔的头部。它在离米歇尔面部一英寸的地方一分二,两根触手慢吞吞地爬向两只耳朵,覆盖住它们。米歇尔像是戴上了一副大耳机,但耳机连着一只没有脑袋的狗。

这一幕太超现实了,我看得目瞪口呆,最后还是约书亚叫醒了我。"汤姆。"他说,"我们有伴儿了。"

"什么?"我说。

"转身。"

我转过身。米兰达站在我背后,手里捧着一本书。她背后是一张空病床拉开的帘布。米兰达的视线越过我,望着约书亚和米歇尔。她的黑眼睛瞪得很大,满脸看见了无比可怕的景象、只希望自己在做梦的那种表情。

"米兰达。"我说。米兰达望向我,刚开始并没有真的看见我。我几乎能听见她脑袋里的齿轮在咔嗒作响,努力辨认我是谁,确定自己在哪儿和有没有在做梦。她张开嘴,嘶嘶吸气。再过一秒钟,她就将发出我这辈子听见过的最刺耳的尖叫了。

我扑向她,用手捂住她的嘴,把她转了个方向。我抱起她跑向卫生间,她在我的怀里乱踢。

我听见约书亚在背后用平静的语调说:"要是她叫出声来,汤姆,咱们就完蛋了。你让她安静下来。"所谓平静的语调只是害怕声音传出病房，我从没听见过约书亚用这么紧张的语气说话。我把米兰达推进卫生间，闻到了一丝腐烂的气味，意识到约书亚其实在尖叫，只是用的是他的母语。我关上卫生间的门，锁好，打开电灯和风扇。

我把米兰达推进卫生间的时候，不小心推得她撞上了洗脸池。她没能喊出来的那一嗓子变成呜呼一声，书也飞了出去。她向侧面倒下，撞在浴缸上。我伸手拉住米兰达，她抱住我，垂下脑袋，撞向我的身体。我的感觉像是被炮弹正面击中，带着我摔在门板上——重得我觉得自己弹了一下。我无法呼吸，软绵绵地滑倒在瓷砖地上。

米兰达把我从门口推开，企图打开门锁。我从地上爬起来，拦腰抱住她，将她拉倒在地。米兰达顺势用胳膊肘击在我眼眶上。剧痛在我眼珠后面像蘑菇云似的炸裂，我确定我要瞎一辈子了，但我忍住疼痛，翻身爬到米兰达身上，用双腿顶住她的胳膊，用体重压住她。米兰达张开嘴又要尖叫。我伸手想捂住她的嘴，她的脑袋向侧面一躲，又立刻转回来，咬住我的手掌，使劲用力。我不得不咬住自己的腮帮子，否则就会开始尖叫。

"米兰达。"我咬牙切齿道，"真的很疼哎。"

米兰达松开我的手，我收回胳膊，疼得使劲甩手。

"谢谢。"

"从我身上起来。"米兰达说。

"好的。"我说，"但你要答应我别尖叫。"

"汤姆，告诉我外面那是个什么鬼东西？"

"很好。"我说，"因为我正要告诉你。现在我只需要你答应我别尖叫着跑出去。可以吗？"

米兰达点点头表示同意。我很高兴地从她身上下来，靠在门上，抓住剧痛不已的手。我能摸到鲜血，但无法鼓起勇气去看流血的伤口。米兰达慢慢爬起来,眼睛一直盯着我,她在浴缸边缘坐下;要是不得不逃跑,她能在我身上开出一个窟窿。我运气不错,打了她一个措手不及。如果公平单挑的话,她能送我进医院。好在我们已经在医院里了。

"解释一下。"她说。

"记得约书亚吗?"我说。

"那条狗?"她说。

"不,另一个约书亚。"我说,"呃,事实上,也是这条叫约书亚的狗。他们是同一个人。"

米兰达的眼神非常危险。我立刻举起手。"我从头说吧。"我花了一秒钟整理思路,然后重新开始,"记得卡尔在做的那个秘密项目吗?"

"当然。"

"项目和外星人有关。来自外太空。他们联系了卡尔。他要我找到办法将他们介绍给全世界。外面那家伙就是他们中的一员。"

"名叫约书亚。"米兰达说。

"对。"我说,"他首先是外星人,然后占据了一条叫拉尔夫的狗的身体。说来话长。"

"它在对米歇尔做什么?"米兰达问。

"扫描她的大脑。"我说,"想看她还能不能从昏迷中醒来。"

米兰达使劲摇头:"完全说不通。"

我无力地笑了笑:"假如你能提出一个更符合逻辑的解释,我很愿意听你说。"我终于鼓起勇望向我的手。手上满是鲜血,米兰达咬掉了很大一块肉。

米兰达也注意到了。"我的天,汤姆,你在流血。"她说。

"我知道。"我说,"估计还有一个黑眼圈。我们第一次打架。

记得提醒我千万别再招惹你。"

米兰达从浴缸上起身,拉着我站起来,陪我走到洗脸池旁。她打开水龙头冲洗我的手,疼得我险些灵魂出窍。

"对不起。"米兰达说,"都是我不好。我只是不明白到底发生了什么。现在还是不明白。"

"你为什么会在这儿,米兰达?"我问,"门口的警官说病房里没有其他人。"

米兰达耸耸肩,用肥皂给伤口消毒,那份剧痛真是难以想象。"亚当斯医生说我们应该经常和她说话,能帮助她恢复知觉。我觉得我可以来念书给她听。我带来了《爱丽丝漫游奇境》,随你信不信。我大概八点到的。十一点左右觉得很困。今天挺累人的。我心想谁都不会介意我打个瞌睡吧。"

鲜血差不多都被洗掉了,露出来的伤口没有想象中那么可怕。米兰达从浴缸旁边的架子上拿起一块毛巾,叠了一下,压在伤口上。

"按住,等一会儿。"她说,"没那么可怕。应该不需要缝针。"

"那就好。"我说,"否则解释起来会有点困难。"我这么说是想开玩笑,但米兰达没有咬钩——只是打个比方。

"汤姆。"她说,"你说他在扫描她的大脑。"

"是的。"我说。

"然后呢?"她说。

"嗯,假如她还有希望恢复,他就会尽可能帮助她。他拥有数以千计的族人的经验,其中肯定有医生或科学家,能够评估出最佳的处置手段。"

"要是她有永久性的脑损伤怎么办?要是她不可能从昏迷中醒来呢?"

我深吸一口气:"我会请约书亚占据她的身体。"

米兰达后退一步："什么？"她的嗓门有点大。

"小点声。"我说。

"小点声？"米兰达说，"我们在讨论米歇尔的生命，然后你告诉我要让那东西占据她的身体？你不觉得有任何问题吗？"

"米兰达，"我说，"假如米歇尔无法从昏迷中醒来，那她就已经死了。脑死亡，机器维持身体的生存。她已经不存在了。假如真是这样，那我们就有了一个机会，至少能让她的死亡有一些意义，而且是历史性的意义。"

"这不是强占了她的躯体吗？"米兰达说。

"其实和捐献器官是一码事。"我说，"你看，米兰达，伊赫尔阿克人——"

"伊什么人？"

"约书亚所属的那个种族。"我说，"他们叫伊赫尔阿克人，自然形态像是果冻球，人类看见了会害怕。但假如最初见到的他们是人类形态，那么情况就会好得多。我们需要一个特洛伊木马，能够让伊赫尔阿克人穿过人类意识的大门，但不会吓得人类想抛弃大脑而逃。你回忆一下你刚才的反应，然后乘以六十亿。明白了吗？我们需要我们的特洛伊木马。"

"特洛伊木马对特洛伊人好像不是什么好事吧？"米兰达说。

"只是一个类比。"我说。

"你怎么知道约书亚不会存心说她无法从昏迷中醒来，目的就是为了控制她的身体呢？"米兰达问。

"因为他不知道我会请他这么做。"我说，"不是他的点子，米兰达，而是我的。"

米兰达坐回浴缸上，用双手按住头部，像是在阻止脑袋爆炸。"我大概要休克了，"她说，"我什么都感觉不到。我不知道该怎么想你说的这些话。"

我跪在地上,直视她的眼睛,我抓住她的手。"休克的人是不会知道自己在休克的,米兰达,"我说,"我觉得你不会有事的。听我说,我知道这些事感觉起来有多么突兀。卡尔介绍我认识约书亚的时候,我和你的反应差不多——险些当场昏过去。卡尔信任我,认为我能接受。我也信任你,米兰达,认为你能接受。而且我需要你帮我处理这些事。我一直在一个人和那家伙打交道,卡尔把他交给我是因为他不能被人看见做这些事,我也没法找其他人帮我。现在你知道了,我需要你帮助我。米兰达,我需要你。可以吗?"

"天哪,汤姆。"米兰达说,"要是我一开始就知道这份工作有这么困难,肯定会多要一些工资的。"

"喂,"我说,"这几个星期我已经帮你涨了两次薪水。做人也要知足啊。"

米兰达终于笑了。她的笑声真好听。

"很高兴看见你们都还活着。"我们回到病床边,约书亚说,"刚才我还有点担心呢。听声音像是猫掉进了甩干机。"

"我们已经谈好了。"我说。

"那就好。"约书亚说,"因为看样子她狠狠收拾了你一顿。"

"我也让她尝了尝我的厉害。"我说。

"随便你吹吧。"约书亚干巴巴地说,"哈喽,米兰达。很抱歉让你受惊了。对不起,没能让你看见我比较像样的时候。我有脑袋的时候其实好看得多。但话也说回来,咱们谁不是呢?"

"哈喽,约书亚。"米兰达说,"我花了一点时间来习惯这些事情,希望你不要介意。"

"什么话嘛。"约书亚说,"就个人而言,我很高兴你能加入这个秘密小圈子。汤姆的脑子不太好，很需要一个聪明人帮帮他。"

"侮辱人也要有个限度。"我说，"发现了什么吗？"

"很抱歉，我发现了一些结果。"约书亚说，"有坏消息和更坏的消息。你想先听哪一样？"

我的心沉了下去。米兰达抓住我的手。"先听更坏的消息吧。"我说。

"她已经不在了，汤姆。"约书亚直截了当地说，"就我所看见的，在米兰达发现她之前，她的大脑就有了大片的坏死区域。她早就不行了。事实上很明显，我吃惊的是医生居然还没有告诉你。他们很可能打算再做几次CAT扫描来确定病情。但我很确定。她的大脑已经完了。对不起，汤姆。我很抱歉。"

"你有什么能做的事情吗？"米兰达说，"汤姆说你有医生和科学家的经验。你就不能做点什么吗？"

"这不是经验不经验的问题，而是原材料的问题。"约书亚说，"米歇尔的大脑严重损毁，影响了大量的身体机能。和中风不一样，中风只会导致局部脑损伤，大脑也许能找到办法绕过损伤部位。但在她的大脑里，绕过损伤部位只会遇见更多的损伤。她的肺部再也不可能自行呼吸了，要是我没看错，她大脑里控制肝肾之类功能的大部分区域也停止工作了。估计再过一两天，医生就会说她几天内就将肝衰竭或肾衰竭。对不起，米兰达。假如我能做点什么，我一定会做，但我真的没办法了。"

"她的大脑还有哪些部分能工作？"我问。

"呃，她的心脏还在跳，说明这部分功能完好。"约书亚说，"消化系统也正常——除了肝肾，这个我刚才说过了。她的听觉中枢在工作——"

"她能听见？"我问。

"我说的不是这个意思。"约书亚说,"她大脑处理声音的区域还在工作,但解析声音的脑区已经停摆了。相当于声音能进入麦克风但无法被录下来,懂了吗?"

"她这个人呢?"米兰达说,"你说的全都是她的身体机能。她这个人呢?人格,记忆,这些东西呢?"

"和其他功能一样,"约书亚说,"有些部分还在,有些已经不在了。近期记忆大部分都在;过去几周肯定是完整的,再往前就断断续续的了。当然了,也有可能她的意识就是这么工作的。你们人类对某些事情的记性比另一些事情更好。至于她的人格——这么说吧,哪怕我们能让她大脑的其他部分运转起来,她从昏迷中苏醒,她也不会是你认识的那个米歇尔了。"

"她会变成什么样?"我问。

"精神病患者。"约书亚说,"实话实说,我不认为她还有可能理解周围的世界,一切对她来说都将是令人恐惧的一团模糊。"

"所以她已经死了。"我说。

"她——米歇尔这个人——已经死了。"约书亚说,"这具身体靠呼吸机还能坚持一周左右。最乐观的估计。不好意思,汤姆,我现在要和她断开了。这里的景象让我心情很不好。"

过了一分钟,约书亚完全变回了一条狗。他从椅子上跳下来,啪嗒啪嗒地走向我们。

"有人饿了吗?"他说,"天晓得是怎么一回事,但自从我和拉尔夫融合之后,每次心情不好我就只想吃东西。"

"先稍等一下,约书亚。"我说,"我有个问题想问你。"

约书亚坐下:"好的,问吧。"

"你百分之百确定米歇尔已经不在了,这具身体将在一周内死亡吗?"

"非常确定。"他说,"我很抱歉。"

"约书亚,你何不使用她的身体呢?"我说。

约书亚困惑道:"你说什么?"

"她已经死了。"我说,"你可以使用她的身体,这样你就可以随意走动和与人类互动交流了。米歇尔是个名人。你会一开始就有知名度。这样你就能真正成为我们两个种族之间的媒介了。米歇尔已经不在了,我们都很清楚。但这是一个机会。"

"汤姆。"约书亚慢吞吞地说,"我知道你认为你的提议是个好主意,从你的角度看也许确实很好,但实际上并不好,我不能使用米歇尔的身体。"

我感觉到米兰达险些因为心头大石落地而瘫软下去。尽管我已经告诉了她,但她肯定还是深深地担心约书亚心怀叵测,眼巴巴地等着占据米歇尔的身体。既然约书亚拒绝了我的提议,那么米兰达就能够相信他的坦诚和善意了。我却完全陷入了困惑。

"我不明白你的意思。"我说,"你是不能使用米歇尔的身体,还是不愿使用?"

"两者都是。"约书亚说,"既不能也不愿。"

"为什么?"我问。

"汤姆,米歇尔的大脑严重损伤。就算我能住进她的身体,我也无法控制它和保持它的存活。想做到这些,我需要一个至少能正常运转的大脑。米歇尔已经没有这个条件了。就好比驾驶一辆没有方向盘的汽车。"

"但那只是暂时的。"我说,"你现在呈现出拉尔夫的外表,但拉尔夫的身体已经不存在了。"

"对,确实如此。"约书亚说,"但我占据这个身体的时候,拉尔夫的大脑还完好无损,我有时间学习怎么当一条狗。可米歇尔不具备同样的条件。"

"好吧,这是你的不能。"我说,"我们也许能找到办法克服困难。不愿呢?"

"不愿是因为米歇尔没有允许我占据她的身体或转移她的人格。"约书亚说,"这一点重要得超乎想象,汤姆。否则就等同于导致灵魂死亡。我不可能这么做。它违背了伊赫尔阿克人的所有伦理准则。"

"但拉尔夫也没有给你明确的许可信号,而你还是占据了它的身体。"我说。

"我感觉到拉尔夫想让我这么做。"约书亚说,"很难解释。退一万步讲,拉尔夫是我的朋友,我的好朋友,我了解它的意愿,但米歇尔是我完全不认识的陌生人。"

"这是我的意愿。"我说,"米歇尔允许我为她做出决定。"

"这个决定不包括在内。"约书亚说。

"你怎么可能知道。"我说,语气几近指责。

约书亚叹息道:"其实呢,汤姆,我知道。"

"什么意思?"我问。

"还记得我问你想听坏消息和更坏的消息吗?"约书亚说,"更坏的消息是她已经不在了,而坏消息是她是自杀的。"

"什么?"米兰达问。

"我看见了她最后的记忆。"约书亚转向米兰达,"米兰达离开后,米歇尔拔出呼吸管,将乳胶塞进鼻孔。然后她等待窒息而死。她是自杀的。"

约书亚转向我:"无论对错,汤姆,米歇尔都选择了结束她的生命。因此无论你怎么说,我都不能使用她的身体。她的决定是去死。我不能剥夺她的决定权。你也不能。任何人都不能。"

第十七章

卡尔打开门,眯着眼睛看我们。"最好有什么好消息。"他说。时间还没到凌晨四点。

"非常好。"我向他保证。

卡尔拉紧睡袍,从门口转身:"好吧,那就别堵在我家门口了。这附近的警察会逮捕每一个不在屋子里也不在车里的人。"

约书亚、米兰达和我走进他家。卡尔拖着脚走向厨房。等我们走进厨房的时候,他正在往滤纸里填咖啡粉。

"我只能说算你走运,爱丽丝在萨克拉门托。"他说,"她会先喷胡椒喷雾,然后再问你是谁。"他把滤纸塞进咖啡机,打开电源冲泡咖啡。他转过身,终于看清了我的样子。

"天哪,汤姆。"他说,"这是谁干的?"

"我。"米兰达承认道。

"也太快了吧。"卡尔说,"大部分男女至少会先结婚再互殴。"

"卡尔。"我说。

"好吧。"他说,"怎么了?"

"我们需要道德方面的指引。"我说。

卡尔笑道:"汤姆,我是一名经纪人。"他看见我们都板着脸,于是也收起了笑声。"说吧。"他不耐烦地说。

我解释了这一夜发生的各种事情：确定米歇尔的现状，我提议更换身体，约书亚如何拒绝。约书亚和我接下来又争论了一个小时，只在被护士赶出房间的时候暂停片刻，她因为我带狗进特护病房而训斥我。约书亚和我在停车场继续争论，我们互不相让，最后米兰达建议听一听卡尔的意见。米兰达的意思是我们明天早上来找卡尔，但约书亚和我决定尽快解决问题。我们开车来到卡尔家，约书亚坐在米兰达的车上，否则我们多半会打起来。

故事说完，咖啡也好了。卡尔取出三个杯子倒咖啡，给我和米兰达一人一杯。他转念一想，又取出一个碗，倒满咖啡放在约书亚面前。

"这是个很有意思的哲学辩论。"卡尔说，"但我还是不明白你们要我干什么。"

"很简单。"约书亚说，"我们要你支持一个人，最好是我。"

"约书亚，这不是酒吧打赌。"卡尔生气地说，"不是支持谁的问题。再说就算我支持汤姆，你恐怕也不会照我说的做。"

"你说得对。"约书亚说，"看来吵醒你也是白费力气。我们该走了。谢谢你的咖啡。"

"坐下，约书亚。"卡尔说。

"喂，"约书亚说，"一点也不好笑。"

"汤姆。"他转向我，"你明白约书亚的意思吗？假如米歇尔的死因确实如他所说，他不让她复活也是有道理的。"

"有什么道理？"我说，"卡尔，米歇尔已经不在了。她不再需要这个躯体，而我们用得上。你知道我说得有道理。"

米兰达在我身旁打个哆嗦，把咖啡杯放在厨台上。

"怎么了？"卡尔问。

"对不起。"米兰达说，"我理解汤姆的想法，但想到让约书亚钻进米歇尔的身体，我就觉得毛骨悚然。我脑袋里的景象是米歇尔变成一具僵尸。我打心底里觉得这么做不对。"她看了我一眼，转过脸去："对不起，汤姆。但我就是这么感觉的。"

"我完全同意。"约书亚说。

"天哪，你给我闭嘴。"我对约书亚说。

"该死，"卡尔说，"你们两个比汽车后座的一对小孩还难缠。汤姆，假如米歇尔想结束她的生命，那就让她去吧。完整的一个她。米歇尔的身体也属于米歇尔。我们和约书亚的族人不一样，我们的灵魂——假如我们有灵魂的话——似乎永远和身体联系在一起。米歇尔有权选择死亡，而不是像木偶似的走来走去。"

"对，谢谢。"约书亚说。

"不客气。"卡尔说，喝了一口咖啡，"但我也并不支持你。"

"什么意思？"约书亚问。

"约书亚，让我问你一个问题。"卡尔说，"假如你发现米歇尔其实想活下去，你会怎么办？"

"她并不想啊，"约书亚说，"我看见了她拔出呼吸管的记忆。那是有意识的主动行为，不是偶然发生的意外。"

"有可能。"卡尔说，"但这和我的问题没有关系。"

"当然有关系。"约书亚说，"因为事实就是事实。"

"好吧，"卡尔说，"那就假设一下。假如你遇到类似于米歇尔的情况，唯一的区别是昏迷中的人想活下去，假如汤姆请你占据她的身体，你会这么做吗？"

"不会，"约书亚说，"因为这个假定中的人依然有严重的脑损伤，因此我不可能控制那具身体。"

"先假设有办法能解决这个问题。"

"这是个非常大的假设。"约书亚说。

"这就是想象实验的魔力,约书亚。"卡尔说,"你的心有多大,假设就可以有多大。来,别拖延了,回答我的问题。"

"我不知道我会怎么做。"约书亚说,"哪怕条件完全符合你描述的情况,里面依然有一片巨大的灰色地带。我不可能在百分之百确定符合道德的前提下做出这个决定。假如我错了,那就是伊赫尔阿克人犯下的一桩谋杀案。"

"哪怕我们逼你都不行?"卡尔说。

"卡尔,恕我直言,你不是伊赫尔阿克人。"约书亚说,"你并不完全了解你这个提议有什么含义。它不在你的参考体系之内。"

"但你有我的思想和记忆。"卡尔说,"那些是人类的思想。你应该知道我能不能了解其中的含义。"

"对,但我不是人类。"约书亚说,"我有可能误解你,就像你有可能误解我们一样。"

"所以你承认你有可能犯错了?"卡尔说。

"唉,该死,卡尔,"约书亚说,"人无完人。"

"那么,从理论上说,假如你有办法能确定这么做是符合道德的,你能够控制这具躯体,而米歇尔确实想活下去,那么你就可以占据这具躯体,对吗?"

"对。"约书亚说,"给我一根烟花和一支卡祖笛,我还能一边做一边唱《扬基歌》呢。"

"很好。"卡尔说,"你们的问题解决了。"

约书亚扭头看我:"汤姆,你听懂了最后这个逻辑转折吗?"

"完全不懂。"我说,"卡尔,你把我和约书亚都弄糊涂了。"

"我听懂了。"米兰达说。

"啊哈,"卡尔说,"总算还是有个聪明人的。米兰达,你能给这两个小伙子解释一下吗?"

"约书亚，你说你需要满足一些条件，否则就无法心安理得地去做汤姆请你做的事情。"米兰达说，"答案是你只需要去做就行了。"

"我可没说那种话。"约书亚说。

"不，你说了。"米兰达说，"你有三个前提条件：你知道这么做符合道德，你知道这么做在技术上是可行的，你知道米歇尔想活下去。"

"但这些都是假设啊。"约书亚说，"真不明白为什么要我一遍又一遍地重复，但米歇尔是自杀的。她想死。"

"我们并不知道。"卡尔说。

"卡尔，"约书亚说，"我看见了当时的情形。"

"但你刚才还说过，你是有可能犯错的。"卡尔说，"你说你有可能误解人类的情绪和动机。"

"卡尔，关闭你自己的空气供应是非常容易看懂的行为。"约书亚说。

"行为本身当然是的，但我感兴趣的是行为背后的情绪。"卡尔说，"约书亚，人类经常会表现得像是要自杀，但绝大多数并不真的想死，只是希望得到事后的关注，或者根本不明白自杀就等于死亡。时常有青少年试图自杀，因为他们想知道其他人在他们死后的反应。但他们不明白死亡就意味着他们不可能看见其他人的反应了。"

"米歇尔又不是青少年。"约书亚说。

"对，但她是电影明星，从成熟程度上来说差不多。"卡尔说，"她二十五岁，身家百万，别人从不拒绝她的请求。"

他指着我说："汤姆不会拒绝她。他正在帮她争取一个完全和她没关系的角色，因为他不想拒绝她。"

我抓住机会仔细打量面前的咖啡杯。我能猜到卡尔想说什么，但他最后那句话还是让我心痛不已。

"然后她忽然被人拒绝了,她心情低落抑郁,决定表达一下态度。但这并不等于她真的想死。"卡尔放下咖啡杯,"假如米歇尔真的不想活了,那么我们应该让她去死。很简单。但假如她想活下去,那我们也能以某种方式做到这一点。重点在于,我们不知道她究竟想不想死。我们只知道你描述的前后经过。"

"那我们就陷入僵局了。"约书亚说,"因为只有我能接入她的大脑。"

"不,不止你一个。"卡尔说,"你只是这颗星球上的唯一一个。"

约书亚和我对视一眼。卡尔说得这么云山雾罩,我开始有点心烦意乱了。

"你到底想说什么?"我问卡尔。

"我们需要第二个人的看法。"卡尔说,"幸运的是,我们有整整一飞船的候选人。"

"我不想支持约书亚的观点,"我说,"但假如我们无法相信约书亚对米歇尔自杀的判断,再听其他伊赫尔阿克人的看法又有什么意义呢?"

"我们不需要伊赫尔阿克人的看法,"卡尔说,"我们需要一个伊赫尔阿克人担任导体。伊赫尔阿克人可以接入我们的神经系统;这一点显而易见,因为约书亚已经检查过了米歇尔的大脑,我的记忆下载给了整艘飞船的共同体。现在我们需要反过来试一试,让一名人类查看米歇尔的记忆。我知道该找哪个伊赫尔阿克人帮忙。"

我脑袋里的灯泡忽然亮了。"桂迪夫。"我说。

"没错。"卡尔说,"他做过一次,再说不是约书亚先辈的伊赫尔阿克人也只有他一个。因此他是我们能找到的最客观的评判者。"

"我完全不明白你们在说什么。"米兰达说。

"我会解释给你听的,"我说,"我保证。"

"我想知道你们打算怎么偷运一个外星人通过波莫纳山谷医院的重重防卫。"约书亚说,"狗的躯体凑巧用完了。"

"山不就我,我向山行。"卡尔说,"假如不能带桂迪夫去见米歇尔,我们就带米歇尔去见桂迪夫。"

"上飞船?"我问。

"好得很,"约书亚嗤笑道,"这就容易多了。"

"约书亚,这是唯一的出路。"卡尔说,"你想想看。假如我们发现你是错的,这就解决了我们的一个难题。但接下来我们就要对付另外两个难题了:找到办法让你成功接管米歇尔的身体,确保这么做在道德上是正确的。这两个难题都需要听取其他伊赫尔阿克人的意见。因此米歇尔必须去艾欧纳号。"

"你建议我们该怎么把她弄上去?"约书亚问,"我们甚至没法把她弄出波莫纳山谷医院。小报记者堵住了医院的所有出入口。要是我们企图搬动米歇尔,他们肯定会发现的。"

"把米歇尔弄出医院的事情就交给我操心吧。"卡尔说,"行程的其他部分就交给你们安排了。"

约书亚坐在那儿想了一分钟,最后说:"好吧。我保留我的疑问,但我会联系艾欧纳号,听听上面那帮人怎么说。"他啪嗒啪嗒地走向卡尔的书房。

"他去哪儿?"米兰达问。

"电脑。"卡尔说,"我为他和艾欧纳号开设了美国在线的账号。这么联系不会引来怀疑。"

"艾欧纳号怎么登入呢?"我问。

"唔,通过特别遥远的长途拨号。"卡尔答道。

艾欧纳号的回信非常简短：你们这群白痴，你们应该解决而不是制造问题。带她上来。

该怎么把全美国最热门的女演员带出医院而又不惹来注意呢？步骤如下：

首先，放出风声称这位女演员要转院。这个太简单了，只需要找一位合适的医生在不经意间对一名护士提起这件事，然后消息就会像空气传播的病毒那样开始扩散。从护士到媒体的传播完全符合逻辑，无论迈克·水原怎么努力，医院员工里依然会有人被小报买通。而且不只是护士队伍，你会很吃惊地发现年薪三十万的心脏外科医生也想捞几千块的外快。我们利用的就是这种再平常不过的利己念头。

晚间九点，一辆救护车来到波莫纳山谷医院的急诊室门口。救护车刚停稳，就有人匆匆忙忙将担架抬进车厢。几个身材魁梧的勤杂工和医生行之有效地挡住了人们的视线，只在最短的一瞬间内露出金色的头发，让围观者（还有拍摄者）猜测担架上的人是谁。救护车摔上车门，打开警灯，拉响警笛，立刻开走，媒体人员纷纷开车尾随而去。其中两辆车在开出停车场时发生了轻微碰撞，驾驶员甚至懒得停车，急急忙忙地追着渐行渐远的救护车而去。

这辆救护车只是调虎离山的诱饵。

大约二十分钟后，一架救护直升机呼啸而来，由于波莫纳山谷医院没有停机坪，所以它只能大张旗鼓地在停车场降落。急诊室的大门再次打开，有人抬着担架冲向直升机，勤杂工和医生紧随其后。跑到一半，一个女人的手臂从担架上滑落，点滴管在奔跑中随风飘拂。担架来到直升机前，直升机打开侧门；担架流畅得难以想象地滑进机舱，舱门随即关闭。

勤杂工弯着腰跑开，直升机立刻起飞，机尾上的文字说清楚了它的目的地：西达赛奈医学中心。这次冲出停车场的媒体车辆少了一些，有些驾驶员在摆弄车载无线电，企图找到直升机正在使用的通信频率，有些抄起手机联系总部办公室专门监听无线电的编辑。

这架直升机依然是调虎离山的诱饵。

十分钟后，又一辆救护车慢悠悠地开进医院。这次不需要紧赶慢赶了；媒体已经尾随诱饵而去，救护车可以安全而保险地以正常速度运送米歇尔去她的目的地了。只有两名勤杂工和一名医生护送担架上救护车。几分钟后，她被送上救护车，医生和急救人员简短交流几句后返回医院，急救人员上车离开，没开警灯也没拉警笛，普普通通地驶向10号公路。只有一辆车跟上他们，车上是一位经验丰富、头脑聪明的记者。耐心是美德，必将得到奖赏。

第二辆救护车还是调虎离山的诱饵。

这辆救护车开走的时候，真正的救护车开来了，警灯闪烁，但没拉警笛。刚回到医院里的勤杂工和医生转身出来。这辆救护车送来一个男人，他似乎发作了中风；医生快速检查后做出判断，急救人员将他抬下救护车，冲进急诊室的大门。救护车的门有两扇，一侧打开的同时另一侧也打开了，另一副担架被送进救护车的车厢，就这么简单。这次只有两名勤杂工，实际上是我和米兰达。我们和担架一起上车，急救人员随即关上车门。

迈克·水原和亚当斯医生当然坚决反对让米歇尔转院。他们已经知道米歇尔不可能从昏迷中苏醒了，敦促我们让他们尽可能地让米歇尔走得舒服一些，既然开始是从他们医院开始的，结束也在这里结束比较好。亚当斯医生尤其不赞同我的转院决定；我答应可以让他与继续治疗米歇尔的医生密切交流，他这才不情愿地同意了。我当然是在骗他，因为将要继续治疗米歇尔的医生在五万英里高的同步轨道上,那儿也没有我们传统意义上的医生。但除非先长篇大论地解释清楚,否则我就不可能和他真的讨论,而且还有可能被亚当斯医生送进精神病观察病房。

救护车离开医院,在10号公路上向东而去。两英里后,我们开下公路,在一家亚伯特森超市背后停车。急救人员在这里下车,他们的车停放在这里。他们实际上不是急救人员,而是经过急救训练的无业演员。卡尔为什么不到一天就能找到两个符合以上条件的演员,那就不是我能想象的问题了——所以他才是老板吧。

两人里有一个不怎么愿意离开米歇尔。她花了一段时间检查呼吸机,确定我们知道万一呼吸机失灵该怎么处理。我向她保证一切都会好的。

"泰德和我在路上讨论过,"她说,"我们都愿意陪她去她要去的医院。我们不会告诉任何人。我们只想确保她能安全抵达那里。"

"我相信你的话,非常感谢。"我说,"但那是不可能的。"

她叹了口气,望着米歇尔说:"你看看她。一个星期之前,只要能爬到她的那个高度,我什么事都肯做。可现在我敢打赌,只要能恢复我这样的状态,她什么事都肯做。很有意思对吧?讽刺的那种很有意思,而不是让人大笑的那种。"

"是啊。"我说,"你叫什么?"

"西莉亚·汤普森。"她说。

"西莉亚,不介意我问一句吧?你和泰德这么做能得到什么呢?"

"我不知道泰德怎么样,"她说,"以前从没见过他。我正在争取一个试播集里的角色。我不需要试镜——不用报名,不用交两百块,直接去演就好了。我已经读过了剧本,是个医学剧。水平还不错,说不定能卖给哪个电视台。我这一步应该走得很明智。"

"现在不怎么确定了?"

她耸耸肩:"感觉像是踩着米歇尔·贝克往上爬。我没想到会是这样。希望我这么说不会显得我不知好歹。"

"当然不会。"我说,"听着,我从没这么问过别人——你有经纪人吗?"

"没有。"

"一周后,打电话到卢波合伙公司找我。我叫汤姆·斯坦因。"

"我会打电话找你,但不是为了演电影。"西莉亚说,"我想知道米歇尔的情况。否则我会良心不安的。要是我发现她死了,我会觉得自己也有责任。所以你一定要告诉我。可以吗?"

"可以。"我和她握手,"别担心。米歇尔会好起来的。我说真的。"

她微微一笑,走向她的车子。

米兰达在车厢里陪着米歇尔。我来到驾驶室,坐上司机座。约书亚已经在乘客座上了,他一直和演员/急救人员在一起。

"还以为前面会很宽敞呢,"约书亚说,"结果一点也不。我在搁脚空间里蜷缩了一个小时。女急救员只能把脚垫在屁股底下。"

"我刚和她聊了几句。"我说,"似乎人不错。"

"是的。"约书亚说,"那男人却是个混球。一路上没完没了聊他的演艺事业,总想勾搭那女人。我险些扑上去咬断他的喉咙。要不是他在开车,我肯定饶不了他。"

"还好你想清楚了。"我发动引擎。

"谢谢。"约书亚说,"我们总得有人动脑子嘛。"

"这话是什么意思?"我问。

"汤姆。"约书亚说,"要是我们无法救活米歇尔,你打算怎么办?你恐怕不能就这么把她送回医院,你知道的,对吧?你也不能随便找个地方扔下她。要是她死了,人们会想知道她是怎么死的。"

你打算怎么做？你有后备方案吗？"

"你胡说什么啊。"我拐出超市停车场，驶向 10 号公路，"我当然有后备方案了。"

"是吗？"约书亚说，"汤姆，你为什么不和听众分享一下这个后备方案呢？"

"当然可以。"我说，"要是行不通，那我就山穷水尽了。我们失败了。伊赫尔阿克人只能打道回府。作为补偿，你们可以带我们一起走。"

"我喜欢这个方案。"约书亚说，"够绝望，非常不成熟，但很有一种可悲的魅力。"

"谢谢。"我说，"我刚想出来的。"

"就是不知道米兰达会怎么想。"约书亚说。

"嘘——"我说，"到时候给她一个惊喜。"

我们开上 10 号公路，向东驶向 15 号公路和贝克镇。

"见鬼，我什么都看不见。"我说。

"这就是重点啊，汤姆。"约书亚说，"既然你看不见，别人也不会看见了。现在给我闭嘴，左转……就这儿。"

我左转拐上一条土路，要是没有约书亚的提醒，我肯定会错过这条小路。车轮滑进农场卡车几年前留下的车辙，救护车开始颠簸。

"你能不能开得小心一点？"米兰达在车厢里喊道，"我都不敢去想米歇尔要被你颠成什么样了。"

"外面不是铺沥青的公路，米兰达，"我也喊道，"我们半小时前就离开那个世界了。我已经开得尽量小心了。"

我开进一条两秒钟前还看不见的小沟。

"估计减震器被我弄坏了。"我对约书亚说。

"汤姆！当心点儿！"米兰达喊道。

"对不起！"我也喊道，"我们到了吗？"我问约书亚。

"没。"约书亚说。

"我们到了吗？"我说。

"没。"

"我们到了吗？"

"没。"

"我们到了吗？"

"到了。"约书亚说，"停车。"

我停下救护车。

"谢天谢地。"米兰达在车厢里说。

"我什么也看不见。"我说。

"这话你说过了。"约书亚说。

"呃，倒是真的。"我说。

"没什么可看的。"约书亚说，"他们还没到。"

"他们什么时候到？"我问。

"现在几点了？"约书亚问。

我低头看手表。

外面传来一声砰然巨响。地面晃动。灰尘像海浪似的淹没了救护车。

"刚过十二点。"我说。

"嗯，他们应该到了。"约书亚说，"你看，这不就到了吗？"

立方体正如卡尔的形容：黑色，毫无特征，怎么看怎么不起眼——除了它刚从天而降，落在荒郊野外。

伏在米歇尔身上的米兰达直起腰，从车厢向外张望。"那就是咱们的交通工具？"她说。

"对，我知道，看上去没什么了不起的，"约书亚说，"但它跑起来可带劲了。"

"我们直接开进去就行？"我问。

"对。"约书亚说。

我发动救护车，慢慢向前蹭，驶过它和立方体之间的五十码距离。没多久，我们就在立方体内了。

"我们什么时候动身？"我说。

"应该很快。"约书亚说，"来，让我下车。我得去导航。"

我开门下车，约书亚跟着我跳下车。他跑向立方体另一侧顶上的悬架，也就是机师所在的位置；一根悬架降下来，让他站上去。我走到救护车背后打开车门。米兰达在车厢里瞪着我。

我朝米歇尔点点头："她怎么样？"

"还行吧。"米兰达说，"自从我们上救护车，她就没动过或有过任何反应，考虑到种种因素，我觉得这应该算是好事。"

"你呢？"

"我挺好。"米兰达说，"说起来，我觉得这个立方体的造型很有用。要是它看着就像真正的太空船，我猜我已经吓得魂不附体了。我们要离开多久？"

"不知道。"我说，"卡尔去的时候待了还不到一天。"

"我们应该带上午饭的。"米兰达说，"我已经饿了。"

"我有口香糖。"我说。

"喂，"米兰达说，"你听见了吗？"

我侧耳倾听。不远处响起了一辆车的声音，而且越来越近。

"约书亚！"我喊道，从救护车旁走开，"我们得走了！快！"

立方体的侧面豁然洞开，一辆肮脏的白色福睿斯打着转冲了进来，径直撞向我。我愣住了，这恐怕不是最明智的反应。

福睿斯的司机在最后一瞬间猛踩刹车，否则肯定会像碾死虫子似的压扁我。他熄灭发动机，解开安全带，从车上跳了下来。安全带自动收回，发出了轻轻的碾磨声。

"非常抱歉。"开车的男人说，"没想到会有人挡在我的车前面。"

"你为什么会在这儿？"我说。

"抢新闻呗，"他说，"你呢？"

不用多说，此人当然是范多兰。

第十八章

"约书亚!"我吼道,"咱们得停下。"

约书亚从悬架上探出脑袋,看着底下说:"来不及了。我们已经起飞。"

"能把他扔出去吗?"我问。

"哈,好想法。"约书亚说,"但还是不行。"

"可惜。"我说。

"身为文明种族就有这个问题,"约书亚赞同道,"没法从极高处自由坠落。"

"喂,"范多兰说,"那条狗在说话。"

约书亚哈哈大笑:"你觉得很离奇是吧?等半小时再说。朋友,这个夜晚会很漫长。"他回到上面我们看不见的地方。

范多兰转向我:"到底是怎么一回事?"

"我很想知道你觉得这是怎么一回事。"我说,"还有你是怎么跟踪我们来这儿的。"

"我听说你们今天要给米歇尔转院。"范多兰说,"我考虑过去医院蹲点,但想了想还是决定跟踪你。我觉得无论米歇尔转去哪儿,你迟早也会去。今天上午你不在办公室,所以我去了你家,我看见你的车,于是在附近等着。大约下午四点,你和米兰达从你家出来，上了你的车。说起来，你们两个是怎么一回事？"

这时米兰达已经来到了我们身边。"不关你的事，小爬虫。"她说。

"对不起，"范多兰淡然道，"职业性的好奇心。"

"我看没'职业'什么事吧？"米兰达说。

"咦，很暴躁嘛。"范多兰说。

"汤姆，"米兰达说，"别担心能不能把他踢下去了。我要亲手挖出他那颗小心脏。"

"我不反对。"我说。

范多兰望着我和米兰达，有点拿不定主意。他继续道："然后你们去了卢波合伙公司，待了一小时左右后开车去波莫纳山谷。又过了两个小时，你们开始玩救护车进进出出的把戏。"

"你为什么不上当？"

"因为我在跟踪你啊。"范多兰对我说，"抬着担架跑进跑出的那些人里没有一个像你，或者她。你溜出来的时候我险些没瞅见。你们这套把戏要得相当狡猾。"

"显然还不够狡猾。"米兰达说。

"唔，因为我比绝大多数人都有动力。"范多兰说，"我跟踪你们的救护车到超市停车场，等着看你们接下来打算干什么。几分钟后，你们回到公路上，然后就很简单了，不引起你们的注意就好。汤姆，自从上次跟踪你后，我的技术小有长进。"

"我还是不明白上了土路之后你是怎么跟踪我们的。"我说，"路上只有我们一辆车，我应该能看见你的。"

"我拉开了很长一段距离。"范多兰说，"另外，我打烂了车灯。"

他指着他的车给我看。停车灯和刹车灯都碎了，车头大灯虽说完好无损，但那是可以关掉的。

"不赖。"我承认道。

"是啊，不过这大概是社里最后一次允许我用公司车了。"范多兰说，"开在土路上险些颠散架。再加上你绑架我那次害得这辆车被拖走，汤姆，他们再也不会把车钥匙交给我了。"

"我都快心碎了。"我说。

"我就是这么跟踪你来这儿的。至于这儿是哪儿和正在发生什么事，我就完全摸不着头脑了。我猜这座建筑物是个什么诡异诊所。"

"建筑物？"米兰达说。

"范多兰，你没有感觉到那一下砰然震动吗？"我说，"你开进来之前没看见这是个什么东西？"

"我当然感觉到了震动。"范多兰有点困惑，"那又怎样？这是南加州，每天都要震个几下的啊。再说感觉震中也不是很近。另外，没有，我没看清外面是什么样子。天色那么黑。我看见你的车尾灯消失，就跟着开了进来。"

"你开进来的那种方式，不觉得很奇怪吗？"我说。

"我和你走的是一条路啊，"范多兰说。

"哇，"米兰达说，"范多兰，你还真是完全摸不着头脑哎。"

"谢谢你投我一票。"范多兰说。

"她不是在侮辱你，"我说，"她是说真的。"

"我没听懂。"范多兰说。

"约书亚。"我喊道。

"有。"他又探出脑袋。

"你能让这位朋友看一看咱们在哪儿吗？"我说。

"没问题。"约书亚说。

立方体消失了。地球悬浮在我们脚下，月球在我们的侧面。

我从没听见过成年男人能用吉姆·范多兰这么尖细的嗓音喊叫。

我请约书亚恢复立方体的颜色，米兰达说："救护车里好像有镇静剂的。"

"不用了。"我说，"他控制住了膀胱肌肉。他不会有事的。"

范多兰靠在福睿斯的车身上，不知为何死死地抓着收音机天线。"我的妈呀。"他说。

"我记得某人的反应和你差不多。"我说。

"我们难道在太空里？"他问。

"哦，太对了。"我说。

"到底发生了什么事？"范多兰问。

"吉姆，上次在我车里，你要我告诉你我在干什么，还记得吗？"

"隐约记得，"范多兰说，"这会儿我脑子不太好使。"

"试试看，"我说，"很有用的。"

范多兰闭上眼睛，集中注意力回忆："你说你在做什么太空外星人的项目。"

"对。"我说。

"我以为你只是在说混账话。"他说。

"时间能证明一切。"我说。

他指着约书亚所在的悬架说："那条狗是外星人。"

"差不多是。说来话长。"我答道。

范多兰的大脑开始飞快运转。"那么……"他看了一眼救护车，然后望着米兰达和我，"米歇尔·贝克是外星人，对不对？她遇到了意外，你们必须送她回母舰？"

米兰达咯咯笑。范多兰瞪着她。"对不起，"米兰达说，"听见'母舰'二字，我无论如何都忍不住。"

"对不对？"他问我，"米歇尔·贝克是外星人？"

"不。"我说，"至少还不是。"

"还不是？"范多兰说，"什么意思？他们要吸收她进入他们的群落?"

米兰达爆发出一阵大笑。

"怎么了?"范多兰吼道。

米兰达花了一秒钟才控制住自己。她伸出手,轻轻地碰了碰范多兰的手臂。

"吉姆我的儿啊,你不能再看那么多科幻了,"她说,"弄得你说话很奇怪。"

"哈,哈,哈。"范多兰恼怒道,抽身后退,"我只是在努力理解究竟发生了什么。"

我打量了范多兰几秒钟,认真考虑我该拿他怎么办。开玩笑归开玩笑,我不可能真的杀了他。但除了我、米兰达和卡尔之外,他对伊赫尔阿克人的了解超过了所有地球人,因此他对我们来说很危险。我忠实于卡尔和约书亚,米兰达忠实于我,但范多兰不忠实于我们任何人,尤其是我。事实上恰好相反,过去这几周他一直在尽其所能地让我的职业生涯脱离正轨。

好吧,我心想,现在该改变这一切了。

"吉姆,你到底为什么给《行业内参》写稿?"我问他。

"什么?"他说,"这和任何事情有任何关系吗?"

"我只是在想,"我说,"那是个屁都不如的小杂志,你写的也是一些屁都不如的小稿子,你自己也承认。但你还是在给他们写稿,为什么呢?"

"我不知道你有没有注意到,但新闻业恐怕不是一个处于上升期的好行当。"范多兰说,"尤其是在洛杉矶,你得用枪指着人的脑袋才能让他们读书看报。"

"你可以换个地方啊,"我说。

"什么?然后错过这个大新闻?"

"我说真的。"我说。

"我也是。"范多兰说,"汤姆,你难道愿意在奥马哈当经纪人?"

"不愿意,但我的生意不在那儿。"我说。

"呃,我也一样。"范多兰说,"我主攻娱乐世界。洛杉矶是我的战场。我写稿的杂志差不多就在这个世界的排泄口附近,这个我承认。但你总得从某个地方起步吧。它在新闻业就好比拍直供影碟的低成本小片。"

"为什么要写娱乐新闻呢?"我问,"说真的,谁在乎啊?根本不重要,甚至不是真正的新闻。你事实上完全是在浪费人生和天赋。"

"这么侮辱我太低级了。"范多兰说。

"我尽力了。"我说。

"你说得不对。"范多兰说,"我没有浪费人生和天赋。你的脑袋钻在这头怪兽的肚子里,所以你看不见全局,但美国娱乐业是最成功的出口产业。"

"好莱坞星球。"我说,"朗朗上口。"

"我觉得你应该会喜欢。"范多兰说,"假如今天有人想对全世界发言,他不会去华盛顿、莫斯科或伦敦,而是会来到好莱坞。汤姆,这就是我在洛杉矶工作的原因。"

"是啊。"我说,"还有能见到明星的额外奖赏。"

"嗯,"范多兰承认道,"也有这个原因。"

"约书亚,"我说,"你不会凑巧听见了他这段慷慨陈词吧?"

"事实上,"约书亚在高处的位置上说,"我每个字都听得清清楚楚。"

"不觉得耳熟吗?"

"有点。"约书亚说,"当然了,我的话更有说服力。"

"吉姆。"我扭头对范多兰说,"我有个提议,看你有没有兴趣。"

"现在?"范多兰靠在车上说,"最好足够诱人。"

"你肯定猜不到我为什么会认识这些外星人。"

"确实让我很挠头。"范多兰说。

"因为我是他们的经纪人。"

"他们的什么人?"范多兰说。

"我是他们的经纪人。"我说,"出于最诡异和怪诞的巧合,吉姆,他们对事物的看法和你惊人相似:假如你想吸引全世界的注意,就必须通过好莱坞。因此他们决定雇一名经纪人。也就是我。事实上,我得到授权,可以代表他们做交易。"

"哇,"范多兰说,"你怎么收费?"

"事成之后,新西兰归我。"我说,"你给我闭嘴,听我说我的想法。"

"洗耳恭听。"范多兰说。

"我的提议只有十分钟的有效期。过了时间你就出局。没有第二次机会也没有重新考虑的可能性。听懂了吗?"

"懂了。"范多兰说。

"交易是这样的,"我说,"新闻归你。独家的。"

"什么新闻?"范多兰说,"你的?早就是我的了。"

"这个新闻。"我说,"人类与外星智慧生命的第一次接触。吉姆,这是地球历史上最重要的新闻。你将是唯一一个从头开始跟的记者,唯一一个知道所有内情的记者。其他人都只会有事后新闻。你将告诉全世界事情是怎么发生的和它的全部意义。"

"天哪。"范多兰愣了一分钟,"你不是在骗我吧?"

"谈生意的时候我从不瞎扯。"

"代价是什么?"

"代价是停止报道我和米歇尔,从《行业内参》辞职,在我们准备好登场前保持沉默。"

"那会是什么时候?"

"现在还不确定。"我说,"我们还在讨论。有可能是明天,也有可能要等好几年。但无论是什么时候,在此之前你都不能走漏半点风声。连一个字都不能提。"

"要是我拒绝呢?"范多兰问。

"什么都不会发生。"我说,"但我们下船去做我们要做的事情时,你不能跟着我们。事实上,我们一到目的地,你就会被送回原处。"

"但车要留下。"约书亚说,"祝你走运,能搭车回到15号公路上。"

"等我回去了,我为什么不能直接捅出去呢?"范多兰说。

"随便你,"我说,"愿意告诉谁就告诉谁。事实上,我鼓励你这么做,你到处说米歇尔·贝克是外星人,没有什么能比这个更快更简单地消灭你的信誉了。"

"所以她确实是外星人!"范多兰说。

"吉姆,"我说,"别分神。"

"我没分神。"他说,"我只是想确定我有没有弄错什么。"

"所以你加入了?"

"你开玩笑吧?"范多兰说,"你给了我全宇宙有史以来最大的大新闻,然后问我要不要?你没这么傻吧?"

"事实上,这肯定不是全宇宙有史以来最大的大新闻。"约书亚说,"只是宇宙的这个小角落里的大新闻。"

"对我来说都一样。"范多兰扭头对我说,"汤姆,我们一言为定。"

我们握手为记。我们一方得一分。

"约书亚,你有什么意见吗?"我问。

"呃，我只看过他的一篇文章，就是写你的那一篇。"约书亚说，"水平有点烂。"

"我可以写得比那个好。"范多兰说。

"天哪，希望如此。"约书亚说。

"我猜你肯定不会告诉我这门生意到底能挣多少钱。"范多兰对我说。

"别担心。"米兰达说，"汤姆就喜欢给人涨工资。"

立方体在机库里消融，接待我们的一个伊赫尔阿克人指着范多兰说："那是谁？"

范多兰指着他说："那是什么？"

"那是我的族人通常的样子。"约书亚说。

"呃——"范多兰说，"我比较喜欢狗的外形。"

"这是吉姆·范多兰。"约书亚说，"偷渡者。"

"偷渡者？嚯哈哈，"伊赫尔阿克人说，"小子，明早你去给我走跳板。嚯哈哈。"❶"

"我想象中的外星人可不是这样的。"范多兰对我说。

"你会习惯的。"我说。

伊赫尔阿克人蠕动到我面前，伸出一条触手："你肯定就是汤姆了。我是桂迪夫。"

我握住触手："很高兴终于能见到你，桂迪夫。我听说了你的很多事情。很抱歉，我们只能在这种极端处境下见面。"

"极端？你没法想象。"桂迪夫说，"这上面根本没法谈其他事情，到处都是大喊大叫的恶臭。哦，提醒了我。"桂迪夫散发出有点发

---

❶ 这句台词出自电影《加勒比海盗》。

霉的湿地毯的气味,另一个伊赫尔阿克人立刻蠕动着走向门口,"既然多了一个人类,那就要多拿一副鼻塞了。"

桂迪夫的触手转向米兰达。"我猜你就是米兰达了。"他说。

"嗨。"米兰达说。她没有去握伸向她的触手。"请原谅,"她说,"这是我第一次见到你们的自然形态。"

"没问题。"桂迪夫说,"我看上去很吓人,但熟悉了以后你会发现我这个人挺好的。"

"我相信肯定是这样。"米兰达说。

桂迪夫打量着范多兰:"你是从哪儿冒出来的?"

"我是记者,"范多兰说,"我在追新闻。"

"不得不说你追到了。"桂迪夫评论道,"到目前为止,你觉得我们外星人怎么样?"

"你让我想起瑞典冷餐盘上的肉冻。"范多兰说。

"他总这么说话吗?"桂迪夫问约书亚。

"不清楚。他是最后一分钟才跳上船的。"约书亚说。

"平时他说话更难听。"我说。

"唔——"桂迪夫说,"说起来,肉冻老弟,你和我差不多算是同行。"

"什么?"范多兰微笑道,"他们刚才还保证说给我独家新闻呢。"

"看来咱们可以合作一下。"桂迪夫说。

去拿鼻塞的伊赫尔阿克人带着三副鼻塞回来。我们各自塞好。他和已经在救护车上的伊赫尔阿克人一起把米歇尔的担架抬到地上。我走到担架旁,检查便携式呼吸机的电量——已经用完四分之三。

"咱们先处理这件事吧。"我说。

"说到这个,我们这次到底是来干什么的?"范多兰很想知道。

"哦,谁都没有告诉他。"我说。我望向范多兰:"对不起,吉姆。

麻烦稍微再等几分钟。"我望向桂迪夫:"吉姆不知道我们到底是来干什么的。对于我们要做的事情,我认为不妨利用一下他的无知。"

"嗯,你说得对。"桂迪夫说,"这样吧,肉冻老弟。看来你还是能派上用场的。到明天再决定要不要你走跳板吧。"

"你打算一直叫我'肉冻老弟'吗?"范多兰说。

"咦,我说不准。"桂迪夫说,"叫起来很顺口哎。来吧,跟我走,你们所有人。咱们去集会大厅。"

走廊的天花板正如卡尔说的那么低。我们之中个子最高的范多兰被低矮的天花板和更低的重力害得很惨,一路上边磕脑袋边骂人。偶尔有伊赫尔阿克人与我们交错而过,但大多数都让出去路,目送我们走向集会大厅。

走着走着,桂迪夫追上我。"真希望我们的时间更充裕一些,"他说,"卡尔也是这样。来不及参观一下就急着去决定我们族人的命运了。别的不说,我们得到的结论是你们人类每逢危机精神爽。"

"这叫不做则已,要做就要做得狂热。"我说。

"这话我没听说过。"桂迪夫说,"等我终于能去拜访你们星球的时候——真的拜访,不是上次那样到了就走——我首先想去看一看的地方是修道院。那些人似乎比较合我的胃口,慢悠悠的,总是在沉思灵性的问题。"

"现在大多数修道院不是在录吟唱CD就是在酿精品葡萄酒。"我说。

"是吗?"桂迪夫说,"唉,该死。你们人类到底是怎么一回事?"

我还没来得及回答,我们就来到了集会大厅。桂迪夫碰了碰大门,我们走进大厅。

大厅里搭起了一个双层廊台,上面坐着一些伊赫尔阿克人。我猜搭廊台是为了方便我们,让我们看清楚正在发言的是哪一位伊赫尔阿克人。几个伊赫尔阿克人推着米歇尔的轮床进来，卡住轮子后离开大厅。我走过去站在米歇尔身旁，米兰达也走过来；约书亚到一旁坐下，闭上眼睛。范多兰站在约书亚和担架之间，不知所措。

"你为你们这个群体发言吗？"桂迪夫问我。

"对。"我说。

"好的。今天的会议比卡尔出席的那次要小一些，对你们的鼻子无疑是个好消息。"桂迪夫对我们几个人说，"这不是一次全舰会议，与会者仅限高级船员。汤姆，你应该听说过我们的因特西奥——"最左边的伊赫尔阿克人举起触手，"他是我们这些伊赫尔阿克人的领袖。"

"我听说过他的大名，卡尔对他推崇备至。"我说，"希望他在旅途中的这个时刻一切安好。"

"哎呀，不错嘛。"桂迪夫说，"你肯定记住了卡尔对你说的每一句话。因特西奥也问候你，欢迎你登上我们的飞船。"桂迪夫依次介绍其他的高级船员，他们一共有二十个左右。我没有费神去记住他们的名字，把注意力都放在桂迪夫和因特西奥身上。

"约书亚已经向我们传达了你的请求和他的意见。"桂迪夫说。

"他是什么时候告诉你们的？"我说。

"就刚才。"约书亚说，他转向我，"我使用的是高语，汤姆，一个刺鼻的臭屁就全说清楚了。"

"还好我有鼻塞。"我说。

"你都不知道这个'还好'有多好。"约书亚说。

"我们已经得到了约书亚的报告，现在因特西奥想听听你怎么说，也希望你能回答一些问题。"桂迪夫说。

"当然。"我说。

"你准备好了就开始吧。"

"好。"我说。我闭上眼睛，向诸天神灵祈祷一句，然后睁开眼睛，开始讲述。

"如你们所见，躺在担架上的人类名叫米歇尔·贝克。"我指着米歇尔说，"我是她的经纪人，也是她的朋友。虽说我们都没有意识到，但我们大概是彼此最好的朋友。作为她的经纪人，我帮助她成为好莱坞最著名的女演员之一，世界各地的观众都认识她这张脸。

"几天前，米歇尔由于大脑缺氧而导致了无法逆转的严重脑损伤。从各种意义上说，我的朋友都已经去世。她的身体靠这台呼吸机保持存活，但也无法坚持太久了。她的身体很快就将和意识一样完全死亡。

"我哀悼我的这位朋友，远远超过了我能表达的程度。如我所说，她在世的时候，我没有意识到她对我是多么重要。米歇尔是个好人，无论是心灵还是意图都很善良，我认为这很能说明问题。当然，我有可能弄错了，但我认为她确实是个好人。

"我哀悼米歇尔的离去，但也看到了一个机会，我认为这个机会能够赐予她的死亡一些意义，而不是像其他人的死亡那样平凡而毫无价值。卡尔·卢波让我想办法将伊赫尔阿克人介绍给人类，让人类接受你们是一个友善种族的事实，而不是因为外形而害怕你们。

"我想到的办法，或许也是最好的办法，就是请约书亚占据米歇尔的身体，成为米歇尔。米歇尔已经是世界级的名人。这场战役我们已经打完了一大半。现在我们只需要让米歇尔变得更著名，为她奠定一个世界级的基础，成为伊赫尔阿克种族的发言人。她将是我们两个群体之间最有效的桥梁，她不但没有任何威胁性，而且还是人人皆知的仰慕的焦点。她可以成为一个非人类种族的人类代表——打个不恰当的比方,她是我们的特洛伊木马,帮助伊赫尔阿克人通过人类恐惧的大门。

"约书亚对占据她的身体有几点意见。最重要的一点与她的死亡方式有关——不是死亡本身,而是导致死亡的事件。在解决其他问题之前,这一点必须得到澄清。我们需要知道她死亡时的确切情况。因此,我请求除约书亚之外的一名伊赫尔阿克人连接米歇尔的意识担任导体,将那段记忆传输到一名人类的大脑内。这样我们就能明确地知道米歇尔在最后时刻的想法了。

"要是没有这方面的信息,我们就有可能错过这个好机会。同样重要的是,对于我,我的这位好朋友,她在世的时候我没有好好珍惜的好朋友,也将永远离开我。"

我垂下头,用手遮住眼睛。我并不想哽咽成现在这个样子,但说起一个人对你有多么重要,无论你想不想哭,都会让你情不自禁。我明白她对我很重要,但没有意识到有这么重要。

"你的陈词非常值得尊敬。"过了一分钟,桂迪夫说,"但我们必须抓紧时间。你准备好回答问题了吗?"

"好了。"我清清喉咙,"准备好了。"

"那就好。因特西奥将代表高级船员发言,我将为他翻译。"

"好的。"

"因特西奥想知道你认为你朋友生命中的最后几分钟发生了什么。"

"假如因特西奥允许,"我说,"我想等一等再回答这个问题,我很快就会说到其中的理由。但简而言之,身为一名人类,我认为当时的情形不像约书亚见到的那样不容置疑。约书亚见到的是米歇尔的行为,而不是她的思想。"

"你有什么权力为你的朋友做出这个决定?"

"她赋予了我这项权力,在她失去能力的时候为她做出医疗决定,就像现在这样。我认为我有资格采取现在的行动。"

"假如我们拒绝了你的请求,或者约书亚无法控制你朋友的躯体,你会怎么做?"

"我不知道。"我说,"我没有备用方案。"

"这可不怎么明智。"桂迪夫说。

"对,不明智。"我赞同道,"但她在地球上没有任何机会,来这儿至少还有一线生机。"

"假如约书亚占据了你朋友的身体,你的朋友依然不会活过来,你明白吗?"

"我明白。但另一方面,约书亚说过他继承了拉尔夫的记忆和部分位格,这些特质到现在依然没有消亡。我希望在约书亚占据米歇尔的身体后,她的人格也能有一部分被继承下来。然而,只要能够完成约书亚控制米歇尔身体的现实目标,这一点做不到也无所谓。"

"因特西奥觉得你建议约书亚占据你朋友的身体只是想要偷懒。"

我大吃一惊:"我不太明白这是什么意思。"

"你说这么做是向人类介绍伊赫尔阿克人的最优途径。"

"对。"我说。

"还有其他途径吗?"

"我没有想到比这条路更好的途径,非常抱歉。"我说。

"因特西奥就是这个意思。"桂迪夫说,"你必须承认,这条途径相当激进,你之所以向我们推销它,很可能只是因为你不敢承认你找不到更传统甚至更正常的手段将伊赫尔阿克人介绍给人类。说不定你在出于本能利用你朋友的记忆来挽回自己的颜面?"

我涨红了脸。"我不否认让约书亚占据米歇尔的身体能免除我承认彻底的挫败。"我说,"然而,恕我直言,假如因特西奥或你们中的任何人想用传统手段完成这个任务,大可以把一个立方体丢在白宫的台阶上,然后大摇大摆地走进去。对,这是很激进的途径,但也让伊赫尔阿克人有机会能像人类那样生活,成为一个人类。约书亚拥有人类的记忆,但那还远远不够,就好比战争的纪录片你看一千次也没法说你上过战场。假如你们想了解人类,就必须成为人类。摆在眼前的就是一个机会。"

"你朋友的家人难道不会知道她不一样了吗?"

"她没有家人。"我说,"唯一与她足够亲近、能发现变化的人就是我。也许还有她的发型师。我说不准。"

"你说你想请一位伊赫尔阿克人将她的记忆送进另一个人类的大脑,让大家看清楚实情。哪个伊赫尔阿克人?哪个人类?"

"伊赫尔阿克人可以是桂迪夫,"我说,"他和人类打过交道,全船只有他不是约书亚的先辈,因此他会比其他伊赫尔阿克人更加客观。至于人类,我本来想提名我自己,但我有我先入为主的观点。因此我想推荐米兰达,米兰达在道德上反对让约书亚控制米歇尔的身体,但我相信她不会让自己的观点干扰她对米歇尔记忆的体验。然而,出于巧合,我们带来了一位毫无偏见的人类,他完全不了解米歇尔去世的前因后果。所以,接受米歇尔记忆的人类将是吉姆·范多兰。"

"什么?"范多兰说。

"就是你了。"我说,"你可以读取米歇尔·贝克的内心。"

"怎么读?"范多兰说。

"我的触手插进你的颅骨。"桂迪夫说。

"疼吗?"

"你对我客气一点就不会疼。"桂迪夫甜甜地说。

"汤姆，你没说过我要被插大脑啊。"范多兰说。

"也不算是被插啦。"我说，"勇敢点，吉姆。追新闻就该追得面面俱到嘛。"

"真的百分之百有这个必要吗？"范多兰说。

"对，绝对有。"我说，"我说真的。你现在的经历能改变全地球的历史。"

"你这么说为什么听着就那么老套呢？"范多兰说。

"确实老套，但也是实话。"我说。

范多兰转向桂迪夫："你能保证我的大脑最后不会被装进大口瓶吗？"

"你的大脑会安安稳稳舒舒服服地待在你胖乎乎的小脑袋里。"桂迪夫说，"我保证，你不会有事的。"

"天哪，我这是进了什么火坑啊？"范多兰说，"好吧，行，随你们便。"

"因特西奥有个问题要问吉姆·范多兰。"桂迪夫说。

"好的，"范多兰说，"什么问题？"

"汤姆认为约书亚可以占据米歇尔·贝克的身体，米兰达不同意。因特西奥想知道你怎么看。"

"唔，只能把她从我想约会的名单里划掉了。"范多兰说，"除此以外嘛，我说不准。"

"高级船员现在要讨论这个问题并得出结论。"桂迪夫说，"你们也许会注意到大厅里在接下来的几分钟内变得更难闻了。"

事实确实如此。到他们讨论结束的时候，我已经被熏出了眼泪。米兰达不得不找个地方坐下。范多兰还没倒下，但看得出两腿发软。

"高级船员决定允许我插入米歇尔的大脑，将记忆传输给吉姆·范多兰。"桂迪夫说。

"太好了。"我说,"你们再讨论一分钟,我的鼻窦大概就要爆炸了。"

"这次投票不是一致通过的,"桂迪夫说,"大家在争吵。"

"要我怎么做?"范多兰问。

桂迪夫滑到担架旁,告诉范多兰他有什么选择——桂迪夫可以走鼻腔,这条路效率最高,但最不舒服,也可以走耳道,效率不那么高,但也没那么难受。范多兰选了耳道。

桂迪夫开始在米歇尔身上做准备,范多兰问我:"我会看见什么?"

"你会看见她生命的最后几分钟。"我说,"她陷入昏迷前的最后时刻。"

"要我找什么?"

"什么都不用找。"我说,"这就是要你上的重点:你不知道会看见什么。把你体验到的告诉我们就好。"

"到时候我会有说话的能力吗?"

"我怎么知道?"我说,"我也没做过这种事。"

"哥们儿,你那条外星狗说得对。"范多兰说,"这是我一辈子最诡异的一个夜晚。"

没等他再说什么,桂迪夫就钻进了他的耳朵。

"你看见了什么?"我问范多兰。

"你这张丑脸。"范多兰说。

"闭上眼睛。"我提议道。

范多兰闭上眼睛。"真是太奇怪了,"他过了一会儿说,"我看见一个女人在往我脸上倒黏糊糊的东西。我能感觉到。这是什么鬼东西?"

"试着自己感觉一下,"桂迪夫提议道,"就好像这是你自己的记忆。"

沉默片刻。

"乳胶。"范多兰说,"我在为我正在拍的白痴电影做乳胶面具。给我做面具的女人真是贱到家了。一分钟前她想赶走米兰达。米兰达直接顶了回去,现在她们在谈其他的什么事情。"

又是沉默片刻。

"现在那女人往我鼻孔里插了呼吸管。"范多兰说,"她很粗鲁,戳得我很疼,但我没说什么,因为我只想快点完事。我这辈子都没这么抑郁过。唔——真奇怪。"

"奇怪什么?"我说。

"米歇尔的感受。"范多兰说,"她很抑郁。确实非常抑郁。但她想让自己显得比实际上更加抑郁。"

"为什么?"我问。

"不知道……"范多兰沉吟片刻,然后说,"我觉得是因为她觉得自己傻乎乎的。那天早些时候的试镜失败得一塌糊涂,因为她背错了场景,还因为心理治疗而当场晕了过去——天晓得那是什么意思。她知道这些都是她的错,也都是愚蠢的小事情。我认为她宁可抑郁也不愿觉得自己傻乎乎的。对,就是这个感觉。"

又是一阵沉默。

"我的脸现在完全被盖住了。米兰达说她必须去洗手间。我不希望她走开,因为我不想一个人待着,但我听得出她真的很难受。我猜她吃玉米卷吃坏了。我觉得很抱歉;我的午饭没问题。我让她走了。

"现在我呆呆地坐在那儿,胡思乱想,努力让自己变得更加抑郁。但并不管用。今天试镜的场面不停地冒出来,我越看越觉得自己傻得不可救药。而最糟糕的是,我坐在波莫纳的一个小房间里,鼻孔里插着麦管,为了扮演一个讨厌的角色,我能得到这个角色,只因为某人几年前想睡我。我太讨厌我自己了。我拔出呼吸管扔掉。我打算坐在这儿,被脸上的凝胶闷死。"

原来如此。

我望向约书亚,他坐在旁边,狗脸上露出哀伤的表情。他说得对。他并不因此而高兴,但他确实说得对。我咬住腮帮子,直到咬破流血。我的心里百感交集。我为米歇尔感到悲伤,她选择了一种最愚蠢的方法结束生命。我对自己生气,因为我相信米歇尔不可能也不愿意自杀,而我将她的身体从它应该在的地方带到了这么遥远的飞船上。我感到恐惧,因为现在我不知道该拿米歇尔怎么办了,也不知道自己该怎么办了。我能带她去哪儿等死呢?让她真正地离开人世?

米兰达在我身旁悄悄啜泣。我伸手搂住她。她只需要应付最普通的哀伤就行了,我甚至有点嫉妒她。这让我觉得更难过了。

"天哪,这太愚蠢了。"范多兰说。

"什么?"我说。

"太愚蠢了。"范多兰重复道,"现在我没法呼吸了。我拼命吐气,想吹出鼻孔里的乳胶,但凝胶还在往里钻。我要我该死的呼吸管。现在我必须起来,趴在地上找到那两根该死的鬼东西,但尽量别搞坏我的面具,否则又要从头开始。我努力站起来,同时保持面部不动。我站起来,开始走动,用手摸东西。我撞到什么东西的侧面。我绊了一下。现在我拼命想保持平衡。不管用。我后仰摔在什么东西上。我听见背后有什么东西倒了。现在一片混乱——我眼前金星乱冒,耳朵里嗡嗡响。我倒在地上。我感觉到我的后脑勺在流血,肯定有东西砸在了我的头上。我好晕。我爬不起来了。我好困。难道我真的要死了?唉,我搞砸了。"

第十九章

结果很快就出来了。范多兰复述完米歇尔最后的记忆,没过几秒钟,陡然充斥大厅的气味只能用"真臭得没边了"来形容。

我大脑的气味处理中枢内的某处,嗅觉神经摊摊手表示它不干了。米兰达呻吟了一声,转身呕吐。范多兰依然和桂迪夫连接在一起,他似乎完全不受影响。后来我得知桂迪夫暂时抑制了他的嗅觉。走运的小子。

"天哪,"约书亚说,"我们居然做到了。"

我俯身想帮助米兰达。"天哪,约书亚,到底发生了什么?"我似乎问得很多余。

"还记得桂迪夫说投票不是一致通过的吗?"约书亚问。

"当然,"我说,"所以呢?"

"呃,其实是一致通过的。高级船员全票反对桂迪夫探测米歇尔的内心。所有人。"

"什么?那我们为什么还是继续下去了?"我问。

桂迪夫插嘴道:"因特西奥否决了他们,汤姆。不是因为你说服了他,而是因为他想知道约书亚对事件的理解是否正确。他说他相信约书亚的看法是正确的,但满足你的请求更符合礼节,因为你是我们的朋友和伙伴。"

"他这么做是卖我一个人情?"我忽然愤怒得难以自制,"喂,滚你的。桂迪夫,你居然站在他那一边,也滚你的。我对人情不感兴趣。我只是想给你们一个你们声称很想要的机会。"

"汤姆,别这样。"桂迪夫说,他的声音变得很紧张。天晓得这里有多少是他被允许让我听见的真情实感,又有多少只是表面文章,因为声音对他来说只是与我们沟通的工具。"你不知道这上面最近都发生了什么。"

"说来听听。"我说。

"反对让约书亚占据你朋友身体的不只是高级船员,而是几乎船上的所有人。违背智慧生物的意愿占据其身体,这是伊赫尔阿克人最大的禁忌。它在我们文明中的重要性超过了你的想象。"

"有五六个'十诫'加起来那么严重。"约书亚说。

"这么形容虽说很轻佻,但大致没错。"桂迪夫赞同道,"而你跑来请我们抛开这条准则做事。实话实说,汤姆,船上有很多伊赫尔阿克人认为你的请求足以证明人类在道德方面还没有发达到能够和我们交往的地步。他们想结束这次使命。"

"但前提是米歇尔还活着啊,"我说,"可她已经脑死亡了。死了。"

"我们没有大脑,汤姆。"桂迪夫说,"脑死亡是一个无法准确翻译的概念,对我们来说并不存在。伊赫尔阿克人有身体死亡,但它不等于人格的死亡;也有灵魂死亡,但不等于身体的死亡。然而,假如一个伊赫尔阿克人占据了另一个伊赫尔阿克人的身体,那就必然导致后者的灵魂死亡。这是谋杀,汤姆。在我们眼中,你的要求无论从表面还是从内涵都等于谋杀。"

"但她已经不在了啊。"我痛苦地说。

"这个区别对我们来说并不存在。"桂迪夫轻声说,"至少对我们绝大多数人来说,所以因特西奥才说他这么做是遵从礼节。"

"什么意思?"我说。

"天哪,汤姆,你有时候真是够笨的。"约书亚气呼呼地说。"因特西奥想说服其他高级船员只有一个办法,那就是说我们必须出于礼节满足你的请求。高级船员之所以附和,是因为他们认为事实将证明我是正确的。结果并非如此,现在他们有了一个全新的难题要讨论。简而言之,你已经站在了成功的门槛上。"

我花了一分钟咀嚼约书亚的这番话。"哇,"最后我说,"约书亚,他们这会儿肯定很不喜欢你。"

"是的。"约书亚说,"随便他们。怪他们眼界太窄。"

"但你也反对我的想法啊。"我提醒他。

"对,"约书亚说,"实话实说,我依然不怎么喜欢这个点子。但现在我知道了米歇尔并不真的想死,这一点很有用。另外,你说得对。这很可能是伊赫尔阿克人接触人类的最好的办法。"

"很高兴你能回心转意。"我说。

"别太得意。"约书亚说,从狗嘴里吐出舌头。

"现在怎么样了?"我问桂迪夫。

"现在我们在争论。"桂迪夫说,"首先要看高级船员能不能理解人类的死亡概念。做到了这一点,还要说服他们看到让约书亚控制这具躯体的意义。需要一些时间。"

"希望你带了一本好书。"约书亚说。

米兰达刚才一直靠在我身上,她动了动:"我们需要待在这儿吗?他们继续嚷嚷下去,我怕是要把肠子呕出来了。"

"对不起。"桂迪夫说,"你说得对。不,你们不需要待在这儿。这些都是高级船员必须自己讨论决定的事情。要是你们愿意,我可以带你们回车上等着。"

"我要撒尿。"范多兰从眩晕中醒来。桂迪夫断开了连接,范多兰立刻被熏得皱起鼻子。

"我记得我说过了出发前要上厕所。"约书亚说,"现在你只能憋着了。"

"是吗?"范多兰说。

"不,开玩笑的。"约书亚说,"让我想一想。但我们没有卫生间。走,咱们去找个隐蔽的墙角。"

约书亚和范多兰出去找卫生间的替代地点,桂迪夫带着米兰达和我回到救护车上。米兰达打开后车门,躺在车厢里的担架上。桂迪夫也回去了,答应一有消息就通知我们。

我也从后面爬进车厢,开始东翻西找。"我记得我看见什么地方有水来着。"我说,"不过也有可能是血浆。我不确定。"

"找到了给我喝一口。"米兰达说,"我嘴里全是呕吐物的味道,我需要漱口。"

"你说水还是血浆?"我问。

"现在我无所谓了。"她说。她翻身躺平,用胳膊遮住眼睛:"上帝啊,多么离奇的一天。"

"你觉得伊赫尔阿克人怎么样?"我问,"符合你对外星文明的全部想象吗?还是更不可思议?"

"他们很有意思。"米兰达疲惫地说,"整整一族人,技术和伦理都高度发达,却无比需要爽健除臭剂。找到水了吗?"

"找到了,"我把我找到的瓶子递给她,"至少是透明的液体。"

"足够好了。"她说,用胳膊肘撑起身体,喝了一大口。她把瓶子递给我:"喝点儿?"

"什么,你用呕吐过的嘴碰过了,然后让我喝?"我说,"再说我不知道你都去过什么地方。"

"你当然知道。"

"过去二十四小时左右我知道。"我说,"但在此之前,就是一大片吓人的空白了。二十七年的空白啊。啧啧。"

"白痴。"米兰达说,"我的时间全花在工作上。不工作的时候就待在家里。根本没什么神秘的。"她拍了拍担架:"来和我睡会儿。"

"我看我还是保持清醒比较好。"我说,"桂迪夫随时都会回来。"

"汤姆,那里面的味道太难闻,我都忍不住吐了。"米兰达说,"我觉得他们还要讨论一阵子。"

"担架上睡不下两个人。"我说。

"少啰唆了。"米兰达说,"我又不咬人。"

"听见这个,我感到非常失望。"

"下次等我有点精神了再收拾你。"米兰达说。

我爬上担架。

"你看,"米兰达说,"根本没那么挤嘛。"

"铁栏杆顶着我的背呢。"我说。

"能塑造坚强的性格。"米兰达说。

"我现在需要的就是这个。"我说,"性格。噢,好极了,我怎么多长了一条胳膊?"

"什么?"米兰达说。

"两个人躺在一张床上,永远会有一条胳膊挡在中间碍事。喏,就是这条。"

"我们不在床上。"米兰达说,"而是在担架上。"

"概念相同。"我说,"事实上,还更碍事了。"

"唉,那就动一动呗。"

"放在哪儿?"

"这儿。"

"这儿?没什么帮助。"

"那就这儿。"

"放在这儿,我整条胳膊都会睡麻的。啊,不要。"

"你怎么这么啰唆?"米兰达说,"这儿怎么样?"

"哇。"我说,"这下舒服了。你怎么做到的?"

"闭嘴。"米兰达说,"我有我的秘密。"

几秒钟后,我们睡着了。

范多兰拉开救护车的后门,吵醒了我们。"起来了,瞌睡虫。"他的语气快活得过分。

米兰达捞起水瓶,随手扔向范多兰。"去死吧。"她说。

"提醒我早上离你远点。"范多兰说。

"我看你不需要担心这个。"米兰达说。

"很抱歉吵醒你们,但高级船员已经做出决定,要你们过去一下。"范多兰说。

"决定?"我说,"我们睡了多久?"

"差不多六个小时。"范多兰说。

"六个小时?我的天,吉姆。"我挣扎着爬起来,好不容易才没有一胳膊肘捣在米兰达脸上,"米歇尔的便携式呼吸机只剩下四分之一电量了。"

"别担心。"范多兰说,"他们已经充过电了。"

"他们怎么做到的?"我问。

"他们的科技能跨越几万亿英里的太空,你怀疑他们能不能给电池充电?"范多兰说,"有时候你真是聪明得过分。"

"这六个小时你都在干什么?"米兰达问范多兰。

范多兰收腹挺胸，自豪地说："你们两个浪费时间睡觉的时候，我到处参观了一下。真不赖。不过我必须说，假如日后人类和伊赫尔阿克人要联合建造太空船，通道的天花板一定要设计得高一些。我的头顶都撞肿了。好了，不胡扯了。他们派我来叫你们。要是我一个人回去，他们会很生气的。"

"你们去吧。"米兰达说，"让我继续睡一会儿。"

"不，你必须去。"范多兰说，"米兰达，他们特别提到也要叫上你。"

米兰达听见这个，陡然坐起身："为什么？"

"你看我像是懂他们的气味语言吗？"范多兰说，"他们没说理由，只说你们两个都要去。来吧，正如汤姆对我说过的：少说多做。起来。"

我们来到集会大厅，这里的味道比我们离开时淡得多了，但长达数小时的辩论依然留下了浓烈的余韵，就好像一场大战后的回声，闻起来像是一顿盛宴后的狮子笼。

"汤姆，米兰达，吉姆，"桂迪夫看见我们，打招呼道，"欢迎回来。"

"谢谢，桂迪夫。"我说，"现在的味道好多了。"

"低谷之前先有高峰。"桂迪夫说，"有段时间气氛过于紧张，我们不得不停下通风。"

"人类也有这个说法。"我说。

"对，但我说的是字面意义。"桂迪夫说。

约书亚正在和一名伊赫尔阿克人讨论什么，他跑过来，对桂迪夫说："最后的反对意见也被说服了，"他说，"我们准备好了。"

"很好。"桂迪夫说，"谁发言，你还是我？"

"这是你的主场，老大，"约书亚说，"我才不抢你的风头呢。"

"那好。"桂迪夫说,散发出一股不算太可怕的气味。廊台上的伊赫尔阿克人本来三三两两地聚成几小群,此刻忽然分开,纷纷返回原先的位置上。等他们全部就位了,桂迪夫对我们说:"因特西奥要我通知你们,经过激烈的讨论,高级船员决定暂时收回对约书亚占据你朋友身体的道德质疑。"他说:"请注意,这不代表高级船员完全解决了手头的哲学和伦理问题。事实上远非如此。但就此刻而言,高级船员一致同意,对伊赫尔阿克人而言符合道德和伦理的事情不一定能在人类那里找到完全等同的类比,而眼前这个难题很可能根本不存在等同的类比。抛开别的不说,你们至少可以安慰自己,你们为伊赫尔阿克人找到了一个足以争论一两百年的哲学难题。"

"我并不想给你们带来麻烦的。"我望向我认为是因特西奥的伊赫尔阿克人,"请相信我,我没有任何恶意。"

"因特西奥说他知道你们人类有个说法——'通往地狱的道路,常由善意铺就。'他认为这句话很适合形容现在的情形。"

"有可能吧,"我说,"但我们还有一个说法,'下过地狱才能上天堂'或许也挺适合。"

"因特西奥同意你的看法。"桂迪夫说。

"真是难以置信,你向一个外星种族的首领引用斯蒂夫·米勒的歌名。"站在我旁边的范多兰低声说。

"闭嘴。"我也悄声说,"管用就行。"

"我们暂时搁置了这个事例中的道德难题,但现在还有最后一个问题需要解决。"桂迪夫说,"存在一个牵制因素,需要你们中的一个人。"

"哪一个?"我问。

"在我回答这个问题之前,我必须询问一些事情。"桂迪夫说,

"我们必须向你们中的一个人询问一些事情。这个人必须回答一个问题,这个人必须真诚地回答,不受其余两个人的干扰。我们有许多办法可以实现这个目标,但最简单的办法就是接受询问的那个人不和另外两个人商量。"

"你们打算怎么做到这一点?"我问。

"我们会请另外两个人暂时走开并转过身去。"

"有点低科技嘛。"范多兰说。

"你难道更喜欢接电极?"桂迪夫说,暂时打破了一本正经的气氛。

"天哪,当然不。"范多兰说。

"那还是按我说的做吧。"桂迪夫说,"你们都同意吗?"

我们同时点头。

"这个人是米兰达。"桂迪夫说。

"该死,"米兰达叹道,"我就说嘛。"

"汤姆,吉姆,请转身走开。"桂迪夫说,"你们可以听,但不要做其他的事情。"

我们按他说的做。

"那么,米兰达,"我们听见桂迪夫说,"你肯定知道,你朋友米歇尔的大脑已经严重损毁。即便约书亚能够占据她的身体,他也无法控制它,因为脑损伤过于严重。"

"我知道。"我听见米兰达说。

"通常来说,这件事也就到此为止了。"桂迪夫说,"但约书亚指出了一个我们从未考虑过的方向。简单来说就是,先取出米歇尔残存的个人记忆,用一颗类似大脑的模仿品控制米歇尔的身体。"

"我的大脑。"米兰达说。

"没错。"桂迪夫说,"在研究你的大脑功能和它如何控制身体活动之后，约书亚或许能够训练他的身体，模仿你的大脑功能并用这些功能控制米歇尔的身体。"

"真的能行吗？"米兰达问。

"不知道。有几个会让事情变得复杂的难点。首先，约书亚能不能成功地描绘出你的大脑蓝图，那可是人类大脑如何控制身体的完整蓝图；其次，你的大脑控制身体的方式是否与米歇尔大脑控制身体的方式完全相同。细微差异必定存在，有些差异很可能还很大。好处在于这么做能让约书亚更深入地理解何以为人的概念。这也是我们能想到的唯一办法了，成功的希望尽管渺茫，但总好过没有。"

"为什么不能用汤姆或吉姆的大脑当模板呢？"米兰达问，"他们也是人类。"

"但他们是男性。"桂迪夫说，"从身体机能的层级来看，男性和女性的生理结构明显不同，因此会造成重大的问题。比方说，汤姆和吉姆的大脑不知道怎么处理行经。"

"有一句话适用于所有层级。"米兰达说。

"肯定有。"桂迪夫说，"除了生理问题，男性和女性大脑的认知结构也不一样，两者使用不同的脑区完成相同的功能。区别大得足以让我们只要有可能，就使用女性的大脑。说起来，你发现了约书亚的真面目是件好事，否则这个想法的成功概率就会比现在的渺茫更低了。"

"你们打算怎么模仿我的大脑？"米兰达问，"就像接入吉姆大脑那样吗？"

"会比那个更复杂一些，非常抱歉。"桂迪夫说，"约书亚必须真的在你大脑内畅游，研究每一个脑区，搞清楚它的功能和它与其他脑区之间的联系。他对拉尔夫——也就是他占据的那条狗——做过相同的事情，但那次他有几个星期的时间，而且整个过程都有条不紊。而这次要快得多和更有侵略性。你有可能会受到一定的伤害。尽管不会严重，但要是不告诉你，那就是蓄意隐瞒了。"

"米歇尔的大脑呢？"米兰达说，"我指的是现在她身体里的那颗大脑。"

"只能舍弃掉了。"桂迪夫说，"到时候它就没有任何用处了。它已经受到了严重的损毁，假如我们的计划失败，你的朋友米歇尔就会死去。"

"太可怕了。"米兰达说，我听见她的声音里有一丝苦涩，"她的结局不该是这样，被人把大脑——或者任何一个部分——扔进垃圾堆。谁都不该有这样的结局。"

"我明白。"桂迪夫说，"我们也都知道你反对约书亚占据米歇尔的身体。因此，我们必须在没有汤姆或吉姆干扰的情况下，问你愿不愿意这么做。你将拿自己的生命和大脑冒险，为的是一件未必能够成功的事情。假如最终失败，你的朋友肯定会死；假如成功，你的朋友依然不会活过来，只会有另一个人格使用她的身体。米兰达，决定权在你手上。只有你自己能做出这个决定。"

我突然感觉到米兰达抓住了我的手。"真是有意思，"她说，"我明白你们为什么不希望我问汤姆和吉姆的意见。我知道这件事对汤姆有什么意义。我不知道对吉姆有什么意义，但要我猜的话，他会支持汤姆的看法。但我认为他们都会让我自己做出决定。事实上，我很确定会是这样。"

我使劲捏了捏米兰达的手。她也使劲捏了一下，然后松开我的手。

"我还有几个问题。"米兰达问。

"请讲。"桂迪夫说。

"假如约书亚进入我的大脑，他会复制一个我吗？"

"来让我回答吧。"我听见约书亚说,"不会的,米兰达。我对记忆之类的东西毫无兴趣,我感兴趣的只是你的大脑如何控制身体。"

"但我这个人不仅仅是我的记忆,也是我看待这个世界的方式。"米兰达说,"肯定与我大脑的运行方式有一定的关系。"

"嗯,对。"约书亚说,"但请记住你的大脑模型将叠加在我现在的人格上,米歇尔的记忆也将进入最终的混合体。结果会有一部分是你,一部分是我,一部分是米歇尔。说起来,还会有一部分是拉尔夫。就这么说吧,那个脑袋里会乱成一锅粥。"

"会有多少属于以前的米歇尔?"米兰达问。

"现在我还无法确定。"约书亚说,"我必须搞清楚哪些部分能正常运转,哪些部分不能。"

"你必须答应我,你会尽可能多地保留以前的米歇尔。"米兰达说,"不仅仅是记忆,约书亚。只要还能挽救的就统统留下。"

"我不知道我能不能做到。"约书亚说,"这会让我控制这具身体的难度变得更大。"

"我不在乎。"米兰达说,"假如你们要我参与,就必须答应我的条件。我的条件只有这一个。约书亚,那具身体的主人不是你或我,而是她。我希望尽可能多地保留原先的她。否则我们就没得谈了。"

"你明白你的要求会给你带来额外的风险吗?"桂迪夫说,"约书亚将花费更多的时间融合你的大脑与她大脑的残余部分。他在你大脑内停留的时间越久,对你来说就更加危险。"

"我能想象。"米兰达说,"但这对我很重要,否则我就拒绝参与。"

"你确定?"约书亚问。

"确定。"米兰达说。

"好吧。"约书亚说,"就照你说的做。"

"那么我就答应了。"米兰达说。

我松了一口气,这时我才意识到我有多么紧张。我转过身。

"什么时候开始?"米兰达问约书亚。

"你准备好就开始。"约书亚说,"最好把救护车上的另一副担架也推过来,整个过程会非常漫长和累人。"

"我来安排。"桂迪夫说着滑走了。约书亚回到廊台前,显然是在和高级船员交流。我走到米兰达身旁,她站在那里,面容憔悴。

"你真是明星。"我对她说。

她无力地笑了笑:"我猜你对每一个姑娘都是这么说的。"

"那当然。"我说,"但这次是真心诚意的。"

米兰达轻轻地笑了一声,然后把脑袋靠在我的肩膀上,轻轻地哭了一会儿。范多兰一直在盯着我和她,终于决定现在该看对面的墙壁了。"天哪,汤姆,"米兰达最后说,"我完全不知道我到底在干什么。"

"你不会有事的,"我说,"一点事都不会有。如果你不反对,我可以陪着你。"

"欣赏外星人钻进我的脑袋?"米兰达笑嘻嘻地说,擦掉眼睛里的泪水,"我看这就算了,汤姆。咱们的关系还没到这一步呢。"

"这倒是真的。"我说,"大多数夫妻都会把外星触手插身体留到庆祝结婚十周年,给已经平淡的感情加点佐料。咱们显然远远地超出了进度。"

米兰达抬起手摸着我的面颊。"汤姆,"她的语气不怎么友善,"这话放在现在说可一点儿也不好玩。"

米兰达、米歇尔和约书亚被送往伊赫尔阿克人的医疗区，无定形的伊赫尔阿克人在两侧推动轮床。范多兰和我面面相觑，我们不知道这会儿该做什么。桂迪夫留下陪我们，他提议带我们参观飞船。我接受了提议，范多兰也跟着来了，能搞清楚眼前这些东西究竟有什么用处的念头显然让他非常兴奋。

飞船的其余部分看起来和我们已经见过的部分同样无聊，石质小行星中挖出走廊和房间，抛光后装满了伊赫尔阿克人的机械设备。无论从哪个角度说，我们都可能身处于地球上的任何一个科学实验室：一切都服务于功能，没有任何美学意义。

我们都在担心米兰达和米歇尔，桂迪夫努力帮我们分散注意力，他说这艘船看起来确实不怎么引人入胜，这是因为两个种族的首要感官不同。他向我们保证，闻起来就完全是另一码事了。当然了，假如我们取出鼻塞，船上的大多数气味能在片刻之内熏得我们失去知觉。桂迪夫承认，这确实让飞船的伟大失色不少。

我觉得最有意思的一片区域是桂迪夫称之为艺术馆的地方，这里有桂迪夫向卡尔形容过的蒂维斯。与飞船上的其他东西一样，蒂维斯看起来也很不起眼——就像搁在地上的浅碗，里面是发黑的某种东西，周围有金属丝环绕。桂迪夫领我们来到一个蒂维斯面前，示意我们坐下并凑近蒂维斯，他伸出触手插进蒂维斯旁地上的凹槽。

蒂维斯立刻开始发热，金属丝显然是用来加热的。我隔着鼻塞闻见了一些刺鼻的气味，与此同时，一种渴望感淹没了我，底下有波浪般的愉悦，但也有一丝悔恨。那就是你看见往日女友的感觉，虽说你已经结婚了，但你意识到她是个多么好的女人，而你居然会傻到和她分手。我将我的感受（当然，去掉了内心戏）告诉桂迪夫。

"这么说，你们也能欣赏它。"桂迪夫说，"蒂维斯通过气味刺激特定的情绪。这个，"他指着我们面前的蒂维斯说，"其实非常粗糙——仅仅用几种情绪荷尔蒙刺激一种主要情绪。每一个伊赫尔阿克人都能制作它。这是涂色书级的蒂维斯。我们有些蒂维斯大师能创造出拥有难以想象的情感深度的蒂维斯，将一层又一层情绪以出乎意料的组合叠加在一起。优秀的蒂维斯能让你沉迷其中。"

"我能想象。"我说，"这些东西在地球上会非常受欢迎。你一定要介绍我认识能制作它们的伊赫尔阿克人。"

"这就开始拉客户了？"桂迪夫说。

"我已经没有客户了，桂迪夫。"我说，"现在我只能看看你们里面有没有想出名的个体。"

我们又尝试了几个蒂维斯，我越来越坐立不安，想回到救护车上。就算要担心，我也想待在一个熟悉的地方担心。范多兰和我一起回去。我们无所事事地傻等了一个小时，范多兰从手套箱里翻出一副扑克。范多兰打得我溃不成军；他显然不相信也不理解友谊第一比赛第二的道理。玩够了扑克，我从救护车上找到一条毯子，铺在机库地上，闭上眼睛再打一个瞌睡。

有人用脚趾戳我的肋骨，弄醒了我。我拍开那条腿。脚趾继续戳我的肋骨，只是用力更大了。

"给我醒来。"有人说。那是米歇尔的声音。

我猛地翻身，挣扎着爬起来的时候脑袋撞在救护车上。米歇尔站在我面前，赤身裸体，脸上露出有点挖苦的狡猾笑容。我认识了她那么多年，从没见过这种表情。冷嘲热讽是米歇尔不太熟悉的概念。

"约书亚？"我问。

"你以为是谁，温斯顿·丘吉尔？"约书亚说，"另外，我觉得你该开始叫我米歇尔。长成这样的人——"她指着她的身体说，"很少会叫约书亚。"

"好的……米歇尔。"我说。

范多兰走过来，肆无忌惮地盯着米歇尔赤裸的身体。"哇，"他说，"我现在还能收回把你从想约会的名单上划掉的那句话吗？"

"滚开，混球。"米歇尔说。

"斗嘴我赢不了你。"范多兰叹道。

"看来这次传输成功了？"我说。

"比我想象中容易。"米歇尔说，"桂迪夫曾经翻弄过一颗人类大脑，这个经验很有用。我提议探查米兰达的大脑后，他和我分享了那部分知识，所以我不需要从头摸索。米兰达也非常配合。有他们两个帮忙，我们取得了伟大的成就。"

"米兰达在哪儿？"我问。

"她在睡觉。"米歇尔说，"她累坏了。"

"她没事吧？"我说，"不会留下什么损伤吧？"

"除了疲倦，什么都没留下。"米歇尔说，"等我们回去，你得放她几天假。让她休息一下。"

"休到年底都行。"我说。

"还有涨工资。"米歇尔说，"危险津贴。"

"再涨下去她的薪水就比我高了。"我说。

"早该如此了，你不觉得吗？"米歇尔说。

"你里面有多少是你？"范多兰问米歇尔。

"你说的是哪个我？"米歇尔说，"约书亚、米歇尔，还是米兰达？"

"先说说米歇尔。"

"有相当大的一部分是米歇尔。"米歇尔说，"米兰达坚持的观点让我重新审视了一下整件事情。虽说这么做花费的时间更多，但现在我同意米兰达的看法。这么做是正确的。我做了一些明智的选择。米兰达的智力和逻辑比米歇尔强。在这些方面，我以米兰达而非米歇尔为模板。除了她们，整个约书亚全在这里，但他的人格有许多部分被米兰达和米歇尔覆盖了。我现在比以前更接近人类，但也保留了所有可爱的特质。说真的，我现在堪称完美。"

"而且还很谦逊。"范多兰说。

"呸你一脸。"米歇尔说，"等革命的号角吹响，我会记得你对我说的话。"

机库的门开了，伊赫尔阿克人拖着一张轮床进入房间。米兰达躺在担架上。她微笑挥手，轮床到我们身旁停下。

"你应该在睡觉的。"米歇尔严厉地说。

"你应该穿上衣服的。"米兰达说。

"病号服太不适合我了。"米歇尔说，"我依然有米歇尔对时尚的品位。"

"我要她好好休息，但她坚持要回这儿。"桂迪夫说，他是拖轮床的伊赫尔阿克人之一。

"你怎么样？"我问。

"我没事。"米兰达坚持道，"我感觉鼻窦变成了405公路的一条便道，但已经过去了。现在我想回家。被外星人插入检查真是太好玩了，但我要给植物浇水，还要喂猫。我已经少喂它两顿了。再少一顿，我就会变成它的食物。"

"她可以行动了吗？"我问米歇尔。

"她没问题了。"米歇尔说，"但我还是认为她需要多休息。"

"我可以在回去的路上睡。"米兰达说。

"这个嘛，就祝你好运了。"米歇尔说。

"别逼我发火。"米兰达威胁道，"再说我们必须回去。米歇尔，你要打扮起来。"

"这倒是真的。"米歇尔赞同道，"我需要大购物。最好立刻就出发。商店快开门了。"

"需要所有人都回去吗？"范多兰说。我们转向他，他有点不太自在："要是你们不介意，我想再待一段时间。"

"为什么？"我说。

"既然我的任务是记录你们的小小冒险，那么我花些时间了解伊赫尔阿克人就再合理不过了。"范多兰说，"我认为桂迪夫和我应该在一起多待一段时间。汤姆，我想搞清楚前因后果。再说我在地球上也没什么重要的事情可做。我连猫都没养。让我留在飞船上还能保证我不来烦你。"

"桂迪夫？"米歇尔问。

"我不介意。"桂迪夫说，"说实话，也许会很有价值。能帮助我们搞清楚该怎么把艾欧纳变得更适合人类。"

"从空气清洁系统开始吧。"范多兰建议道。

"会说话吗？"桂迪夫说。

我们向范多兰和桂迪夫告别。米兰达躺在车厢里的担架上。米歇尔光着身子陪她。两个伊赫尔阿克人走进机库，找到地方坐下；没多久，他们身体底下出现了一个平台，运输立方体逐渐成形。我坐在方向盘后朝桂迪夫和范多兰挥手。立方体的外壁继续升高，挡住了我的视线。

米歇尔把脑袋探进驾驶室。"好，你成功了。"她说，"你把我弄进这个身体。你把我变成人类。现在咱们该做什么？"

"这就要看你认为你的演技有多好了。"我说。

米歇尔嗤之以鼻："前所未有的好，我向你保证。"

"那么，"我说，"我有一个计划。"

第二十章

"汤姆,"罗兰·拉诺伊斯说,从办公室里走出来,"真是一个意外的惊喜。"他的重音落在"意外"上,而没有强调"惊喜"。

"罗兰,"我说,"很抱歉这么突然来访。但我有一个提议,我猜你应该会感兴趣,而且我认为你最好现在就听一听。"

"对不起,你挑了一个我非常忙的时候来找我。"罗兰说,"我五点钟有个会,现在已经四点三刻了。"

"我只需要五分钟。"我说,"到你五点要开会的时候,我早就走远了。"

罗兰咧嘴笑笑:"汤姆,你和其他经纪人真是不一样。我确实相信你只需要五分钟。那好,请进,"他朝房间里摆摆手,"听清楚了,时钟正在走。"

罗兰关上门,我立刻说:"事情很简单,关于科尔多斯的素材,我可以和你做个交易。"

"太好了,"罗兰在办公桌后坐下,"希望你的要价别太离谱。这个故事拍起来只能节衣缩食。"

"哦,我认为你肯定买得起。"我说,"你可以免费使用克日什托夫的作品。"

罗兰坐了起来,沉吟片刻,最后说:"这个提议慷慨得难以想象。"这次他的重音落在"难以想象"上,而不是"慷慨"。

"我和科尔多斯家族的人谈过了,"我说,"我给他们看了剧本。他们非常喜欢。不但喜欢,他们很认可你的作品,相信你会拍出一部了不起的电影。他们认为,假如授权你免费使用他的作品能让剧本早日走上银幕,那就肯定是值得的。他们认为电影上映能够推广他的作品,图书版税的增加额足以抵消免费授权的损失。他们的眼光比较长远。当然了,他们希望能得到你的许可,免费使用电影的艺术成果,帮助促销再版书籍。"

"天,当然可以。"罗兰说,"当然可以。汤姆,我们会非常高兴这么做的。请你务必替我感谢科尔多斯家族。这是一项无私的馈赠。"

"嗯,前面都对,除了无私,"我说,"你必须先为我做一件事。"

"什么事?"罗兰说。

"再给米歇尔·贝克一个《苦难回忆》的试镜机会。"

"唔——嗯?"罗兰说,"这个好像有点困难。"

"为什么?"我说。

"呃,首先,我知道她正处于昏迷之中。"

"曾经,"我说,"已经好了。"

"好了?"罗兰诧异道,"一个昏迷的人怎么就能突然好了?"

"我们送她进了一家最先进的诊所,尝试了一些实验性的疗法。"我说,"她现在很好,非常好。"

"实验性的疗法。"

"非常实验性。你都没法相信有多么实验性。"

罗兰依然显得疑虑重重。"随便你说。"他说,"但还有一个更严重的障碍,艾薇卡·斯佩戈尔曼坚决反对让米歇尔扮演这个角色。我不认为有任何办法能改变她的想法。只要她不点头,事情就进行不下去。"

"这个就留给米歇尔操心吧。"我说,"你只需要请艾薇卡来再观摩一场试镜。"

"假如她知道是米歇尔,就肯定不会来。"

"给她一个惊喜呗。"我建议道。

"我看还是算了。"罗兰说,"汤姆,你不明白,我离彻底丢掉这个项目只有一步之遥。假如斯佩戈尔曼女士进来看见米歇尔,那我就彻底完蛋了。"

"罗兰啊,你已经彻底完蛋了。"我说,"你没有女主角的演员。能扛起这部电影重任的女演员都没有档期。要是我没弄错,到选角结束只剩下不到两周时间了。要是这次再搞砸,你无非是丢掉一个已经丢掉的项目而已。米歇尔事实上是你力挽狂澜的最后机会。罗兰,米歇尔要的只是第二次试镜机会而已。就这么简单。对你没有任何害处。"

"除了我的职业名声。"罗兰说,"我还不如付现金买科尔多斯作品的版权呢。"

"好吧,罗兰。"我说,"你逼我放大招。"

"我拭目以待,汤姆。"罗兰说,"你是不是要建议请帕米拉·安德森演配角?"

"制作那部科尔多斯电影需要多少钱?"

"那部科尔多斯电影?"罗兰说,"我刚做过先期预算,大致估计需要一千两百万。要是去波兰拍摄,也许能少一些。"

"费用从哪儿来?"我问。

"我还在考虑。"罗兰说,"我和BBC有个不错的协议,他们投资三百五十万美元拍摄换取英国境内的播映权。CBC愿意投资一百五十万换取加拿大境内的播映权。假如我雇用足够多的法国公民，我也许也能从法国搞到一些经费。米拉麦克斯或韦恩斯坦也许能投几百万，但对这种电影，他们更愿意买成片后的发行权，而不是投资拍摄。"

"所以无论如何你还是缺好几百万。"我说。

"制作严肃题材的电影就有这个问题。"罗兰说。

"我的大招来了。"我说，"你从通常渠道尽可能地榨取投资，但无论你短缺多少，米歇尔都愿意填上窟窿。无论多少。"

"要是我拉到的经费不如预想中那么多呢？甚至一分钱都没有？"

"那么米歇尔就会提供全部的制作费。"我说，"但我认为我们有理由期待你也会努力争取其他来源的资金。无论如何，只要你需要，就能从米歇尔这儿拿到钱。板上钉钉。"

"我要做的只是再给米歇尔一次试镜机会。"罗兰说。

"没错。要是米歇尔成功过关，那么你先拍《苦难回忆》，然后拍科尔多斯的电影。要是没过关，你可以立刻开始拍科尔多斯。不浪费任何时间。你反正是赢家。"

"天哪，汤姆。"罗兰说，"你确实知道该怎么利用你的五分钟。"

"你了解我，"我说，"总喜欢玩些夸张的噱头。"

"你希望什么时候试镜？"罗兰问。

"给我三天。"我说，"我只需要这么长的时间来让米歇尔做好准备。"

"汤姆，"罗兰说，"我感谢你的提议，也感谢米歇尔的慷慨。但我必须告诉你，我不认为三天时间就能把米歇尔的演技提高到足以说服艾薇卡·斯佩戈尔曼的地步。"

"我认为你会吃惊的。"我说，"米歇尔的事故改变了许多事情。从某些方面说，她已经完全是另一个人了。"

"我还是不明白我为什么要去亚利桑那。"米歇尔说。

"你去亚利桑那是因为我求你去。"我说。

"记得提醒我,你求我跳悬崖的时候千万别跳。"米歇尔说。

"亚利桑那没那么糟糕。"我说,"风景美极了。"

"我们要去看风景吗?"米歇尔说。

"不。"我说,"但你可以看窗外呀。"

我们租用的飞机开始在菲尼克斯天港国际机场降落。

"让我换个方式问你,"米歇尔说,"为什么要我去亚利桑那?"

"因为我想让你见一个人。我认为这个人对你明天的试镜很有帮助。"

"哦,对,那个,"米歇尔说,"就是你给了我许多时间准备的那场试镜吗?真是谢谢了。"

"你说过米歇尔对剧本和试镜的记忆都还在。"我说。

"我说过。"米歇尔说,"但是啊,汤姆,她读过不等于她理解。直勾勾地盯着剧本,等待句子跳进脑海,这恐怕算不上真正的读过。米歇尔是个好人,但这次她确实是昏了头。"

我们的飞机在跑道上方滑翔,机身轻轻地颠簸了一下,轮胎发出摩擦的尖啸声,我们降落了。

"谢天谢地。"米歇尔说,"我最害怕飞行了。"

"你以前从来没害怕过飞行。"我说,"我们在一个立方体里以 20 马赫数直降地面的时候也没见你害怕过。"

"这就是新的我。"米歇尔说,"再说我也更信任伊赫尔阿克科技。好了,快让我下飞机。我要亲吻地面。"

我们走下舷梯,豪华轿车的司机已经在等我们了。我们飞快地穿过人群,没有给任何人认出米歇尔的机会,几分钟后就钻进轿车上路了。

我立刻摇起车厢和前排之间的隔音玻璃:"你柔韧性有多好?"

"怎么了?"米歇尔说,"想在豪车里找点刺激?"

"不,"我说,"我指的是你能伸出触须或触手吗?"

"当然。"米歇尔说,"现在的我不像刚进入拉尔夫身体的那时候,卡在它的消化道里。我能让米歇尔的整个头部变形。你看好了。"米歇尔的眼睛突然膨胀,从眼窝里掉出来,荡来荡去地乱转。

"我从没见过这么恶心的画面。"我说。

"现在你知道今年万圣节我要演什么了。"米歇尔说。

"能弄出小一些的触须吗?"我问。

"当然。"米歇尔答道,"需要的话,甚至能做到肉眼看不见。"

"很好。"我说,"到了我们的目的地,我估计你会需要它们的。"

"我们要去哪儿?"米歇尔又问。

"很快就到。"我说。

不到半个小时,我们就到了。

"贝斯以色列退休疗养院。"米歇尔读出机构门口的石刻标记,"我知道好莱坞不雇过了一定年纪的女演员,但这个就太荒唐了。"

"呵呵,"我说,"跟我走。"我们走进疗养院。

前台护士连一眼都没看我,而是瞪着米歇尔。

"你是米歇尔·贝克吗?"她问。

"不,我不是,"米歇尔说,"我在电视上扮演她。"

"对不起,"我说,护士终于望向我,"我预约过,我来见萨拉·罗森瑟尔。我是汤姆·斯坦因,她的外孙。"

"哦,对不起。"护士从见到名人的呆傻状态中惊醒,"好的。她刚从小睡中醒来,所以应该很清醒。适合你探望她。我们听说了很多你的事情。你母亲经常来探望她。"

"我知道。"我说,"我正好来凤凰城,所以觉得也应该来看看她。"

"你可真好。"护士说,她瞥了一眼米歇尔,"你们两个是一起的吗?"

"为了百分之十抽头,是的。"米歇尔说。护士有点困惑。我在台子底下使劲踩了一下米歇尔的脚趾。

"对,我们是一起的。"我说。

"跟我来。"护士站起身,示意我们跟她走。

我的外祖母萨拉·罗森瑟尔坐在轮椅上望着窗外。护士敲了敲开着的门,吸引她的注意力。外祖母转过身,认出了我,露出一个灿烂的笑容。她戴着假牙。我过去拥抱她,护士告退。米歇尔站在门口,专注地望着我们,有点不知如何是好。

"我不知道你的外祖母还在世。"米歇尔说。

"当然还在。"我蹲下来,握住外祖母的手,"但我很少来探望她。我还在念小学的时候她就住进这所养老院了。我们会在圣诞节和暑假见面,但除此之外就很少了。我外婆是个非常独立的人。我父亲去世后不久她中风了,语言能力被夺走了;我母亲搬过来就是为了离她近一些。"

我外祖母望着米歇尔,示意她过来。米歇尔走过来;外婆伸出她的另一只手,米歇尔握住。外婆和米歇尔握手表示欢迎,然后将米歇尔的手翻过来。外婆抬起头看着我。

"她在干什么?"米歇尔问。

"找订婚戒指。"我说,"从我十三岁开始她就在逼我结婚。"我望向外祖母。"米歇尔只是我的客户,外婆,"我说,"不过你会很高兴地知道,我已经有女朋友了。一个非常好的姑娘。"

"有点像我。"米歇尔对我的外祖母说。

"下次我带她来见你。"我说,"好吗?"

外婆点头表示同意，然后拍了拍米歇尔的手，像是在说，我相信你是个非常好的姑娘。

"米歇尔，你能关上门吗？"我说。

米歇尔过去关上门，然后回到我们身旁。

"现在能说我们来这儿干什么了吧？"她问。

"我外祖母不是在美国出生的。"我说，"她的前半生在德国出生和长大。希特勒掌权时她是个少女，刚结婚就和大部分家人一起被送进了集中营。"

"天哪。"米歇尔说，"我感到非常难过。"

"二战结束后，外婆来到美国，再次结婚，生下一个孩子。"我说，"也就是我的母亲。我对整个故事只知道这么多。"我望向米歇尔："外婆从不对我母亲谈起她来美国前的生活，我母亲当然更不可能告诉我。我希望能说服她和你分享那段经验。"

"我明白了。"米歇尔说。

外祖母望向我，露出困惑的表情。"外婆，"我说，"我没有发疯。我知道你没法说话。很难解释，但米歇尔有办法和你交谈，不需要开口也能交谈。我知道你的记忆充满伤痛，你选择不和我们分享是有原因的。但米歇尔想了解你的那些记忆，希望你能和她分享。你的记忆能帮助她理解有关人类生活和历史的许多事情。"

米歇尔跪在地上，握住我外婆的另一只手。"看见我正在做什么了吗？"米歇尔轻轻握紧外婆的那只手，"我只需要这么做就行了。和你在一起坐一会儿。假如你不愿意，萨拉，甚至不需要想到那些事情。你只需要和我坐一会儿就行了。"

外祖母望着米歇尔，然后望向我。她微微一笑，从我手中抽出她的手，放在太阳穴上，做个拧螺丝的动作。

我大笑道："我知道。听上去很疯狂。我们迟早会被关进疯人院。

你愿意帮助我们吗?"

外祖母看看我,看看米歇尔,拍了拍米歇尔的手,然后拍拍我的肩膀,抬起胳膊指着房门。我望着她,不明所以。

"我想她的意思是她愿意,但不希望你坐在旁边。"米歇尔说,"汤姆,她不告诉你母亲和你很可能是有原因的。她不希望冒着让你听见的风险和我谈。"

外婆使劲点头,又拍了拍米歇尔的手。"退下吧。"米歇尔说。

我站起身。"你们需要多久?"我问米歇尔。

"一个小时,也许两个。"她说,"假如可以的话,我希望我们能够不受打扰。我想一次就问完所有的事情。"

"我尽量。"

"谢谢,汤姆。"米歇尔看了我一眼,然后望着我外婆说,"你走吧。萨拉和我要好好谈一谈。"

护士来了两次查看情况。两次我都赶走了她,第二次是用米歇尔的亲笔签名贿赂她。护士留下记事板和钢笔充当保障。希望记事本里没有疗养院里其他老人的重要信息。

三小时后,米歇尔打开我外祖母房间的门走了出来。她心不在焉地拍了拍我的胳膊,然后疲惫地靠在走廊的墙上。她看起来累得筋疲力尽。

"来,"我把护士的记事板递给她,"我答应护士,只要她别打扰,就能得到你的亲笔签名。"

米歇尔接过记事本,盯着记事板的眼神仿佛它是某种神奇动物。"米歇尔,"我说,"你还好吧?"

"我没事。"她说,拿起记事板顶端的钢笔,在记事板夹着的那张纸上潦草签名,"我只是非常疲惫。"

"我外婆怎么样？"我问。

"坐在椅子上打瞌睡。"米歇尔把记事板还给我，"你可以请护士扶她上床。"

"好的。"我说，"你得到你需要的东西了吗？"

米歇尔第一次直视我的眼睛。她的眼神令人诧异，这双眼睛的主人曾经行走在地狱之中，虽然最终活着离开，但并非没有受伤，没有留下许多创痛。

"你的外祖母是个了不起的女人，汤姆。"她说，"请记住这一点，永远不要忘记。"她陷入沉默。那天我们再也没有交谈过。

"请问她为什么会在这儿？"艾薇卡·斯佩戈尔曼说，这个"她"就是米歇尔。

罗兰接受了我的建议，没有告诉艾薇卡实情，只说他发现了一个"很有意思的"女演员，她也许能演好那个角色。她将灼人的视线以地毯轰炸的气势投向罗兰，我顿时明白了罗兰为什么不赞同我的计划。"我们上次根本没有真的试镜。"罗兰沉着应对，"我认为在拒绝贝克小姐之前，理当给她一个机会。"

"罗兰，上次试镜的时候她昏了过去。"艾薇卡怒道，"算她走运，因为她显然缺乏必要的能力。真是难以置信，你居然又用她浪费我的时间，你忘记这次授权你还剩下多少时间了吗？"

米歇尔和上次一样坐在摄像机前，脸上的冷笑说明她根本没有把艾薇卡的侮辱当真。我坐在沙发上，能够看清整个局势：米歇尔的冷笑，罗兰的沉着，艾薇卡的愤怒。这次试镜会非常好玩。

"哎呀，斯佩戈尔曼女士，很高兴能再次见到你。"米歇尔说。

艾薇卡冷冷地打量米歇尔。"你不是陷入昏迷了吗？"她说。

"我恢复健康了。"米歇尔说，"显然不需要说也看得出吧。"

"打算再来昏倒一次？"艾薇卡说。

"只要你不昏，我就不会昏。"米歇尔说，"说定了？"

"想得美。"艾薇卡说，转向罗兰，"我走了。"她转身准备离开。

"泼妇。"米歇尔说。

艾薇卡愣住了。她以极慢的速度转过身来。

"你说什么？"她恶狠狠地对米歇尔说。

"你听得很清楚了。"米歇尔说，无比放松地坐在椅子上，"我说你是泼妇。我本来想说你是个怒火攻心的泼妇，但转念一想，为什么要用修饰语美化你呢？你就是个泼妇，简单，直接。"

艾薇卡像是头顶要爆开了。她转向我："汤姆，你总是让你的客户侮辱有权给他们角色的人吗？"

"喂，"我说，"我只是来看戏的。"

"我不会骂任何一个会给我角色的人是泼妇。"米歇尔说，"但你显然根本不愿意把那个角色给我。就我所知，我之所以叫你泼妇，是因为你明摆着就是个泼妇。"

"你不能这么侮辱我。"艾薇卡说。

"不，你需要被人这么侮辱一下。"米歇尔说，"但房间里有足够兴趣这么做的人只有我。说起来还真是可悲。"

"听着，你个小蚂蚱，"艾薇卡说，"你根本没资格为这个角色试镜，更别说演了。"

"那好，咱们扯平了。"米歇尔说，"因为你也根本没资格做这个决定。"

"我是她的外甥女。"艾薇卡说。

"三代表亲，和你隔两代。"米歇尔说，"我查过了。你唯一的资格来自你们勉强算是亲戚。你感兴趣的只有外表。我不符合你心目中圣人姨妈的长相，所以我就没戏了。"

"你和我姨妈没有任何相似之处。"艾薇卡说。

"我要说我很像你姨妈。有些无知的白痴以为他们能决定世界该是这样不该是那样,你姨妈花了很多时间打他们的脸。要是我没弄错,现在我就在做同样的事情。我比你更像你的姨妈。"

"你怎么有胆这么说?"艾薇卡咬牙切齿,"你连演戏都不会。"

米歇尔微笑道:"你姨妈也不会,泼妇。"

罗兰望着米歇尔和艾薇卡的唇枪舌剑,表情越来越惊恐,他望向我,看脸色是在说"快救救我"。我耸耸肩,现在我们都骑虎难下,只能硬撑到底了。

米歇尔起身抓起一份剧本走到艾薇卡面前。"来,艾薇卡,"米歇尔说,"我承认我说你泼妇也许不对。虽然我百分之百相信你就是,但或许还有可能是我弄错了。然而,只有一个办法能证明你不是,那就是承认你说我不可能扮演这个角色是错误的。"

米歇尔把剧本拍在艾薇卡的胸口:"想做到这一点,你只能让我试镜。来吧,艾薇卡。没坏处的。"

"我不需要向你证明任何事情。"艾薇卡抓住剧本。

"你当然需要。"米歇尔转身走向她的座位,"因为你和我有一个区别,艾薇卡,明白吗?我完全不在乎你认为我会不会演戏,但你显然很在乎我认为你是个泼妇。"

"才不。"艾薇卡说。

"真的吗?"米歇尔坐下,"那你为什么还没走?"

艾薇卡张开嘴。罗兰坐在那里无法动弹,看样子像是想蜷缩成一个球。

"来吧,朋友。"米歇尔说,"不拉屎就别占茅坑。给不给我试镜,快拿主意。"

罗兰赶在艾薇卡开口前忙插嘴道:"贝克小姐,你想试哪个场景？"

"随你便。"米歇尔说，"这次我真的记住了整个剧本。"

"整个剧本？"罗兰说。

"当然，有什么不行的？"米歇尔淘气地望向我，"埃尔维斯就做到了。"

艾薇卡翻开剧本读道："'你怎么敢告诉我能做什么不能做什么？你是我的妻子，不是我的主人。'"

"'我是你主人的工具，约瑟，'"米歇尔说，撕心裂肺吐出字词，感情激烈得让我们瞠目结舌，"'你去参加居民委员会，背叛你的人们和你的神吧。你同时也背弃了我。因为，约瑟，我是你的妻子。你和德国人合作，那就当我们没有结过婚好了。你对我来说就像是已经死了，而且很快就会真的死在德国人手上。'"

一阵死寂。我们都瞪着她，不敢相信刚才的一切。我也不例外。

米歇尔甜甜地微笑道："这下有兴趣了吧？"

艾薇卡随意翻动剧本，念出一句又一句的台词。米歇尔一句接一句地和她对戏，演技精湛得惊人，你一辈子顶多只能见到一两次。我们目瞪口呆。我们难以置信。我从未见过这么令人难忘的现场表演，而这只是对台词而已。我们忍不住浮想联翩，等米歇尔真的上了镜头，那将是多么壮观的场面。

一小时后，艾薇卡扔下剧本。"我真是不敢相信。"她轻声说。

"我知道。"米歇尔同样轻声说，"谢谢你，艾薇卡，我的朋友，因为你终于允许我向你证明了。"

艾薇卡痛哭流涕，走向米歇尔。米歇尔也流出眼泪，走向艾薇卡。两人站在房间中央，歇斯底里地痛哭。罗兰和我面面相觑，都看见了对方脸上的得意笑容。

我们挖到宝了。

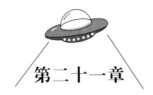

第二十一章

接下来一年的蒙太奇剪辑,用头条新闻叙事:

《每日综艺》,3 月 5 日
米歇尔·贝克加盟《苦难回忆》

米歇尔·贝克在《地球复活》的预制片阶段受伤濒临死亡,苏醒后她没有浪费任何时间,于今日签约主演《苦难回忆》,这部影片讲述民权斗士与大屠杀幸存者拉结·斯佩戈尔曼的生平故事,斯佩戈尔曼与马丁·路德·金在 20 世纪 50 年代末到 60 年代初是斗争伙伴,她也因此名扬四海。《苦难回忆》将由罗兰·拉诺伊斯导演,拉诺伊斯与斯佩戈尔曼家族联合制作。贝克没有对外透露片酬方案,但这部电影的总投资不过一千八百万美元,贝克的片酬无疑远远少于她从命运多舛的《地球复活》中得到的数额。这部电影剑指奥斯卡,估计将于 4 月在捷克共和国和亚拉巴马州开拍,暂定 12 月 19 日在纽约和洛杉矶上映。

贝克由卢波合伙公司的汤姆·斯坦因代理。

《洛杉矶时报》日志栏，3月11日
犹太人团体抗议《苦难回忆》选角
谴责选用米歇尔·贝克为"噱头"
制片人和主角原型的家人支持明星

贝弗利山——米歇尔·贝克，25岁，金发，蓝眼，非犹太人。拉结·斯佩戈尔曼，棕发，棕眼，犹太人，为人所知的时候已经年过五旬。

那么，米歇尔·贝克凭什么能够在罗兰·拉诺伊斯导演的传记电影《苦难回忆》中扮演斯佩戈尔曼这位著名的民权律师和大屠杀幸存者呢？好莱坞的多个犹太人团体希望制片方能回答他们的疑问。

犹太演员联合会是其中的一个团体，他们甚至选择星期五在电影行业杂志《综艺》上刊出整版广告，谴责电影"选角只顾噱头"，呼吁导演拉诺伊斯和斯佩戈尔曼家族将贝克换成更合适的演员。

"事情与贝克小姐是不是犹太人没有关系，"犹太演员联合会的公共关系总监艾维·林登称，"让我们感到不安的是某些人明目张胆地为了票房而选角。她的前两部电影卖出了三亿美元，制片方看中的正是这一点，而不是选角有多么忠诚于现实。事实上，有几十位女演员——其中既有犹太人，也有非犹太人——比她更适合这个角色。"

屡获奥斯卡提名的导演和制片人罗兰·拉诺伊斯表示选择贝克注定会引来非议。

"我们明白这个选角乍看之下不符合直觉印象，"他说，提到贝克并非他的第一选择，而是在爱伦·莫罗辞演转投电视剧后才进入了他的视野。"制片方刚开始也有顾虑。目前我们只能说，帮助米歇尔争取到这个角色的完全是她的演技，而非其他因素。"

斯佩戈尔曼家族的发言人艾薇卡·斯佩戈尔曼在选角中拥有非同寻常的决定权，她发表了一份简明扼要的新闻稿，其中称："米歇尔·贝克是最适合这个角色的人选，句号。她得到了斯佩戈尔曼家族的全力支持。"

《娱乐周刊》，3月17日
最不期待的复出

……

3. 金·凯利：在一部真人动作电影中扮演一条狮子狗。此处可插入你喜欢的"那肯定是一条狗"笑话。

4. 米歇尔·贝克：二十五岁的沙滩宝贝扮演一位严肃的五十多岁民权理想家。化妆师已经内定奥斯卡提名。

5. 罗珊娜的《复出》专辑：在她开口唱《星条旗永不落》前阻止她！

……

《综艺》，3月24日
亲眼见证奇迹的诞生

贝弗利山——威尔夏大道的艺术剧院里，空气中充满了电火花，但并不是出于通常的原因。在这个星期六晚上，艺术剧院成为一个场景，但不是电影场景，而是前所未有的《苦难回忆》公开排演的场景。这部电影由于选择米歇尔·贝克扮演民权斗士和大屠杀幸存者拉结·斯佩戈尔曼而饱受争议。试镜的宾客名单包括电影业要员和批评选择贝克的犹太人团体的成员。这是一群苛刻的观众,《苦难回忆》的导演及制片人罗兰·拉诺伊斯心知肚明。他在排演前称:"换了我是他们,我也会有他们这样的反应。毫无疑问,肯定有。这次活动是为了让他们体会一下我们的感受。我认为他们会大吃一惊的。"身处风暴中心的贝克在排演前走进人群,感谢他们来到现场,与反对选择她的那些人谈天说地,像是为了表现她并没有往心里去。八点半,贝克、共演者戏剧明星达维·格伦沃尔德、拉诺伊斯和制作人艾薇卡·斯佩戈尔曼坐上舞台中央的高脚凳,开始朗读剧本。贝克扮演拉结·斯佩戈尔曼,其他三个人轮流扮演其他角色。九点钟,观众已经开始流泪。十点半排演结束,贝克和剧组成员得到了一年中也难得见到一次的全场喝彩。这是一群苛刻的观众,但贝克用了不起的演技征服了他们。下一步:大众……

《好莱坞报道者》,4月30日

扬一脚踢开卢波合伙公司

ABC 电视台风评中游的剧集《环太平洋》的主演艾略特·扬,他与经纪人本·弗莱克的决裂被知情人士称为惊天动地。弗莱克未能将扬表现平平的电视生涯拓展到电影领域,扬对此表示非常失望。

"弗莱克抢下艾略特的时候恨不得把月亮许给他,"《环太平洋》的导演唐·博林说,"实现承诺的时候当然遇到了麻烦。我认为艾略特踢掉他是再正常不过的反应了。"

目前代理扬的是联艺公司的宝拉·里赫特。

《每日综艺》，5月22日

天线专栏：莫罗暂时离开《好帮手》剧组

　　本专栏风闻，早已气氛紧张的《难觅好帮手》剧组终于又出现了一道裂痕，转战情景喜剧的两届奥斯卡得主、女演员爱伦·莫罗在拍摄中突然乘飞机返回康涅狄格州的养马场，9月9日的首播因此面临流产的危险。上个月莫罗和共演者盖里逊·兰海姆（扮演外星人管家威齐克斯）掀起冷战，导致布兰森·平乔特代替兰海姆出演，引发上周剧组人员罢工抗议莫罗及其手下以恶劣态度对待他们。本专栏风闻莫罗的这一举动违反了价值两千万美元的合同，让愤怒的制片人简和斯蒂芬·怀特终于找到理由，可以将她踢出剧组……

《每日综艺》，6月16日

里程碑

　　6月14日星期六，克莱尔蒙特的薇薇安·韦伯礼拜堂，拉卡尼亚达的汤姆·斯坦因（29岁）迎娶曼哈顿海滩的米兰达·埃斯卡隆（28岁）。男方是卢波合伙公司的一名经纪人。女方是同一公司的一名新晋经纪人。斯坦因的伴郎是卢波公司的老板卡尔·卢波；埃斯卡隆的伴娘是米歇尔·贝克，她从捷克回国参加婚礼……

《每日综艺》和《好莱坞报道者》，7月10日

广告

拉诺伊斯制作公司与世纪影业

自豪宣布《苦难回忆》已完成正片拍摄

主演：米歇尔·贝克和达维·格伦沃尔德
编剧：康妮·雷瑟和拉瑞·卡德
导演及制片：罗兰·拉诺伊斯

小规模试映：12月19日，纽约和洛杉矶
公映：1月16日

《娱乐周刊》，8月8日
无毒《蝎尾针》，一部无脑夏日爆炸大片
……喜欢打听的人肯定想知道，在这么一部彻底失败的电影里，到底有没有亮点呢？唔，爆炸场面很漂亮。喜欢争辩的人会注意到米歇尔·贝克的出场，由她主演的《苦难回忆》将是好莱坞颁奖季最值得期待的影片之一。她传说中的演技有没有出现在这部电影里呢？显然没有。这部电影里的米歇尔·贝克只是个点缀，连正脸都没几个，直到她乘坐的直升机由于一系列荒谬意外被从天上打下来。别担心，这点剧透算不上泄露剧情，因为这部电影根本没有任何剧情。

评分：D

《每日综艺》，8月11日
剧毒《蝎尾针》，天下谁能挡
《蝎尾针》斩获4970万票房，《黄金主人》以1620万夺得第二
《蝎尾针》证明了有些电影是无法被评论打倒的；这部饱受

抨击的动作大片已卖出4970万票房，给疲软无力的夏季票房打了一剂强心针……

《娱乐周刊》，9月22日

剑指奥斯卡

……已获提名的导演及制片人罗兰·拉诺伊斯（《绿野》）将靠《苦难回忆》再次角逐奥斯卡。世纪影业的内部人士在参加粗剪样片试映会后称，以铁石心肠闻名的世纪影业总裁刘易斯·施隆抓着他招牌式的巧克力花生糖口袋哭得泣不成声。特别值得一提的是米歇尔·贝克的表演，也就是那次公开排演上被称为"天启"般的演技。世纪影业的营销部门已经为颁奖季全力开动起来了……

《亚利桑那共和报》，9月25日

讣告

斯科茨代尔的萨拉·罗森瑟尔因中风并发症于9月23日下午3:15去世。罗森瑟尔夫人于1922年4月3日出生在德国汉堡，于1945年12月移居美国。她留下了女儿艾琳·斯坦因（同样住在斯科茨代尔）和外孙托马斯·斯坦因（住在加州拉卡尼亚达）。

《芝加哥太阳时报》，10月8日

好莱坞明星和经纪人前往芝加哥大学捐赠讲席

芝加哥——芝加哥大学，一个通常冷清沉静的地方，在星期二收获了好莱坞的点滴星光。米歇尔·贝克，热门影片《夏日布鲁斯》

和新片《苦难回忆》的女主演来到学校,宣布捐出三百万美元设立大屠杀研究的教授讲席。

贝克在大学的曼德尔会堂发表讲演,称她拍摄描述大屠杀的影片《苦难回忆》时的经历使得她产生了这个想法。

"我们不能让历史重复,因为历史随着时间的逝去会渐渐消亡。"她说,"每一个念头都会从记忆中带走一些历史。我这么做是希望让记忆保持新鲜,让世世代代的学生走过这些厅堂时都能想起那些往事。"

这个讲席名为萨拉·罗森瑟尔和丹尼尔·斯坦因大屠杀研究及犹太人历史讲席,将从明年开始授予合适的人选,获得者将从事全国性的调查。讲席以大屠杀幸存者萨拉·罗森瑟尔和她的女婿丹尼尔·斯坦因命名,后者毕业于芝加哥大学。

与贝克同台的其他捐赠者还有卢波合伙公司的首席执行官卡尔·卢波和在这家公司工作的汤姆与米兰达·斯坦因。汤姆·斯坦因是丹尼尔·斯坦因之子。

《娱乐周刊》,11月17日
冬季电影前瞻
12月——《苦难回忆》

一年时间能带来多么巨大的变化啊!去年此时,谁能想到米歇尔·贝克能被消息灵通人士称为奥斯卡最佳女主角的竞争领跑者?最佳沙滩宝贝,有可能。最佳女主角,想都不要想。

然而,仅仅一年后,贝克在《苦难回忆》中的演技已经引起全城轰动——连还没看过电影的人也在谈论,他们谈的是剧组选择贝克时引发的抗议，谈的是已经成为神话的艺术剧院现场排演如何平息所有抱怨，谈的是世纪影业老板刘易斯·施隆难以自制地捧着零食口袋嚎啕痛哭。有些人推测今年早些时候她从昏迷中奇迹般地苏醒制造出了意料之外的效果——比方说，激活了她大脑内的表演中枢……

《华盛顿邮报》12月13日

米歇尔·贝克，复活

今年二月，米歇尔·贝克在为拍摄《地球复活》做准备时遭遇离奇事故，陷入昏迷并濒临死亡。自从苏醒后，她就一直处于新片《苦难回忆》在好莱坞掀起的风暴中心。贝克真是不知道该怎么避免麻烦。

比方说，米歇尔·贝克对厌恶她出演《苦难回忆》的人们表示了同情。

"我们不开玩笑。"她说，"这位女士是一个传奇，犹太人，年纪比较大，充满智慧。这些都和我没有任何关系。换了我去选角，我都不会选我自己，就算选了我自己，事后也会被指控为暂时精神错乱。"

然而，在一片非议声中，有趣的事情发生了：米歇尔挺身直面批评者，将他们争取了过去。今天，这位刚满二十六岁的女演员似乎在最佳女演员角逐中遥遥领先。她只用一场公开排演就做到了。

"哎呀，那场排演，"贝克皱起眉头说，"都变成伍德斯托克音乐节了，明白吗？每一个身在洛杉矶的人都声称他在现场。

我是说，少来了！艺术剧院能坐几个人？三百？顶多四百。"

贝克俯身向前，像是要透露什么秘密："事实上，那天晚上我演得一塌糊涂。我紧张得要死——吓得都快尿裤子了。能活着走出去我就谢天谢地了。"

但她得到了雷鸣般的起立鼓掌，谁能想象这位女士一个月前还深陷昏迷，靠呼吸机维持生命。

"是啊，是啊，是啊，"贝克挥挥手，对昏迷的事情表示不屑一顾，"你想知道昏迷是什么感觉？一片黑暗，基本上。就这样。我没有在昏迷中见到上帝，甚至连埃尔维斯都没看见。我从昏迷中醒来，什么都没有改变——大多数人忘记了我在昏迷前就为《苦难回忆》试过镜。根本不是什么我一醒来就变得天赋异禀，我只是跟着我多年前制订的计划向前走。"

《每日综艺》，12月16日

剧评：《苦难回忆》

借助影片《苦难回忆》，米歇尔·贝克从海滩金发宝贝转变为正剧演员，这个传闻流传已久，几乎变成了神话。她的表演被传得越来越离奇，最终能够目睹也算让人心头大石落地。事实不但完全符合传闻，而且还更加夸张。在罗兰·拉诺伊斯自信的执导下，贝克交出的表演不但以火箭速度将她送到奥斯卡提名名单的首位，更是让她进入了美国女演员的第一方阵。随之而来的必定是破纪录的有限点映，公映后票房无疑将取得罕见佳绩，甚至有望在大众支持下突破亿元大关。

《纽约时报》，12月20日

《苦难回忆》和《零钱》领跑金球奖提名

犹太民权斗士拉结·斯佩戈尔曼的传记影片《苦难回忆》在周五公布的金球奖提名名单中一马当先，共获得七项提名，其中包括最佳剧情片和最佳女演员。汤姆·汉克斯主演的喜剧《零钱》紧随其后，共获得六项提名，其中包括最佳喜剧及音乐片和最佳男演员。

由好莱坞外国记者协会颁发的金球奖不如学院奖那么有名，但通常被视为更著名的后者的风向标。学院奖将于1月20日公布。

NBC电视台将全程直播1月18日的金球奖颁奖典礼。

《洛杉矶时报》，1月5日

《苦难回忆》斩获评论家奖
罗兰·拉诺伊斯新片险胜《尘与月》
贝克获得第二个最佳女演员奖项

纽约——星期日，在经历了极为激烈的投票竞争之后，《苦难回忆》战胜越南影片《尘与月》获得全国影评人协会颁出的最佳影片奖。最终选择与洛杉矶电影协会评选出的最佳电影相同；纽约电影社团则将奖项颁给了《尘与月》。

米歇尔·贝克惜败于俄罗斯电影《猎狼犬》的女主演叶列妮·纳塔伏萨亚，总算没有让《苦难回忆》横扫评论家奖项，但贝克还是得到了全国影评人协会颁出的最佳女主角。

《每日综艺》，1月19日

《苦难回忆》近乎横扫金球奖

这部传记片赢得了最佳影片、最佳女主角、最佳男配角和其他三项大奖。《零钱》赢得最佳喜剧片。

《洛杉矶时报》，1月19日

《苦难回忆》登顶

赢下金球奖最佳影片和最佳女主角后，《苦难回忆》强势开画，第一周就斩获2140万票房。本周公映的另一部影片是迪斯尼公司的《奈蒂·邦波》，由于只有儿童为主的核心观众捧场，票房仅为310万美元。

《每日综艺》，1月21日

《回忆》前途光明，共获八项提名
包括最佳影片、导演、女主角和剧本；
汉克斯因《零钱》获得提名

（中略）

《苦难回忆》得到的提名：

最佳影片：罗兰·拉诺伊斯，艾薇卡·斯佩戈尔曼，制片人

最佳导演：罗兰·拉诺伊斯

最佳女主角：米歇尔·贝克

最佳改编剧本：康妮·雷瑟与拉瑞·卡德，改编自拉结·斯佩戈尔曼自传《苦难回忆》

最佳摄影：贾努斯·康定斯基

最佳配乐（剧情类）：朱利安·鲁伊斯

最佳剪辑：罗兰·拉诺伊斯，辛西娅·佩尔

最佳化妆：郑阮

《每日综艺》，2月4日
奥斯卡快讯

典礼导演拉斯·吉尔斯今天称，获得最佳女主角提名的米歇尔·贝克将加入主持阵容，担任报幕员。在颁出最佳女主角奖项后，贝克女士将介绍第五和最后一部获最佳影片提名的电影的片段。ABC电视台将于2月23日下午6时（太平洋时间）开始直播奥斯卡颁奖典礼。

"你别扭来扭去的。"米兰达说。

"我忍不住。"我说，"米歇尔是我第一个得到奥斯卡提名的客户。我很紧张。"

"就这么简单？"米兰达说。

"呃，当然不是。"我说，"但这是我公开露面的原因。另外，礼服腰带扎得我很痒。"

米兰达和我在奥斯卡颁奖现场。

当然了，我们的座位并不好。好座位留给获提名的人、他们邀请的客人、其他大明星和制片公司的老板。卡尔·卢波有个好座位，米歇尔有个好座位。我们的座位在二楼后侧。米兰达带来了欣赏歌剧的望远镜。我们离不开这东西。不过我们总比范多兰强。他挤在媒体间里，"简直像牛圈，"他告诉我，"但在你身边哞哞叫的不是母牛,而是罗杰·埃伯特❶。"

《苦难回忆》的运气不错,到现在已经得到了最佳化妆、最佳摄影和最佳剪辑(最后一项让罗兰大大地松了一口气,他无论如何不至于空手回家了)。最佳配乐落空,我觉得挺公平的,朱利安的配乐很好,但算不上特别优秀。

"轮到剧本了。"米兰达说。

先颁最佳原创剧本。基努·里维斯念出提名,我觉得有点讽刺。赢家是《零钱》的作者艾德·弗莱切。艾德因为过多的咖啡因和尼古丁而兴奋异常,开始滔滔不绝地谈论尼采。乐队指挥显然不以为然,三十秒后就打断了他。

"干得好。"米兰达说,工作人员将艾德领下台。

"唔,说起来,"我说,"这大概是他这辈子唯一一次对着几十亿人讲话的机会。他有点兴奋我看也很容易理解。"

"那就更应该让他赶紧下去了。"米兰达说,"我可不希望下半辈子被人指指点点说什么'咦,你不就是那个在奥斯卡仪式上出丑的家伙吗?'就好像大家永远不会忘记罗伯·劳和白雪公主跳的那支舞。"

基努·里维斯回来了,念出最佳改编剧本的提名名单。开信封的时候他似乎割伤了手。他边吸手指止血边宣布赢家是——康妮·雷瑟与拉瑞·卡德,《苦难回忆》。

"赢了。"我说。

"五个提名拿了四个,"米兰达说,"情况不坏,我看米歇尔的机会很大。"

"天哪,"我说,"真希望你没这么说,米兰达,我的胃一下子掉进了马里亚纳海沟。"

---

❶ 美国影评人、剧本作家,普利策奖得主。

米兰达拍拍我的手背。"放松，汤姆，"她说，"已经安排好了，没忘记吧？就算她没拿到最佳女主角，她也会立刻上场，介绍《苦难回忆》的提名片段。万无一失。"

"我知道，我知道。"我说，"但那毕竟是备用方案。她赢了当然最好。"

"当然。"米兰达说，"但很可惜，我们没法贿赂普华永道的会计师。我们只能希望投票人不会决定再给梅丽尔·斯特里普一个奖。"

"梅丽尔·斯特里普。"我嘟囔道，"应该禁止提名她。"

米兰达又拍拍我的手背："汤姆，你生气的时候真可爱。"

去年的最佳男主角上台宣布最佳女主角的获胜者。

"他戴的是假发。"我对米兰达说，"据说是用钛合金螺丝固定的那种。"

"天哪，闭嘴。"米兰达说。

首先是一段老掉牙的寒暄，然后他盯着提词机开始念名单。从米歇尔开始，到梅丽尔结束。大概是按照字母顺序排列的吧。

米兰达的手又伸了过来，紧紧抓住我的手，我觉得骨头都快爆裂了。要不是我也使劲握住了她的手，我肯定会吃痛抱怨的。我和她都疼得厉害，没听见去年的最佳男主角已经再次开口——奥斯卡颁给……

"米歇尔·贝克。"

我们听见了这个名字。

大厅里爆发出雷鸣般的掌声，全场起立喝彩。他们喜欢她。这个时刻属于她。他们不知道究竟会有多么属于她。

米歇尔站了起来。坐在她旁边的卡尔跟着起身，亲吻她的面颊。卡尔在流泪。除了他，这座建筑物里只有四个人知道他为什么哭。

米歇尔像女王似的走向讲台。她身穿金色礼服，没有人见过这件礼服的款式设计。琼·里弗斯在红毯上问她衣服是从哪儿来的，米歇尔说这里不可能有人认识那位设计师，琼说礼服穿在米歇尔身上就像第二层皮肤，其他人纷纷附和。他们同样不知道究竟有多么像。

米歇尔接过奖杯，亲吻上一任最佳男主角的面颊。她把奥斯卡奖杯放在讲台上，露出迷人的微笑，等待掌声平息。大厅里过了好一阵才安静下来。她开始发言。

"天哪，"米兰达说，"真的拿到了。"

"在说别的话之前，"米歇尔说，"我首先要感谢一个人——我的经纪人汤姆·斯坦因。他在楼座的最后排。嗨，汤姆！"她使劲挥手，引起全场哄笑。我也朝她挥手。

"闭嘴，快说重点，免得被乐队打断。"我咬牙嘟囔道。

"汤姆多半在嘟囔，叫我快说重点，免得被乐队打断。"米歇尔说，"他一直很为我着想。

"这个奖对我的意义超过了你们的想象。"米歇尔继续道，"它不但属于我，也属于拉结·斯佩戈尔曼，她目睹仇恨和化作恶魔的他人摧毁自己的世界，将余生献给四海一同的事业，希望我们能将其他人——其他所有人——视为兄弟姐妹，无论他们是什么肤色，信奉什么宗教。

"这个奖也属于艾薇卡·斯佩戈尔曼，她没有让自己的视线局限于我的外表，允许我扮演这个一生难得一次的好角色。它还属于那些刚开始反对我接下这个角色的人，因为他们给了我一个演绎角色的机会，然后认识到虽然我不符合拉结的外表，但我依然能够努力融入她的心灵。我一次又一次地见到各种各样的人让视线忽视外表，忽视差异，看到是什么真正地连接着我们所有人。

"现在我想知道，你们——你们所有人，全世界正在观看直播的几十亿人——能不能再向前迈出一步。

"你们要知道,"米歇尔说,"我不是你们想象中的那个人。我不是你们想象中的那种生物。这张脸只是一个面具,这个身体只是一个伪装。我真正的身份和归属都远远超出了你们的日常经验。"

这时候,观众开始交头接耳。有些人担心米歇尔即将胡扯什么大融合的新纪元邪教,有些人琢磨米歇尔是不是要利用这个机会宣布她是山达基信徒。但有些人注意到米歇尔的礼服底部突然开始变得像水晶般透明——她的双腿也一样。

"我在想,"米歇尔说,"这个奖项告诉我,你们相信我深入自我,触及了事关人性本源的某些东西,将我们所有人维系在一起的某些共同信念。可是,假如我不是人类,我还能深入自我,找到事关人性本源的那些东西吗?"

现在不可能看错了;米歇尔从脚趾到腋窝都变得完全透明。

"假如我告诉你们,让你们从本质上成为人类的事物也能在另一种智慧生物身上找到,这种智慧生物与你们大相径庭,乍看之下会让你们觉得怪异甚至害怕。这种智慧生物只看外表会给你们带来恐惧。你们能不能迈出这一大步,明白在内心深处,他们和你们并不是那么不同吗?"

米歇尔已经完全透明,变成了一尊精致美丽得难以想象的虹彩玻璃雕像。她从讲台后走出来,站在几十亿诧异得说不出话的人类面前。

她再次开口,声音宛如银铃,放大音量的不是电子设备,而是她的水晶身体。

"你们能够接受另一种智慧生物——与你们完全不同,但又并非彻底不同——向你们伸出的友谊之手吗?因为,我的朋友们,我们来了。"

我们到最后都不知道那年的最佳影片颁给了谁。

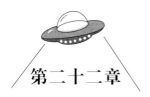

第二十二章

大体而言，人类接受得相当不错。

一个外星人居然能神不知鬼不觉地混进人类，冒充一位超级明星，赢下奥斯卡最佳女主角奖项，这件事得到了我们想要的效果，向全世界展示了伊赫尔阿克人是个友善的种族——假如他们好战成性，大可以用战舰征服地球，或者至少也能组织一支橄榄球队赢得超级碗冠军。在将一类智慧生物介绍给另一类智慧生物的诸多方法中，最不具威胁性但又足够抢眼的应该就是赢得奥斯卡最佳女主角奖项了。

另一个重点是米歇尔在讲演中传递的精神：尽管有着种种不同，但从许多方面来说，我们也拥有共同之处。假如米歇尔无法用令人信服的演技扮演一个女人和一名人类，她就不可能得到那尊奥斯卡了。毕竟人类直到事后才知道她并非人类。

米歇尔用折中的外形让绝大多数人类更容易接受他们的存在；尽管她变得透明，但沿用了米歇尔的体貌，而不是恢复伊赫尔阿克人的无定形外观（还有气味）。她完成了她的任务，成为两个智慧种族之间的桥梁——显然是外星人，但又足够像人类，绝大多数人类很容易就接受了她。

米歇尔赢得奥斯卡这件事只有一个令人不愉快的小插曲，部分学院成员建议取消米歇尔的获奖资格。他们的理由是她不仅不是人类，而且还无法判断她究竟算不算女性。

为了种族之间的和平，学院投票否决了这项动议。米歇尔留下了那尊奥斯卡。

罗兰到最后也不知道他有没有赢得最佳导演或最佳影片，只好用最佳剪辑安慰自己，还有米歇尔的外星人身份让《苦难回忆》成了奥斯卡史上的传奇。到结束院线放映的时候，《苦难回忆》共卖出五亿国内票房和一点五亿国外票房。接下来还有视频产品和有线电视播放呢。罗兰的净资产达到了三亿美元，他没有要米歇尔的投资就开拍了那部克日什托夫电影——那点钱对他来说只是毛毛雨。

得到名声和财富的不止罗兰一个人。米歇尔公布身份后的第二天，吉姆·范多兰走进《纽约时报》办公室，丢出他在伊赫尔阿克飞船上的生活报道。全球所有媒体都转载了这篇报道。没多久，出版商付给他八百万美元的预付款，买下他讲述人类与伊赫尔阿克人关系的书籍版权，而这本书他已经和桂迪夫两个人合写完成了。书迅速付印，胶水还没干透就被送进书店，在畅销书排行榜上待到年底——到现在还在。你无法想象他收了多少演讲费。我是他的经纪人，连我都不清楚。

不过，除米歇尔外，伊赫尔阿克人认为他们还是暂时留在太空船上比较好。他们意识到了米歇尔的价值，她在短期内仍会是两个种族之间的联系人。其他伊赫尔阿克人会走慢车道，先回复科学家、政治家和普通人的邮件，通过他们的网站与全世界联系，一点一点透露伊赫尔阿克人的真实天性和外表。到大群伊赫尔阿克人降落地球时，人类应该已经知道了我们与他们的差异。

当然了，人类还是很不耐烦，不过耐心是伊赫尔阿克人的天性。他们说，我们很快就会来拜访你们的星球，也会邀请你们上我们的太空船。到了那个时候，我们双方都将尽可能地向彼此学习。

各国政府和自封的大使们向艾欧纳号回信问具体是什么时候，我们什么时候能登船拜访？

请咨询我们的经纪人，伊赫尔阿克人无一例外地这么回复。

于是球就被踢给了我，我坐在办公室里，头戴耳麦，拿着一个蓝色壁球在办公室窗户上弹着玩。我正在和我最重要的客户打电话，她过去是、现在是、以后多半也将是米歇尔。

"我还是不明白我为什么非要去委内瑞拉。"米歇尔对我说。

"因为我们已经去过了秘鲁、巴西、智利和巴拉圭。"我说，"委内瑞拉人对他们国家在南美各国中的地位有点不满。扔一块骨头给他们吧，米歇尔。别让他们变成整个南美洲唯一没有被得过奥斯卡奖的外星人拜访过的国家。他们的麻烦已经够多了。"

"其他伊赫尔阿克人到底什么时候下来啊？"米歇尔哀叹道，"上面有我两千个同胞呢，你知道。再派一两个下来也没什么不好吧。"

"吉姆说艾欧纳号上的人类住所就快准备好了。"我说，"等他们完工，我们就开始邀请地球人上去和让其他伊赫尔阿克人下来。很快，我保证。"

"一个月前你也是这么说的。"

"这种事急不来的，米歇尔，需要多少时间就要等多少时间。"

"说起来，"米歇尔说，"米兰达什么时候生小孩？"

"要是她一周内再不分娩，医生就要剖宫产了。"我说，"米兰达有她自己的主意。"

"我猜也是。"米歇尔说，"有名字了吗？"

"当然。"我说，"女孩叫米歇尔，男孩叫约书亚。"

"哎呀呀，"米歇尔说，"我好感动，都快哭了。"

"你已经没有泪腺了。"我说。

"我可以特地变出来嘛。"米歇尔说。

我的新助理布兰登探头进来:"是他,三号线。"

我点点头,示意他出去:"听我说,米歇尔,我得挂了。我三点约了卡尔,但现在有个重要的电话要接。说起来,你到底在哪儿?"

"中西部上空什么地方。"米歇尔说,"一小时后到芝加哥。真是难以置信,你居然要我去参加科幻大会。"

"喂,"我说,"没那么糟糕。吉姆也会在。还有,他们可是你的核心拥护者。让他们开心一下。"

"哦,好的。"米歇尔说,"你等着看我为变装舞会准备了什么吧。"她挂断电话。

我看看手表。2:55。还有五分钟。接这个电话,卡尔的会议就有可能会迟到,那可不是好事。

唉,管他的,我心想。人活着总得冒风险。我摁下按钮,接通三号线。

"哈喽,总统先生。"我说。

球砰的一声打在窗户上。